명랑한
밥길

명랑한 밥길

공선옥 소설집

창비

차례

꽃 진 자리 ● 007
영희는 언제 우는가 ● 029
도넛과 토마토 ● 057
아무도 모르는 가을 ● 079
명랑한 밤길 ● 101
빗속에서 ● 127
언덕 너머 눈구름 ● 149
비오는 달밤 ● 173
79년의 아이 ● 195
지독한 우정 ● 217
폐경 전야 ● 239
별이 총총한 언덕 ● 263

작가의 말 ● 287
수록작품 발표 지면 ● 289

꽃 진 자리

일요일, 혼곤한 늦잠을 깨우는 소리. 톡, 톡, 톡. 빗물이 꽃잎에 튀기는 소리다. 팽팽하게 부푼 홍매화가 금방이라도 빗물의 노크에 툭 터져버릴 것만 같다. 나는 창을 있는 대로 열고 빗물이 내 옷섶에도 튀겨들어오도록 했다. 아, 빗물이다. 빗물이 지금 내 옷섶을 적시고 내 가슴을 적시고 나는 차가운 빗물의 감촉에 진저리를 친다.
"어이구, 숫제 시궁창 냄새가 나는구나, 쓰레기가 넘쳐나도 어느 누가 비울 생각도 안하니 원. 야, 넌 뭐 하냐? 젖통을 통째로 내놔라 아주."
부엌에서 음식물쓰레기통을 들고 나와 집 모퉁이를 돌아오는 엄마. 쓰레기 하나 비우는데도 엄마는 언제 한번 조용히 비워본 적이 없다. 아버지는 또 어떤가. 집에 여자들이 넘쳐나도 집구석이 개판이라는 말을 두고 쓴다. 중학생인 딸년은 또 어떤가. 그게 머슴앤지 가시낸지

구별이 안 가게 거친 언동에, 엉덩이에 밀착되게끔 개조한 교복치마 밑에 웬 트레이닝바지를 입고 학교를 오간다. 그애가 나한테 하는 소리는 오직, 엄마 돈 줘,뿐이다. 나는 습관적으로 묻는다.
"뭐 하게?"
이 딸년이 그런다.
"알아서 뭐 하게."
나는 이 싸가지없는 딸년과 실랑이하는 게 귀찮아서 그냥 돈을 던져주고 만다. 사십이 넘어가면서부터 나는 사는 게 부쩍 귀찮아졌다. 어제는 내가 가르치는 어떤 놈한테서 휴대폰 문자메씨지를 받았다. 내가 내준 소설숙제에 앙심을 품은 놈의 소행이다. 내 딸도 중학생이지만, 내가 가르치는 놈들도 중학생이다. 이제 겨우 중학생 놈이 이런 문자메씨지를 보내온 거다.
'소설을 쓰라고? 웃기지 마 년아. 소설 쓰고 자빠졌네.'
'어떤 선생'은 이런 문자메씨지도 받았다고 한다.
'밤길 조심해!'
그 '어떤 선생'하고 그런 얘기를 하며 퇴근했다. 그는 지난 새학기에 내가 근무하는 학교로 부임왔다. 씁쓸하게 웃던 그가 문득 내게, 어디 좀 들렀다 가지 않겠느냐고 제안했다. 삼월 초의 쌀쌀한 바람은, 아닌게아니라 어디 좀 따뜻하고 아늑한 곳을 그립게 하는 바가 있었다. 무엇보다 나는, 생각만 해도 심란한 집으로 재깍재깍 귀가하고 싶진 않았다. 도대체가 서로가 서로를 도와주는 것을 가지고 앙심을 품은 사람들이 사는 집으로 칼같이 퇴근해준다는 것 자체가 굴욕적으로 느껴지기까지 했다. 나는 그저 그들, 돈 벌어다주는 사람의 노고 같은 거야 제 알 바 아니라는 듯 안하무인으로 주는 돈은 잘도 받아먹는 사람들한테, 그나마 싫은 소리 안하고 돈 벌어다주는 것으로 내 의무는 다한 거다,라고 나를 두둔했다. 그하고 '솔뫼마실'이라는 예쁜 이름의 까페 겸 식당에서 명태찌개를 시켜 저녁을 함께 먹었다. 그러려고 그런 것은 아니지만, 이상하게 퇴근길이면 늘 그와 나, 이렇게 둘이 되었다. 나중에, 그와 나 둘만이 차를 가지고 있지 않아서 그렇다는 것을 알았다. 나는 사실 이번 학기에 차를 살까 했었다. 그러나 어느 순간부터 생각을 바꿔먹었다. 저녁마다 그와 저녁을 먹고 싶은 거였다.

우리는 솔뫼마실에서 밥을 먹고 후식으로 나오는 차를 마시며 이런 얘기 저런 얘기를 나누다가 걸어서 멀지 않은 각자의 집으로 갔다. 그런데 어느 때부턴가 그가 남은 반찬을 싸기 시작했다.

"왜요?"

다른 선생들의 전언으로 나는 그가 혼자 사는 것으로 알고 있었다.

"애 밥 챙겨줘야 하는데 이 집 반찬이 맛있네요."

나는 그래서 그한테 애가 있는 줄 알게 되었다.

"아니 그럼 진작 말씀하시지."

하기야 서로의 가정사에 대해서는 아직 나도 말하지도, 묻지도 않았다. 근데도 나는 그가 그의 가정사를 말하지 않고 특히, 아이가 있다는 것을 말하지 않은 것이 이상하게 마음아픈 거였다. 아이가 있다니.

"아이가 몇살이에요?"

"초등학교 일학년입니다."

세상에, 초등학교 일학년이라니. 이번에는 좀더 강한 통증이 폐부를 훑고 지나갔다. 맹랑한 통증이었다.

"아니, 그럼 여태 저하고 밥 먹으려고 집에는 애 혼자 놔뒀단 말씀이에요?"

하기야 나도 그랬다. 친정부모와 살림을 합치기 전, 그러니까 두 노인네가 추접스러워서 더이상은 아들네 집에 살기 싫다고 내 집으로 오기 전, 나도 이따금 내 어린 딸을 집에 혼자 둔 적이 있었다. 딸아이가 그걸 두 노인네한테 '고발'을 했고 노인네들은 옳다구나, 이럴 때 밀고 들어가야지 언제 들어가겠냐, 하고서 우리집으로 밀고 들어온 거였다. 내가 지금보다는 젊을 때였다. 내가 놀라며 묻자 그가 어깨를 약간 들썩이며, 말했다.

"애가 혼자도 잘 있어요."

"아니, 아무리 혼자 잘 있다 해도 그렇죠. 아무러면 아직 어린애인데."

예전의 내 행실을 생각하면 이건 분명히 '오버'하는 거다. 그러나 나는 내가 그의 아이를 걱정하는 게 아무래도 진심 같았다. 아니, 나는 정말로 그의 아이가 걱정이 되었다. 그가 나하고 저녁을 먹는 동안 아빠를 기다리면서 아이는 혼자 텔레비전을 보거나 컴퓨터게임을 하고 있을까. 그도 아니면 문밖에 쭈그리고 앉아 아빠 오기를 하염없이 기다리고 있을까.

"아 아니, 괜찮다니까요."

그러나 나는 막무가내로 그를 자리에서 일어나게 했다. 솔뫼마실을 나오는데, 바로 그 앞에 귤을 파는 노점이 있었다. 나는 귤을 사서 그에게 건네주었다.

"어서 가요."

"그럼 가겠습니다. 잘 들어가세요."

나는 빨리 가라는 손짓을 해 보이고 돌아섰다. 돌아서서 가로수 뒤에 몸을 감추고 그가 가는 길을 훔쳐보았다. 그는 목공소를 지나고 공터를 지나고 공터 옆 장애인자활쎈터를 지나고 자활쎈터 옆 슈퍼를 지나 작년부터 조성되기 시작한 신흥 빌라단지 속으로 사라졌다. 그가 어둠속으로 완전히 사라져서 더는 보이지 않을 때까지 서 있다가 나는 다시 노점으로 갔다. 그에게 사주려고 시식용으로 까놓은 귤을 맛보았는데 맛이 좋았다. 아무래도 그에게 사준 만큼의 귤을 더 사야 할 것 같았다. 남에게 귤을 사주고 보니까 그제야 내가 가족들에게 한 번도 뭔가를 사줘본 적이 없다는 깨달음이 왔던 것이다. 나는 귤을 사들고 집으로 왔다. 식구들은 내가 밖에서 저녁을 먹고 오든 말든 신경도 안 쓴다. 식구들끼리도 각각 저녁을 먹었나보다. 애는 학교 갔다 오는 길에 제 친구들하고 피자, 햄버거 같은 걸로 때우기가 일쑤고 엄마는 만성위궤양을 앓아서 언제나 끄윽끅대느라 밥상을 차려놔봤자 먹을 수가 없다. 엄마는 엄마 것을 따로 차려먹었을 것이다. 아버지는 엄마 끄윽끅대는 게 아주 보기 싫고 불결한 맘이 든다고 늘 밥상을 같이하려 들지 않았다. 그래서 언제나 혼자 어두운 주방에서 있는 반찬에 물말아 먹고 동네 한바퀴 돌고 와서 텔레비전 앞에 앉는 것이다. 그렇게 밥을 먹다가 정 안되겠다 싶으면 시장통 '모과집'으로 가서 돼지머릿고기국으로 '영양보충'을 한다. 귤을 사갖고 가니 그래도 온 식구가 텔레비전 앞에 모여앉았다.

"니가 웬일이냐? 과실을 다 사갖고 오고?"
"내가 그럼 언제 뭐를 통 안 사갖고 왔나?"
"니가 뭐를 사와, 애들 시험지 뭉치나 들고 오지."
"아, 알았어요. 먹을 것 자주자주 사갖고 올게요."

사실 양심에 찔리지 않는 건 아니었다. 더군다나, 퇴근길에 사들고 온 귤 만원어치가 이렇게 식구들을 텔레비전 앞에 모여들게 하다니.

우리 식구들이 원래 저렇게 귤을 좋아했는지 내가 미처 몰랐구나! 그러나 모처럼의 화기애애는 금방 깨지고 말았다. 귤을 아구아구 입속에 처넣던 아이가,

"할머니, 귤 너무 많이 먹지 마. 밤에 또 끄윽끅할 거잖아."

철없는 아이의 한마디에 그만 엄마가 폭발하고 말았다.

"아이구, 이런 못된년 같으니라구. 할미 입에 들어가는 게 그렇게도 아깝냐 이년아? 할머니 많이 잡수세요, 하지는 못할망정, 이년이 뭐? 많이 먹지 마? 누가 지 에미 딸 아니랄까봐 아주 할미를 잡나 잡아? 지 에미가 버려둔 것 거둬줬더니 그 은공은 모르고 이것이 좀 컸다고 지 할미 보기를 지 발새 때만치도 못 알아보고 이년이 아주 아이구 끄윽끅……"

"봐, 끄윽끅하잖아."

내 보기엔 그 손녀딸에 그 할미임이 분명하다. 예의 아버지가 자리를 박차고 일어서며 하는 말이 왜 그런데 그날따라 내 귀에 못이 되어 박혔던 것일까.

"에잇, 웬 여자들이 이리 떽떽거리는지 원. 귤 한쪽을 제대로 먹을 수가 없구나."

일껏 귤 실컷 잡수셔놓고는 그런다.

"아버지, 여자들, 여자들, 그만 하세요. 여자들이 아니라, 아버지 아내고 아버지 딸이고 아버지 손녀예요."

"아, 그래 잘났따아."

"아버지, 지금 뭐 하시는 거예요?"

"비웃었따아, 왜?"

"휴우우."

"왜애, 한숨 쉬냐?"

"예에!"

"그래애, 귀신은 뭐 하느라고 저 영감탱이 안 데려가나, 한숨도 나올 것이다아."

"그만 하세요, 아버지."

텔레비전에서 수십년 만에 만난 가족이 서로 얼싸안고 눈물을 흘리는 장면이 나온다. 외국으로 입양 보낸 딸이 어엿한 애기엄마가 되어 친정엄마한테 나타났다. 나는 그걸 멍하니 바라본다. 나와 아버지의 실랑이에 잠시 휴전한 엄마와 딸도 텔레비전 쪽으로 눈길을 고정하고 있다.

"만나서 뭐 하나. 만나면 이제 싸울 일만 남았는데."

아버지가 밖으로 나가면서 텔레비전을 탁 꺼버린다. 딸네 집에 얹혀산다는 자의식으로 노인네들은 밤이 되도 불을 켜지 않는다. 전기세라도 아껴준다 이거다. 텔레비전 빛이 꺼지니 온 집안이 짙은 어둠에 뒤덮인다. 딸아이가 신경질적으로 제 방으로 들어가면서 제 방 불을 켠다. 아이는 책상을 타다닥 치고 으으윽 단말마의 신음소리를 냈다가 악쓰지 말라는 내 악쓰는 소리에 이내 잦아들었다. 나와 엄마가 우두커니 불 켤 생각도 않고 방 안에 앉아 있다.

"엄마, 뭔 수가 있어야 하지 않겠어요?"

"내가아 죽어야지이."

"엄마, 뭔 말을 그렇게 해요?"

"아 그래야 저 영감도 시장통 모과년한테 새장가갈 것이고 저 방에 들어간 저년도 내 잔소리 안 들어 살판날 것이고 너도 니 에미 병원비야 약값이야 안 들어 좋을 것 아니냐?"

"그만 합시다 아."

사실 이런 밤이, 그리고 이런 날들이 한두 번인가. 이렇게 한번씩 집구석이 뒤집어질 때마다 나는 마음을 어디다 둬야 할지 몰라 견딜 수 없이 외로웠다. 내가, 만약에 남편이 있어서, 육아의 어려움을 남편과 공유하면서 애를 키웠더라면, 아이도 지금처럼 제멋대로는 아닐 수 있었겠지. 그러면 나 또한 일상적으로 솟구쳐오르는 짜증에 시달리는 삶을 살지 않아도 되었겠지. 엄마 아버지는 싫어하면서도 평생을 함께 사는데 왜 나는 별로 싫어하지도 않았던 것 같은데 남편과 헤어져버린 것일까. 내가 왜 남편과 헤어졌지? 십년도 훨씬 넘은 옛일이 되어서 나는 정말 왜 내가 남편과 헤어졌는지 가물가물해졌다. 헤어진 이유는 가물가물해지면서, 헤어진 남편이 새장가간 뒤로 이쪽 애의 근황에 대해서는 일언반구 묻지도 않고 사는 것에 분노가 일었다. 나는 이렇게 힘든데, 저만 잘살고 있다 이거지? 딸을 지 아빠한테 보내? 말어? 이렇게 집안이 한번씩 뒤집어질 때마다 밤새 그 고민을 하다가 아침을 맞곤 했다.

그런데, 어느날부턴가, 옛 남편에 대한 분노보다는 새로운 가능성을 꿈꾸게 되었다. 새장가가서 그쪽 애 낳고 알콩달콩 사는 재미에 첫번째 마누라의 아이 따위 까맣게 잊고 있는 아빠한테 애를 보내지 말고 애한테 애를 정말 예뻐해줄 마음의 준비가 되어 있는 새아빠를 만들어주자. 내가 왜 진작 그 생각을 못했을까. 나는 밤새 그 생각을 하며 가슴 설레었던 것이다.

때는 마침 꽃피는 삼월, 꽃들은 마치 축복처럼 피어날 것이었다. 비 오는 일요일, 나는 창문을 활짝 열고 이제 막 벙글어지려고 한껏 부풀어오른 홍매화 꽃잎에 떨어지는 빗방울에 입술을 갖다대었다. 골목

안 쓰레기통에 음식물쓰레기를 버리고 들어오던 엄마는 창문을 열고 들쳐들어오는 비를 여태 맞고 있는 내게 기어코 욕을 하며 지나간다.
"지랄양광을 다 떨고 자빠졌네."
나는 '지랄양광' 떠는 걸 그만 접고 부엌으로 들어갔다. 무슨 일로 쓰레기도 비우고 하신다냐, 일요일이라고 뭐 맛난 거라고 만드신다냐, 혹시나 하는 기대를 품고 들어선 부엌은 그러나 역시나 썰렁하다.
"엄마, 그저껜가, 어제께 시켜먹고 남은 탕수육 얻다 뒀어?"
"버렸따아."
"걸 왜 버려?"
"니 딸년이 처먹고는 그대로 둬서 개미가 버글버글허는 걸 버리지 안 버리냐?"
찬장이고 냉장고를 아무리 뒤져봐도 먹을 만한 것도, 먹을 만한 것을 만들 재료도 없다. 아이는 일요일이라고 늘어지게 자고 있고 엄마는 미숫가루로 때웠을 테고 아버지는 아침부터 시장통 모과집에 갔는지 보이지 않는다. 모과집의 모과처럼 얽은 여자가 아버지는 엄마보다 좋은 것일까. 하기야 언젠가 먹어본 모과집의 머릿고기해장국은 맛이 있기는 있었다.
"엄마, 나 시장 좀 다녀올게요."
엄마는 대답이 없다. 노인네가 일요 아침드라마에 한번 빠지면 도둑이 들어와도 모를 것이다. 나는 대문을 잘 잠그고 시장으로 갔다. 그런데, 시장가는 내 옷차림이 좀 별스럽다. 평소 같으면 집에서 입는 트레이닝바지에 목 늘어진 티셔츠 그리고 슬리퍼 차림일 텐데, 오늘은 좀 다르다. 얼마 전 큰맘 먹고 산 메이커 청바지에 시폰 블라우스, 거기에 양모 스웨터까지. 신발은 약간의 굽이 있는 구두. 이건 결코 시장가는 차림이 아니다. 나는 어디를 가는 것일까.

안개를 자욱이 동반한 가늘디가는 빗방울이 내 머리카락에 방울진다. 나는 새로 산 청바지의 빳빳한 감촉을 은밀하게 즐기며 시장 반대편으로 갔다. 늘 굽 없는 신발만 신다가 오랜만에 굽 있는 구두를 신었더니 걸음걸이가 약간은 고고해진 느낌도 나쁘지 않다. 나는 엉덩이를 최대한 앞쪽으로 잡아당기고 되도록 꼿꼿한 자세를 유지하면서 또각또각 천천히 걸어갔다. 습기 찬 바람이 불어올 때마다 어디선가 프리지어 꽃향기가 나는 것 같았다. 그것은 바로 내 몸에서 나고 있었다. 솔뫼마실에서 저녁을 먹을 때 내가 그에게 무슨 꽃을 좋아하느냐고 물은 적이 있었다. 그는 그때 프리지어 꽃을 좋아한다고 말했다. 나는 그것을 잊지 않고 프리지어향이 나는 샤워코롱을 샀다. 샤워를 하고 프리지어향 샤워코롱을 바를 때마다 나는 그를 생각했다.

나는 솔뫼마실에서 그와 저녁을 먹고 헤어진 뒤 그가 늘 걸어가던 방향으로 걸어갔다. 그가 걸어간 방향으로 걸어가다 보면 그를 만날 수 있을지도 모른다는 막연한 기대를 안고서. 목공소를 지나고 공터를 지나고 공터 건너 공원, 공원 옆 장애인자활센터, 그 옆 슈퍼, 거기 어디께의 빌라에 그가 살고 있을 것이라고 나는 나름대로 짐작했다. 그 빌라 너머로는 더이상 사람의 주거지가 없기 때문이다. 그리고 만약에 그가 거기 빌라단지에 살고 있지 않다면 어떻게 늘 걸어서 갈 수 있겠는가. 학교에서 주소를 확인할 수도 있겠지만, 무엇보다 그에게 직접 물어볼 수도 있겠지만 나는 어쩐지 그러고 싶지가 않았다. 나는 그냥 비를 맞으며 이렇게 그의 집을 찾아 일요일 오전 한나절을 헤매 다니고 싶은 거였다. 마침 비조차 내리지 않는가. 왠지 어디선가 꽃소식같이 설레는 소식 한자락이 내게도 당도할 것만 같은 봄비 내리는 일요일이잖은가.

 목공소는 일요일이어서인지 문을 닫았다. 저 목공소에서 작년 가을에 앉은뱅이책상을 하나 맞추었다. 그런데 다리가 너무 높아 아직까지 쓰지를 못하고 있다. 목공소 앞을 지나니까 그 생각이 난다. 다음 주에는 꼭 목공소에 들러 책상다리를 잘라달라고 해야지. 공터에는 비가 와서 사람이 없다. 공터 여기저기에 채마밭이 일구어져 있다. 봄부터 가을까지 공터는 그야말로 푸른 농원으로 변신하곤 했다. 그런데 언제 박아놨는지 경작금지 문구가 담긴 팻말이 박혀 있다.

 '이곳은 근린상가주택건립부지로서 일체의 경작을 금지합니다—주인 백.'

 사실 이 공터에는 엄마가 일구어놓은 밭도 있는데, 이제 올봄부터 엄마는 다른 경작지를 찾아나설 수밖에 없게 되었다. 채소를 심어먹을 만한 노는 땅이 이 근방 어디에 있을까. 작년 여름내 먹은 상추, 고추를 이제 엄마는 어디서 키워낼까. 엄마의 밭이 없어지면 엄마의 짜증은 더 많아질 것이고 그러면 우리집의 평화는 영영 물 건너갈 것이 뻔한 이치인데. 나는 사뭇 불안해진다.

 공터 옆 공원에 목련이 이제 막 벙글어지려 하고 있다. 목련을 보니 불안감이 조금 가신다. 나는 목련 아래 서본다. 비오는 일요일 오전나절, 지나다니는 사람도 없다. 그러니 어디서 날 보는 사람도 없으련만, 나는 목련나무 아래서 잔뜩 폼을 재본다. 지금 누군가가 나를 사진 찍고 있을지도 모른다는 상상을 하면서. 공원 옆 장애인자활쎈터도 문을 닫았다. 닫힌 문에 '자원봉사자 환영'이라 쓰인 표찰이 붙어 있다. 이따금 장애인자활쎈터 사람들이 휠체어를 타고 공원에서 배드민턴을 치는 것을 본 적이 있다. 엄마가 이제 공터에는 더이상 밭을 일굴 수 없으니 그 시간에 장애인자활쎈터 일을 도우면 어떨까. 그러면 좋겠다는 생각을 해보지만 알 수 없는 일이다. 나는 사뿐사뿐 앞으로 걸어갔다. 이제부터는 내가 목표로 삼았던 그곳, 빌라단지다. 그렇지만 나는 정작 빌라단지 입구에서 더는 나아가지 못하고 딱 멈추어 설 수밖에 없었다. 그가 단지 안 어느 빌라에 살고 있으려니 짐작만 하고 온 길이었는데, 정말 그가, 그 한 빌라에서 나오는 것을 보았기 때문이다. 웬일인지 나는 더이상 나아가지 못하고 그의 시선을 피해 나무둥치 뒤에 몸을 숨겼다. 그는 그의 아이임이 분명한 남자아이의 손을 잡고 어디론가 가고 있었다. 손에 수건을 둘둘 말아들고 가는 걸 보니 아이하고 목욕탕에라도 가는 모양이었다. 나는 애하고 언제 목욕탕을 갔던가. 그러고 보니 내가 언제 애를 데리고 목욕탕엘 가긴 갔었던가? 가물가물하다. 나는 애하고 한 밥상머리에서 밥을 먹은 것만 오래된 것이 아니라, 목욕도 그렇다는 것을 알겠다. 우린 밥도 따로 먹고 목욕도 따로 했구나. 축축한 나무둥치에서 몸을 떼고서 그가 아이 손을 잡고 멀어져가는 모습을 물끄러미 바라보았다. 그때 문득, 가슴 밑바닥에서부터 어떤 슬픈 감정이 밀물져 올라왔다. 당신은 그렇게 살고 있군요, 근데 나는 왜 그렇게 살지 못할까요. 누가 그렇게 살지 못하게 한 것도 아닌데, 나는 왜 그렇게 살지를 못할까요. 나는 갑자기 서러운 생각이 들었다. 코끝이 싸해지면서 문득 그의 집을 한번 보고 싶다는 생각이 들었다. 그의 집을 보고 나면 나도 어쩌면 그렇게, 그러니까 아이하고 다정하게, 나아가 식구들하고 따뜻하게 살아갈 '힌트' 같은 것을 얻을 수 있을지도 모른다는 생각이 들었다. 그러나 진실을 말하면 나는 그의 집을 한번 훔쳐보고 싶은 거였다. 그렇지만 그의 집은 잠겼을 것이다. 잠겼을 거라는 걸 알면서도 나는 나도 모르게 그가 나온 빌라 입구로 들어서고 있었다.

그의 집은 몇층일까. 오층짜리 빌라다. 이왕 이렇게 된 거 나는 좀 무모해지기로 작정했다. 먼저 일층 왼쪽 집부터 초인종을 눌러나갔다.

"누구세요?"

안에서 응답이 왔다. 여자 목소리다. 그 집은 아니다. 그는 아이와 단둘이 살고 있으므로. 오른쪽 집을 눌렀다. 응답이 없다. 그대로 이층으로 올라갔다. 왼쪽 집 초인종을 누른다.

"뉘기요?"

신경질적인 응답. 노인이다. 그러므로 아니다. 오른쪽 집, 누구째요오? 아이 목소리. 그는 아이와 함께 나갔다. 그러므로 그 집도 그의 집이 아니다. 삼층, 왼쪽, 응답이 없다. 오른쪽, 누구십니까? 다소 점잖은 남자 목소리. 나는 용기를 내어 최대한 정중하게 묻는다.

"말씀 좀 여쭐게요. 혹시 옆집에 애하고 아빠하고 둘이 사는 집 맞지요?"

"잘 모르겠는데요."

사층으로 올라간다. 이번에는 오른쪽부터. 일요일 아침부터 누구야 잇. 나는 찔끔 물러난다. 아무도 없잖아, 소리가 인터폰을 통해 들려온다. 오른쪽 집에서 들려오는 소리 때문인지 왼쪽 집을 누를 용기가 나지 않는다. 나는 초인종 누르기를 그만두고 그만 내려가기로 한다. 그때, 오층에서 아이 하나가 내려온다.

"안녕하세요."

습관적인 인사가 분명하긴 하지만 그래도 인사를 하는 아이가 반갑다.

"애, 너 오층 사니?"

"네."

"너 여기 누가 사는지 알아?"

"알아요."

"혹시 너 몇학년이니?"

"일학년이요."

"그럼 여기 사는 애도 알아?"

"네."

아이가 대답을 할 때마다 짜릿한 긴장감이 몰려온다.

"여기 사는 애 지네 아빠랑 살지?"

"네."

"그래, 안녕."

"안녕히 계세요."

그가 여기 사는 걸 확인해서 뭘 어쩌겠다는 것인가. 나는 그의 집을 볼 수 없는 대신에 그가 전기를 얼마나 쓰고 사나라도 보려고 전기미터기를 살펴보았다. 아래층에서 누군가 올라오는 소리가 났다.

"뉘기요?"

"네?"

"아하, 전기검침원이구머언. 난 또."

전기검침원이 된 나는 수도도 검침하였다. 수도를 검침하고 계량기 문을 닫으려다가 계량기 터질까봐 지난겨울 쌌던 옷가지가 한쪽에 뭉쳐져 있는 것을 발견하였다. 낡은 오리털파카였다. 나는 그것을 끄집어내어 탁탁 털었다. 옆집에서 짙은 화장을 한 여자가 나왔다. 나는 그 여자를 못 본 척하였다. 나는 여자가 지나가기를 기다려 다시 한 번 헌옷을 털었다. 안 털면 더 나를 이상하게 생각할까봐서 더 털었다. 그랬더니 그 속에서 열쇠가 나왔다. 그건 내가 전혀 예상치 못한 일이었다. 나는 열쇠를 열쇠구멍에 대고 돌려보았다. 문은 거짓말처럼 열리는 것이었다. 나는 집 안으로 들어갔다. 따뜻한 열기가 은은하게 감도는 거실. 거실 탁자에 노란 프리지어 꽃이 꽂혀 있었다. 부엌 쪽에서 고소한 빵냄새도 났다. 아침에 빵을 구워먹었던가보다. 나는 부엌으로 살금살금, 사뿐사뿐 걸어가서 냉장고 문을 열어보았다. 자그마한 냉장고 안은 깔끔했다. 김치와 서너 가지의 밑반찬이 담긴 반찬통, 보리차와 우유와 다섯 알의 달걀, 야채칸에는 씻어서 비닐봉지에 담아놓은 콩나물, 시금치, 파, 피망, 당근. 냉동고 문을 열었다. 비닐봉지에 담긴 김, 멸치, 새우, 쇠고기, 청국장. 나는 냉동고 문을 조용히 닫았다. 나는 거실 소파에 가만히 앉아보았다. 가만히 앉아서 그의 집임이 확실한 집의 냄새를 흠뻑 들이켰다. 낯설면서도 달착지근한 냄새. 나는 안방문을 열어보고 싶었지만 꾹 참고 아이 방만 들여다보기로 했다. 작은 침대와 책상이 놓여 있는 아이 방. 책상 위에 정말, 그 또한 거짓말같이 그와 아이가 찍은 사진이 사진틀에 끼워져 있었다. 책상 위에 약간의 먼지가 만져졌다. 나는 핸드백에서 손수건을 꺼내 먼지를 닦아냈다. 사진틀의 먼지도 닦아냈다. 그러자, 내 마음이 아주 많이 착해지는 기분이 드는 것이었다. 내 아이 책상은 어떤가, 그 아이 책상을 들여다본 지가 아주 오래됐다는 생각이 들었다. 가면, 아이 책상부터 닦아줄까. 가만있어봐라. 나간 지 얼마 안되니까, 시간은 충분하겠다, 뭔가 음식을 만들어놓고 갈까. 나는 다시 냉장고 문을 열었다. 반찬통 뚜껑을 열어보니, 깔끔하긴 한데, 왠지 맛이 없어 보였다. 아마 시장 반찬집에서 사다 나른 것이겠지. 파는 음식하고 집에서 직접 만든 음식하고 어떻게 다른가를 보여줘볼까. 나는 콩나물을 꺼냈다. 콩나물무침을 할까, 콩나물국을 끓일까. 시금치도 꺼냈다. 시금치를 간장으로 무칠까, 고추장으로 무칠까. 아님, 콩나물을 전부 파 마늘 참기름 고추장 넣어 콩나물볶음을 만들어놓고 국은 시금치된장국을 끓일까. 그리고 또 냉동고에 있는 멸치로는 멸치볶음을 해볼까? 멸치볶음도 여러가지가 있지. 참기름, 고추장으로 무친 멸치볶음을 할까, 고추장 안 친 맑은 멸치볶음으로 할까. 그러다가 나는 또 문득 생각했다. 내가 우리집 부엌에서 어떤 요리를 할까 고민했던 적이 언제였는가를. 아이아빠하고 살 때는 하도 오래전 일이라 잊어버렸고 아이하고 살 때는 아직은 젊어서라고밖에 말할 수 없는 방황의 나날이 나를 부엌에 잡아두지 못했다. 그리고 이제 엄마 아버지와 합치게 된 후, 믿거라 한 엄마는 오히려 나를 믿거라 하고, 방황의 나날이 지난 뒤의 내게 부엌은 이미 낯선 공간이 된 지 오래였다. 그렇게 부엌은 내게서 잊혀졌던 것이 분명하다. 그렇다는 것을 그의 낯선 부엌이 일깨워준 것이 나는 쓰라렸다. 나는 꺼내놓았던 콩나물, 시금치 등속을 다시 냉장고 야채칸에 고이 넣어두었다. 시장에 가서 콩나물과 시금치를 살 것이다. 나는 사뿐사뿐, 살금살금 그의 집을 빠져나왔다. 열쇠로 문을 잠그고 열쇠는 내 호주머니에 넣어두었다.

애초 엄마한테 고했던 대로 시장을 보려고 시장통으로 왔다. 모과집 앞을 지나는데 안에서 아버지 소리가 났다.

"어이, 김마담, 우리 비도 오고 심심한데 입술박치기나 한번 하는 게 어때?"

아버지는 결코 술을 마신 것 같지는 않았다. 술을 마시지도 않고, 혹 술을 마셨다손치더라도 취하지 않고서도 저런 징그런 수작을 할 수 있다니. 나는 진저리를 치며 모과집 앞을 후딱 지나쳤다. 모과집만 없어도 시장길이 한결 가벼울 텐데. 그러나 아버지의 유일한 영양보충공급원임은 인정하지 않을 수 없다. 어차피 나는, 그리고 엄마는 모과집에서 취급하는 돼지머릿고기 따위를 사서 요리할 마음은 추호도 없으니까. 시장통 깊숙이까지 들어갔지만, 도대체 내가 선뜻 사고 싶은 마음이 드는 요리재료가 없다. 나는 생선을 살 수도 있을 것이다. 그러나 우리 식구들 누구도 생선을 좋아하는 사람이 없다. 육고기들을 좋아하지만, 엄마는 당분간 생식과 선식만으로 끼니를 이어가야 한다. 아이는 나 없는 데서 뭘 먹어대는지, 요새 부쩍 살이 쪘다. 몸무게를 절대로 발설하지 않는 것이 아마도 나보다 더 나가는 것이 확실하다. 나는 그래도 가족들을 위해 뭘 살까, 고민하는 게 즐겁다. 즐거움 속에서 나는 결국 콩나물과 시금치를 사들고 집으로 왔다. 오는 길에 공터 앞에서 한무더기의 여자아이들과 마주쳤다. 아이들은 분명히 뭔가 떳떳지 못한 행위들을 도모하고 있던 것 같았다. 나도 뭔가 기분이 나빠졌다. 내가 가까이 다가가자 무더기 속에서 한 아이가 튀어나왔다. 내 아이였다.

"얘, 너희들 뭐니?"

목소리가 저절로 떨려나왔다. 그냥 모른 척하고 지나쳐버렸으면 차라리 나았던 것일까. 나는 기어코 내 아이를 보고 말았다. 그리고 아이의 몸에서 나는 담배냄새를 나는 분명히 맡았다. 내 아이가, 이제 겨우 열다섯살인 내 딸이 담배를 피운다는 사실을 나는 알았다. 분노보다는 슬픔이 자우룩이 몰려왔다. 눈에서 눈물이 나오려는 걸 꾹 참고 아이를 빤히 바라보았다.

"친구들인데요."

아이들의 눈빛은 사뭇 도발적인 데가 있었다.

"친구들이 왜 집밖에 있어."

"그냥, 집밖에서 할말이 있어서요."

등골을 타고 진땀이 흘러내렸다. 손이 후들거리고 다리에 힘이 풀렸지만 다만 나는 다른 아이들은 쳐다볼 엄두도 내지 못한 채 내 아이만을 바라보며,

"집에 빨리 들어와."

한마디 했을 뿐이다.

엄마한테 뭐라고 말할 엄두도 나지 않았다. 나는 곧장 부엌으로 갔다. 사가지고 온 콩나물과 시금치가 마치 생전처음 보는 음식재료인 것마냥 낯설었다. 나는 그것들을 그냥 거기 부엌바닥에 버려두었다. 엄마가 선식을 타먹으러 부엌으로 들어왔다.

"야야, 음식재료를 사가지고 왔으면 조리를 해야지. 나 먹을 건 아니지만서도 뭐든지 신선할 때 조리해야 맛있지 안 그러면 맛도 없다야."

나는 문득 엄마의 밭이 생각났다.

"엄마, 밭 없어졌데요."

"팻말 꽂혔지?"

"응."

"아이고, 올해는 남새도 못 기르고 뭔 재미로 산대냐?"

"엄마, 장애인자활쎈터에 봉사활동 어때요?"

"뭐? 뭔 활동? 지랄한다. 지금 내가 장애인이다 년아."

아침을 못 먹어서인가. 멀미를 할 때처럼 속이 메슥거리면서 미열이 올라왔다. 엄마는 찬물에 선식을 타서 꿀꺽꿀꺽 마셨다. 엄마 얼굴은 물에 풀린 선식 색깔처럼 누렇게 떠 있었다. 나는 콩나물을 씻었

다. 원래부터 씻을 것도 없는 콩나물을 바락바락 씻었다. 그것은 일종의 오기 같은 것인지도 몰랐다.
"야, 콩나물 너무 씻으면 비린내 나야."
나는 콩나물로 뭘 할 것인가를 생각했다. 생각하기도 일종의 오기다. 콩나물국? 콩나물무침? 콩나물볶음? 콩나물밥? 콩나물밥을 하기로 하자. 압력밥솥에 쌀과 콩나물을 번갈아가며 안쳤다.
"왜? 콩나물밥 맨들려고? 야야, 콩나물밥에는 물을 적게 잡아야 한다이. 너 지금 물을 너무 많이 잡았어. 덜어내. 그렇게 잡아노면 찔크덩해서 못 먹어야."
엄마는 부엌바닥에 주저앉아 숫제 코치를 하고 있다. 시금칫국은 옷이나 갈아입고 끓이자, 하고 방으로 들어서는데 벌컥 아이가 들어왔다. 씩씩대는 숨소리가 유난하다. 나는 아이 눈을 똑바로 보기가 겁났다. 아이가 대뜸 악을 썼다.
"엄마, 나 담배 안 피웠어."
"담배 땜에 그러는 거 아냐."
"그럼 나 봐봐."
나는 아이를 바라보았다.
"이상해, 엄마를 집에서 보면 짜증나거든, 근데 밖에서 보면 반가워. 그래서 달려갔던 건데 엄만."
"근데 담배냄샌 왜 났어?"
"보람이가 자꾸 주잖아 담배를. 가시내가 지나 피우지, 끊은 사람한테 왜 줘 주길."
떵하다. 아 시금칫국을 끓이자. 시금칫국을 끓여서 담배 끊은 딸년 몸보신을 시키자. 나는 부엌으로 갔다. 이제 요리는 오기가 아니라 숫제 발악이다.

　아버지가 들어왔다. 냄비를 들고 왔다.

　"야야, 이거 돼지갈비탕이다. 모과네서 한번 끓이긴 한 건데, 물 조금 붓고 한번 더 끓여봐라. 국물이 아주 진국이라 혼자 먹기 아까워서 가져왔따아 이."

　머릿고기만 하는 줄 알았더니 언제부터 갈비탕을 했을까. 돼지를 가지고 머릿고기를 할까, 갈비탕을 할까 고민하면서 그녀는 즐거웠을까? 그랬으면 좋겠다고 나는 생각했다. 요리가 오기나 발악이 아닌 순전한 즐거움이었기를.

　콩나물밥을 안친 압력밥솥에서 쉭쉭대며 김이 오르고 있다. 시금치 된장국이 그 옆에서 부글부글 끓어넘치고 돼지갈비탕이 거품을 밀어올리고 있다. 나는 갈비탕 냄비에서 돼지갈비 한점을 건져내었다. 그것을 한입 뜯으려는 찰나, 뭔가 딱딱한 이물이 혀에 걸린다. 돼지뼈가? 뱉어내고 보니, 놀랍게도 이빨이다.

　"야야, 시금칫국 너무 오래 끓이면 안돼. 야야, 근데 지끔 너 뭐 하냐?"

　"엄마, 이, 이빨이 빠져버렸네!"

　"뭐라구 야? 이빨이 빠져? 허어, 참 나 원. 꽃 피자 꽃 진다더니, 니가 딱 그짝이다 이?"

　나는 목욕탕으로 가 거울 앞에 서서 입을 쩍 벌리고 입 안을 살폈다. 어금니 한개가 통증도 없이 쏙 빠져나왔다. 나는 빠진 이빨을 호주머니 속에 집어넣었다. 그 속에서 열쇠가 손에 잡혔다. 이빨과 열쇠를 나란히 손바닥에 올려놓았다. 그것을 바라보고 있자니 웃음이 나오려는 것 같기도 하고 뭔가 처연해졌다. 엄마가 탄식하는 소리가 목욕탕까지 따라들어왔다.
 "거짓말 하나 안 보태고 꽃이 피자 꽃이 지는고나아, 꽃 진 자리에는 지가 절로 푸른잎도 돋아나오더마는, 너는 아무래도 치과를 가야 할 것 같으다 야."
 "밥탄다아, 밥타, 밥이 타도 여자들이 신경을 안 쓰네에 이거어? 허 허 차암."
 뒤미처, 아버지 악쓰는 소리도 들려왔다.

영희는 언제 우는가

"아이, 아이, 애란어미 어디 갔느냐."

악을 쓰는 노인은 영희의 시고모다. 영희가 나오는 곳은 화장실이다. 느릿느릿한 영희 거동에 내가 다 애가 단다.

"할머니, 애란이가 아니고 아람이요."

노인이 영희 큰딸 아람이를 애란이라고 하든 애랑이라고 하든, 꼭 그 자리에서 토를 달 필요는 없다. 그런데도 무슨 어깃장인가. 서방 죽어도 처먹을 것 다 처먹고 볼일은 다 보는 저년이나 네년이나 한통속이라고 노인이 느끼는 것 같아서일까. 노인이 나를 흘낏 건너다보는 눈초리가 예사롭지 않다. 모가 서 있다. 내 말에는 대꾸도 않고 노인이 대뜸,

"아이, 너는 어째 허는 짓이 다 그 모냥이냐. 상석 올리얄 것 아녀."

시고모의 악다구니에는 이골이 나 있다는 태도인가. 아니면 저도

많이 지쳐서 그런 것일까. 영희는 내가 봐도 사뭇 답답한 걸음걸이로 부엌으로 들어간다. 영희 뒤태를 매섭게 꼬나보던 노인이 해앵, 탄식의 한숨을 몰아쉬고 나서 돌아선다.

 밥과 국과 나물 몇가지가 올려진 소반을 들고 영희가 제 남편의 시신이 놓여 있는 안방으로 들어간다. 아침에 동네 바느질장이가 가져다준 하얀 나일론 소복치마가 자꾸 발에 걸려 영희 발걸음은 위태롭다.

 "아이, 상석 놓을 때마다 내가 일일이 말을 해야 알아듣겄냐. 곡을 해얄 것 아녀, 곡을."

 방 안에서 예의 노인의 새된 소리가 흘러나온다. 영희는 잠잠하다. 참다못한 노인이 먼저 아이고오 아이고오, 곡을 한다. 노인의 곡소리는 하나도 슬프지 않다. 청승맞은 노랫가락 같다. 흐흑, 아이 울음소리가 들린다. 영희 큰딸 아람이 울음소리다. 이어, 애애애애, 영희 막내아들 건주 울음소리. 방 밖에서 그 소리를 듣던 동네 아낙이 뭣이여, 저것이, 뭔 맴생이가 우는 것이여? 하고 비어져나오는 웃음을 참지 못하고 섰다가, 어이 자네는 시방 이 판국에 웃음이 다 나온단가? 다른 아낙의 면박에 후닥닥 부엌으로 내뺀다.

 "고모할매 자꾸 울엄마한테 뭐라고 하지 마란 말예요. 글안해도 울엄마 맘은 천갈래 만갈래로 찢어질 판인데, 고모할매가 자꾸 호랭이같이 갈구니까 울엄마가 더 슬프잖아요."

 이건 둘째 소담의 야무진 일갈이다. 소담이는 차돌멩이같이 야무져서 죽은 제 아비 사랑을 가장 많이 받은 아이다.

 "엇따따, 호랭이 물어갈. 소자 났다, 소자 나. 소자 나면 뭣을 헐 것이냐, 인자 느그 애비도 없는디. 아이고오 아이고오, 창색아아, 내 새끼 창색아아, 이 무정허고 무심헌 놈아아, 너를 업어주고 키워준 느그

고모를 내던져불고 뭣이 그리 바빠서 뒤도 안 돌아보고 가부렀느냐아. 아이고오 아이고오, 농판이 되아분 느그 아부지는 어찌라고 너 혼자 가부렀느냐아아. 원통허고 절통혀서 고모는 못살겠다아……"

노인의 마른울음 섞인 사설은 끝이 없다. 어제 처음 이 집에 들어섰을 때부터 줄곧 들어온 통곡소리다.

싸락눈이 내린다. 싸락눈은 싸락싸락 내린다. 영희 집 뒤안에 무성한 대나무 이파리와 싸락눈이 부딪치는 소리가 난다. 싸락싸락 싸르르, 그러다가 그 소리는 이내 서걱서걱 소리로 변하기도 한다. 바람이 불어 대나무숲이 일렁거리면 쏴아아, 파도소리가 난다. 나는 선득거리는 마루에 서서 눈 내리는 소리를 듣는다. 눈이 댓이파리와 부딪는 소리를 듣는다. 대숲 일렁이는 소리를 듣는다. 그 소리들을 들으면서 영희 울음소리를 기다린다. 영희가 울어주기를. 제 남편 죽었다고 동네방네 다 들으라고, 제 가슴 주먹으로 콩콩 찧으며 울어주기를. 그러나 영희는 잠잠하다. 조바심이 인다. 문을 열고 야, 울어라 울어 좀, 한마디쯤 던지고 싶다. 영희가 울지 않으니까 영희 친구인 나도 눈치가 보인다. 아침 일찌감치 건너온 영희 일가 아낙이 부엌 샛문 틈으로 슬쩍 내다보는 것이 아무래도, 당신이 대관절 누구관데 식전부터 초상집 마루에서 건들거리느냐, 된 통박을 줄 것만 같다. 실제로 어젯밤 나는 부엌에서 흘러나오는 아낙들 속닥이는 소리를 들었다.

"조문 와서 잠이나 퍼자는 여자는 세상천지 처음 보네."

"누구여?"

"아람어매 친구라네. 어째 아람어매는 친구를 사개도 꼭 저런 친구를 사겠으까."

이곳에 오기 전에 먹은 약이 독했던가. 혼곤하게 잠이 쏟아져 견딜 수가 없었다. 영희 집에 오자마자 아무데나 사람 없는 빈방을 찾아 누워버렸는데, 내가 생각해도 그건 흉거리일 수밖에 없었다. 그래도 약 덕분인가. 아침에 일어나니, 미열이 좀 나긴 했지만 견딜 만했다. 통증도 싹 가셨다.

내 신발을 찾는다. 아무리 찾아도 신발을 찾을 수가 없다. 마루 밑을 들여다본다. 강아지새끼들이 구물구물하다. 야, 저리 가, 아줌마 신발 내놔. 강아지들이 나를 멀뚱멀뚱 쳐다본다. 우리는 아무 죄 없는데요. 태연자약한 그 표정이 거짓말은 아닌 것 같다. 영희 남편 신발인가. 강아지가 깔고 앉은 것은 커다란 농구화. 먼지와 개털과 흙투성이 농구화. 개밥그릇이 비어 있다. 나는 영희 것 같은 파란 비닐슬리퍼를 꿰어신고 마당 아랫방으로 간다. 젖은 신이었나. 발이 시렸다. 어젯밤, 소담이가 강아지들한테 줄 먹이를 그 방에서 꺼내오는 것을 봤다. 상중에도 소담이는 이 앙다물고 저희 집에서 키우는 짐승들 챙기고 집 앞 버섯하우스도 살핀다. 소담이는 제 이름처럼 소담스레 살핀다. 내가 어제 소담이 저것이 어디를 가나 하고 살살 뒤따라가봤더니 그랬다. 하우스 거적을 덮어주는 소담이 어깨가 흔들렸다. 속울음을 우는 아이 어깨를 가만히 쓸어주는 것밖에는 내가 할 수 있는 일이 아무것도 없었다. 그리고 지금, 소담이 대신 내가 이 집의 짐승들을 챙겨주는 것밖에는.

아랫방 문앞 토방에 신발들이 어지러이 흩어져 있다. 거기 내 신발이 있나. 눈에 띄는 것은 운동화와 털신 그리고 구두다. 남자구두다. 그 남자 신발이다. 내게 약을 사주었던 남자. 숨을 좀 깊게 들이마셔 본다. 방에 그가 있을까.

"이 차가 광주 가는 차 맞나요?"

내가 대답할 새도 없이 남자는 내 옆자리에 앉았다.

"어디 가시는데요?"

"광주 가지요."

광주 가는 차인 줄 알고 탔으면서 광주 가는 차냐고 물은 사람이나, 광주 가니까 광주 가는 차냐고 물었을 사람한테 어디 가느냐고 물은 나나 어딘가 아귀가 맞지 않은 질문들을 한 것 같기는 했다. 그리고 남자와 나의 문답은 그것으로 끝이었다. 차가 서울시계를 벗어나면서부터 눈이 내리기 시작했다. 운전사가 틀어놓은 라디오에서 남쪽 지방에 대설주의보가 내렸다는 기상정보를 알리고 있었다.

"눈이 많이 오는군요."

경황이 없어 옷을 허술하게 입었을 뿐 아니라, 몸상태가 좋지 않아 휴게소에 정차했을 때도 나는 그냥 가만히 자리에 앉아 있었다. 나갔다 들어온 남자가 캔커피를 건넸다. 캔은 따뜻했다.

"광주 가십니까?"

"네."

나는 짧게 대답했다. 광주 가는 차에 탄 사람보고 광주 가냐고 묻는 것이 우문인지 현문인지 더는 따지고 싶지 않았다. 몸상태가 좋지 않아서이기도 했지만 무엇보다 무언가를 생각한다거나, 누군가와 대화를 나눌 만한 마음의 여유가 내겐 없었다. 남자가 건네준 커피를 마실 염조차 나지 않아 나는 캔을 그대로 손에 쥔 채 창밖을 내다보았다. 남쪽으로 갈수록 눈발의 기세는 더 거세졌다. 차 안에 난방이 되고 있는데도 나는 추웠다. 아침에 나설 때부터 예감이 좋지 않더니 버스를 타고 얼마 지나지 않아 몸살기운이 급격히 몰려왔다. 내가 후유증으로 몸살을 앓을 정도로 극렬한 난동을 부리고 나간 남편은 어젯밤 집에 들어오지 않았다. 이제 그는 영영 돌아오지 않을지도 모른다. 차라리 그래주기를 나는 바랐다. 늘 그랬던 것처럼 그가 집으로 들어오는 발걸음소리가 나면 나와 아이들은 절망할 것이다. 새벽녘에 전화벨이 울렸다. 전화기의 발신자번호 표시창을 노려보았다. 공중전화면 틀림없이 남편 전화일 것이었다. 여기 과천이야, 혹은 야, 여기 강원도 태백이다. 남편에게서 내가 들을 수 있는 말은 그것이 전부일 것이었다. 그러니까 그 말은 자기가 지금 경마장에 있거나 카지노에 있다는 소리임과 동시에 돈을 준비해놓으라는 소리였다. 그러나 이제 그런 전화도 다시는 오지 않을지도 모른다. 나는 어제 옆집 슬기엄마 표현대로라면, 눈에서 불이 날 정도로 남편에게 대항했다. 그 후유증으로 몸은 비록 아팠지만, 그동안 내가 아무 소리 못하고 산 세월들이 억울할 정도로 시원한 감도 없지 않았다. 나는 남편에게 나가라고 악을 썼고 남편은 내가 악을 쓰는 것에 맞추어 나를 두들겨팼다. 슬기엄마와 내 아이들이 합세하여 남편을 몰아내지 않았다면 어떤 사태가 벌어졌을지 알 수 없었다. 전화벨이 울릴 때 잔뜩 오그라들던 마음이 표시창에 뜬 숫자를 확인하자 금세 누그러졌다. 그것은 영희에게서 온 전화였다.

"박창석씨, 지금 막 저세상으로 갔다."

영희 목소리는 예상한 대로 담담했다. 췌장암을 앓는 남편의 격렬한 고통을 속수무책으로 지켜봐야 했던 날들을 생각하면 그럴 수도 있을 거였다.

"........."

얼얼한 느낌에 얼른 말이 나오지 않았다.

"생각했던 것보다 편안히 갔어."
"애들은?"
"괜찮아. 인사도 다 하고 할말 다 하고 그러고 갔어."
"첫차로 가마."
"무리는 말고."
"무리면 가지 마?"
"…… 와줘."

전화가 툭 끊겼다. 몹쓸 내 남편은 집을 나갔고 착한 영희 남편은 저세상으로 갔다. 그리고 몹쓸 내 남편이나 착한 영희 남편이나 한가지로 그들이 떠난 자리에 남은 것은 천장만큼이나 쌓인 빚뿐이다.

아이들을 옆집에 맡겼다. 옆집 슬기엄마는 내가 아이들을 맡길 때마다 늘 전투적인 표정이 된다. 슬기엄마 같은 이가 이웃인 게 나는 얼마나 고마운지 모른다. 밥을 많이 먹어 힘이 센 슬기엄마는 내 아이들에게 나보다 더 든든한 보호막이 되어줄 것이다.

깜박 잠이 들었던가보다. 잠에서 깨어나니 몸이 으슬으슬 춥고 머리가 어지러웠다. 남편이 집을 나가면서 부린 행패를 막으려다 다친 옆구리께의 통증도 아직 가시지 않았다.

"어디가 많이 아픈 모양이에요?"
"………"
"춥습니까?"
"………"
"아저씨, 난방을 좀더 세게 해줄 수 없습니까?"

뭐야아, 지금도 더워죽겠구만. 기사님, 무슨 차 안이 이렇게 더워요? 다른 승객들의 원성이 즉각적으로 쏟아졌다. 난감해진 건 운전사였다.

"여기 환자가 있어서 그래요."

운전사가 끝내 남자의 편이 되어주지 않은 건지 아니면 온도를 올렸는데도 내가 추운 건지 알 수 없었다. 머리에서 열은 나는데 몸이 떨렸다. 남자가 문득,

"괜찮으시다면, 제 옷을 덮으시지요."

내가 대답하기도 전에 남자가 무릎에 올려놓았던 코트를 내게 건네주었다. 나는 남자의 옷을 거절할 기운이 없었다. 차는 폭설 속을 기었다. 폭설 속을 달리는 차 안에서 남자는 어느새 내 보호자가 되어 있었다. 어찌하다보니까 그렇게 되었다. 옷을 덮어주고 물을 가져다주는 남자에게서 나는 어떤 지극한 보살핌의 기운을 느꼈다. 그것은 한자리에 같이 앉아 가는 사람이 보일 수 있는 친절 이상이었다. 옆자리에 앉은 낯선 사람에게, 단지 아프다는 이유만으로 베푸는 친절이 그러나 나는 싫지 않았다. 기이한 것은 고맙다는 말을 해야 할 상황이 분명한데도 이 남자는 내가 인사 같은 것을 챙기지 않아도 될 사람 같았다. 그러니까 우리는 아무래도 구면 같았다. 얼핏 맡아지는 어떤 냄새, 오래된 기억 속에서 선명하게 떠오르는 그 냄새가 바로 남자의 옷에서 났기 때문이다. 내게 한번 왔다가 아무 일도 없었다는 듯 그냥 가버린 그 냄새.

더욱더 기이한 것은, 그 냄새인 것 같다가, 차츰 그 냄새라고 단정을 짓고 나자, 욕망인 것도 같은 혹은 분노인 것도 같고 그리움인 것도 같은, 그러나 아무리 생각해도 터무니없는 어떤 감정 하나가 불쑥 고개를 들이민 것이었다. 말하자면 나는 이제야말로 그 냄새가 나는 옷의 주인에게 매달리고 싶어지는 것이었다. 내가 몹시 힘드니, 당신

이 당신 옷으로, 그 다정한 냄새 나는, 그 평화롭고 온순하고 모든 정상적인 것의 냄새가 나는 옷으로 나를 감싸서 어디론가 데려가줘야 한다고 애원하고 싶은 것이었다. 아니, 엄밀히 말하면 그러고 싶다는 강한 유혹을 느꼈다. 격렬한 통증과 한기 속에서도 나는 남자의 보살핌의 기운에 흠뻑 빠져버리고 싶었다. 남자의 보살핌의 기운이 달콤한 게 아니라, 그 기운에 빠져버리고 싶다는 기분이 달콤한 거였다. 맹랑하기 이를 데 없는, 그러나 굳이 거부하고 싶지 않은.

"비가 온다, 비가 와."
비가 내리는 휴일이면 영희는 늘 부침개를 부쳤다. 부엌에서 부침개를 부쳐 방 안으로 건네주며 영희가 말했다. 나는 영희가 부친 부침개를 먹으며 자취집 마당에 수직으로 꽂히는 빗줄기를 바라보았다. 영희가 내뱉듯이, 탄식하듯이 비가 온다, 비가 와, 라고 한 것은 비가 오니 만성리 가는 계획은 취소하자는 소리라는 걸 나는 알았다. 영희와 한방에서 자취한 지 삼년인데 그 정도 못 알아먹을 내가 아니었다. 그러나 아무리 날씨가 맑다 하더라도 가난한 전자공장 여공인 우리가, 실제로 만성리 해수욕장을 갈 수나 있었을까. 영희는 날씨가 좋으면 좋은 대로 또 배 깔고 엎드려서 그 특유의 느린 말투로,
"해수욕장 가면 사람도 많고 순 바가지 쓴다더라."
그러면 나도 질세라,
"맞아, 거긴 순 놀고먹는 애들만 간다더라."
그날, 영희 시골집에 간 건 영희와 나의 그런 문답이 오간 뒤였을 것이다. 그날은 사흘간 주어진 여름휴가 첫날이었다. 휴가 때 산으로 바다로 놀러 가자는 꿈이 우리에겐 그저 꿈에 불과하다는 사실을 잘

알고 있었다. 애초부터 우리는 해수욕장에 갈 만한 처지들이 아니었다. 멋진 수영복 있고 녹음기 있고 기타 있는 대학생들이나 가는 곳이었다. 젊음이 넘쳐흐르는 해변은 애초에 우리 것이 아니었다. 다섯 식구가 오글거리고 사는 단칸방에서 살 수 없어 집을 나와 자취를 하는 처지에 휴가라고 집에 들어갈 입장이 아니었던 나는 영희 어머니와 동생들에게 줄 복숭아를 사서 영희를 따라 시골집에 갔다.

영희네 집 앞 길은 대숲 사이로 난 오솔길이었고 낮인데도 어둠침침했다.

"영희야, 대나무들 키가 왜 이리 크다니? 정글 같아."

"몰라, 아마 키큰 남자가 키우는 대나무라서 그런가봐."

그렇게 말하고 나서 영희가 까르르 웃었다. 영희의 웃음소리가 나자마자 어디선가 휘파람 소리가 났다.

"영희야, 휘파람 소리 내는 새도 있어?"

"몰라. 휘파람 잘 부는 남자는 있어."

"어디?"

"바로 여깄습니다."

컴컴한 대숲에서 한 남자가 불쑥 나타났다. 나는 영희 표정만 보고도 영희가 어떻다는 걸 알았다. 영희는 그러니까 일부러 대숲길을 택한 것이었고 그 숲속에 그가, 말하자면 제가 보고 싶어하는 그 남자가 있으리란 것을 안 게 분명했다.

"창석이 너 언제 내려왔니?"

"유월부터 내려와 있었다야."

"학교는?"

남자가 대답 대신 그냥 미소지었다.

"창석아, 복숭아 먹을래?"

"밤에 가지고 나와."

"어디로?"

"샘골 계곡으로."

고개를 끄덕이고서 영희는 초등학교에 갓 입학한 계집애같이 나풀나풀 뛰어갔다. 영희는 저녁밥 먹고 나서 복숭아 두 알을 몰래 우물 속에 빠뜨려놓고 어머니와 동생들에게는 나머지 복숭아를 깎아주었다. 영희는 나를 빤히 바라보았다. 그 얼굴에 복숭앗빛 같은 홍조가 피어오르고 있었다. 쪼글쪼글한 영희어머니는 잠도 쪼글쪼글 엎드려 잤다. 영희어머니는 작년에 술병으로 죽은 영희아버지 살아 있을 때부터 너무 고생을 많이 해서 잠조차도 편하게 자는 것을 잊어버렸다고 했다. 동생들은 생쥐처럼 눈을 뜨고 우리를 빤히 쳐다보았다. 영희가 말했다.

"눈감아."

동생들은 거짓말처럼 모두 눈을 꾹 감았다. 우리는 우물에 빠뜨려놓은 복숭아 두 알을 감싸쥐고 사립을 빠져나와 대숲 사이로 난 오솔길을 달리고 다복솔이 우거진 뒷동산을 다람쥐보다 빠르게 올라가 약속장소인 샘골 계곡으로 갔다. 물소리가 나는 사이사이로 두런거리는 남자 말소리가 들려왔다. 야심한 밤에 듣는 굵은 남자 목소리는 스무 살 처녀의 가슴을 두근거리게 했다. 영희가 어둠뿐인 허공으로 복숭아 한알을 내밀었다. 창석이 받았다.

"복숭아 비싸지?"

"몰라. 물가 비싼데 복숭아라고 안 비쌀까."

"여긴 내 친구. 거긴 니 친구냐?"

"응."

창석이 빙글빙글 웃었다. 창석 옆에서 바보같이 서 있던 남자도 빙글거렸다.

"참 내, 내력없이 웃기는."

퉁을 주는 영희도 웃기는 마찬가지였다.

"서 있지 말고 우리 앉자."

창석의 제안에 따라 우리는 모두 계곡의 널따란 바위에 걸터앉았다. 한참 동안 이쪽이나 저쪽이나 복숭아 나눠서 깨물어 먹는 소리만 났다. 계곡에 오래 발을 담그고 있었더니 발이 시려왔다. 깊은 계곡인데다 밤이 깊으니 밤이슬이 내려 한기가 돌았다. 그래도 꾹 참고 밤하늘의 별을 우러르기도 하고 괜스레 웃기도 했다. 창석의 친구가 창석에게 속닥였다.

"걔네들보다 낫다."

"누구?"

"혜련이."

"아, 지난번 미팅한 이대생?"

"걔네 완전 부르주아야."

영희와 나는 고개를 푹 수그리고 발가락만 내려다봤다. 우린 잠이 왔던 것인지도 모른다. 그래서 그렇게 눈을 내리깔고 있었는지도. 하지만 기가 죽었다고 해야 더 정확하리라. 그렇지만 기죽은 표시 안 내려고 잠오는 척 눈을 내리깔고 있었는데 결국 졸음이 밀려왔다. 그러나 사실을 말하면 나는 한숨도 자지 못하고 있었다. 그리고 그날 밤, 잠든 척 잠 못 드는 내 몸을 따스하게 감싸주는 것이 있었다. 그것은 남자의 옷이었다. 남자가 내 몸에 덮어주는 옷의 감촉이 느껴지자 나는 말할 수 없이 행복해졌다. 혹시 꿈이 아닌가 싶어서 나는 그 꿈을 좀더 오래 지속시키고 싶다는 생각으로 일부러 눈도 뜨지 않고 고개도 들지 않았다. 그러고 있자니 가슴이 거세게 요동쳐왔다. 영희와 창석은 각자가 입은 옷 그대로 자고 있었다. 그런데 내게는 특별히, 남자의 옷이 덮여 있었다. 나는 내게 옷을 덮어준 남자가 무릎을 세워 얼굴을 묻은 채 자고 있는 것을 남자의 옷에서 나는 냄새를 맡으며 지켜보았다.

"알아요? 이제 방금 망초꽃이 피었어요."

나는 깜짝 놀랐다. 자고 있는 줄 알았던 남자가 고요하게, 그러나 열에 들뜬 목소리로 내게 말을 했기 때문이다. 남자가 내게 가까이 다가앉았다. 그러곤 내 손을 꼬옥 쥐었다. 조금만 움직여도 가슴이 팡, 하고 터져버릴 것 같은 느낌에 나는 꼼짝도 할 수 없었다. 나는 미동도 하지 않은 채로 나를 덮고 있는 남자의 옷에 코를 박았다. 옷에서는 옷주인인 남자의 체취일 것이 분명한 냄새가 났다. 내가 덮고 있는 남자 옷에서 나는 냄새, 그것은 이전에 내가 한번도 맡아보지 못한 냄새였다. 역으로 이런 말도 가능할 것이다. 그 남자의 옷이 그날 밤 그 계곡바위에서 내 몸을 덮지 않은 옷이라면, 그 옷에서 나는 냄새는 이 세상 어떤 옷에서 나는 냄새와 다를 것이 없다고.

나는 지금 내게 옷을 덮어줬던 그 남자의 얼굴을 확실히 기억하지 못하지만, 그 옷에서 나던 냄새는 아직도 기억하고 있다. 그러면, 그러면 이 남자가 바로 그일까.

"혹시, 혹시 말이지요, 이십년 전 일인데요."

"네."

"밤에 계곡에서 복숭아를 먹은 기억이 있나요?"

"복숭아야 많이 먹었지요. 이십년 전에도 먹었을 것이고, 십년 전에도, 일년 전에도, 지난여름에도 먹었을 거구요. 복숭아 좋아하세요? 하기야 아프면 복숭아가 먹고 싶을 수도 있어요. 어렸을 때 어머니는 내가 아프면 꼭 복숭아통조림을 사다주시곤 했죠. 어머니는 간즈메라고 했는데, 지금도 이따금 아플 때는 어머니의 그 간즈메가 떠오르곤 합니다."

광주 광천동 터미널에 내렸을 때 눈은 그쳐 있었다. 남자는 내게 덮어줬던 코트를 거둬가며 필요 이상으로 미안해했다. 남자가 문득 말했다.

"가지 말고 이 자리에서 잠깐 기다려주시겠습니까?"

"………"

남자가 어디론가 뛰어갔다. 돌아온 남자가 수줍어하며 내미는 비닐봉지 속에 든 것은 약봉지와 복숭아통조림이었다. 그리고 우리는 헤어졌다. 담양으로 가는 버스는 자주 있었지만, 영희 집까지 가려면 담양읍내에서도 한참을 들어가야 했으므로 내 몸상태로는 버스를 탈 엄두가 나지 않았다. 택시를 타고 영희 집에 오자마자 영희 아이들 방으로 들어가 아이들이 오물오물 앉아 훌쩍거리는 소리를 들으며 누워버렸다. 잠에서 깨어났을 때는 저녁도 다 지난 밤이었다. 문밖은 사람들 소리로 두세두세했다. 큰아이 아람이와 막내 건주는 울다가 지친 듯 내 발밑에서 자고 있었다. 내가 일어나자 여태 자고 있던 소담이가 발딱 일어났다.

"아줌마, 아파요?"

"응, 근데 이젠 약 먹어서 괜찮아."

"아줌만 우리 엄마의 진정한 친구 같아요."
"왜?"
"울엄마 땜에 아줌마가 아파버리잖아요. 선생님이 그러는데, 진정한 친구는 친구의 아픔을 자기 아픔처럼 여기는 사람이랬어요."

다 늦은 밤인데 소담이가 양말을 두 겹으로 껴신고 벙거지를 뒤집어쓰고 밖으로 나갔다. 어디 먼데로 갈 것처럼.

"소담이 어디 가니?"

"울아빠 돌아가셨어도 우린 살아야 하니까, 개밥도 퍼주고 들에 나가 하우스도 살펴야 해요. 오늘 우느라고 아무것도 못했거든요."

소담이 하는 짓이 하도 대견해 나도 모르게 뒤를 따라나선 길이었다.

하우스 문을 잠그고 돌아서는데 저쪽 모퉁이 어둠속에 누군가가 서있었다. 꺽꺽거리는 소리가 나서 처음에는 누군가가 술을 먹고 토하는 줄 알았다. 그러나 그것은 울음소리였다. 한 남자가 아무도 보이지 않는 하우스 모퉁이 어둠속에서 격한 울음을 토해내고 있었다. 우뚝 내 발걸음이 멈춰졌다. 그 남자였다. 그가 내게 건네주었던 미색 코트가 아니라도 나는 이제 확실히, 그리고 아무리 먼발치에서라도 그 남자를 알아볼 수 있을 것 같았다.

"누구니?"

"울아빠 친구분이래요. 저 아저씨랑 울아빠랑 학교 다닐 때 데모도 같이하고 엄청 친했는데요, 아저씨랑 아빠랑 되게 싸웠대요. 음, 서로 사상이 안 맞았다나 어쨌다나. 하여간 그래가지고는 울아빠가 학교도 그만두고 감옥 갔다와서 울엄마랑 결혼하고 우리 낳고 사는 동안 한번도 못 만나다가요, 어디선가 울아빠 아프단 소식 듣고 오셨거든요.

그래서 아빠랑 화해하는 것을 저도 봤어요. 근데 울아빠도 착하지만 저 아저씨도 되게 착해요. 모르는 할아버지 할머니 들한테도 꼬박꼬박 인사하고요, 아이들한테도 항상 웃어주고요, 하여간 그래요. 아까 저녁에 아줌마 잘 때 왔는데요, 아저씨가 버스에서 내려 터덜터덜 걸어오다가요, 돌부리에 걸려 넘어져가지고요, 다리를 다쳤다네요, 내참. 저 아저씨 걸음걸이가요, 원래 터덜터덜 하걸랑요. 아줌마, 울아빠 이름이 박창석이잖아요. 저 아저씨가 뭐라 그런 줄 알아요? 울엄마한테, 앞으로 창석이 보고 싶으면 절 보세요, 그러잖아요, 흥."

숨도 안 쉬고 말한 뒤끝에 야무지게 붙이는 콧방귀라니. 소담이 아빠는 이런 딸 있어 마음놓고 저세상으로 갈 수 있었던 것이 아닐까.

"가서 달래드리렴."

"싫어요."

"왜?"

"있잖아요, 사실은요, 나도 저 아저씨 착한 거는 알거든요. 근데요, 저 아저씨가 울엄마한테 한 말 땜에 내가 기분이 나빠져버렸거든요."

아랫방 문을 슬며시 연다. 방 안은 어둠침침하다. 어젯밤 늦게까지 음주를 하던 영희 남편 친구들 몇몇이 너부러져 있다. 문 옆에 바로 '도그 푸드'라 쓰인 포대가 있다. 포대 안에 담겨 있는 양은그릇으로 하나 가득 개밥을 퍼담는다. 농군 복장의 영희 남편 친구들 안쪽으로 그가, 어제 내게 덮어줬던 낯익은 미색 코트를 덮어쓰고 누워 있다. 어젯밤 과음을 한 건지도 모른다. 나는 얼른 문을 닫는다. 영희가 안방에서 나오며 제 신발을 찾는다. 나는 얼른 신을 벗어주고 마루로 올라선다. 마루는 선득선득하다. 젖은 양말은 마루에 그대로 내 발자국을 만든다. 춥다. 나는 어디로 가야 할지를 모르고 그렇게 마루에서 서성거린다.

"방에 들어가 있으렴."

"응, 그래."

나는 건성으로 대답한다.

"어서."

영희가 채근한다. 쫓기듯 들어선 방에는 어제 영희의 시고모가 피운 고춧불 내가 가시지 않아 매운내와 향내가 뒤엉킨 매캐한 냄새가 난다.

"앉어보씨요."

노인은 언제 울음 섞인 사설로 대성통곡을 했는가 싶게 말끔한 얼굴이다. 시신이 걱정될 정도로 방바닥은 지글지글 끓는다. 아직 입관을 하지 않은 시신은 병풍 너머 칠성판 위에 누워 있다. 병풍이 이승과 저승 사이를 완벽하게 차단하고 있다. 나는 어색하게 앉는다.

"어디서 오셨소?"

"서울에서요."

"아는 멫이요?"

"........."

"옳아, 아를 두고 나왔는갑만."

"........."

"그러지 마시요. 아들은 그저 에미 품안에서 키야제. 요새 이편네들은 어째 지 새끼 중한지를 모르까, 끄응. 사램이 그러면 안돼야. 즈그년들이 집나가봐야 뭔 존 꼴을 보겠어."

노인은 영악하다. 아니, 숭악하다. 실로 사납다. 영희가 지금 그 사나온 눈초리를 고스란히 받고 있다. 내가 가만히 있자 노인은 차마 영희 면전에서 못하겠는 말, 이때다 싶게 쏟아놓는다.
"배운 이핀네들은 글도 안해. 꼭 밴 바 없는 년들이 처나가드라고."
"할머니, 말씀이 지나치십니다."
"내가 허는 말이 뻘말인지 아요. 이 동네만 해도 아조 쎄부렀소. 보씨요, 인자 저그 저, 동네 가운뎃집, 서방이 허는 일이 잘 안되어. 그렇게 여자가 인자사 포도시 걸음마허는 새끼를 두고 어디로 가부렀네. 오메, 그 갱아지새끼 같은 것이 지 에미 찾니라고 뽁뽁 기다니메 깨갱거리는디, 아이고오, 그 할마씨도 복도 복도 그리 없으까. 아이고오, 창색아아, 니 새끼들 짠해서 고모가 죽겄다아, 창색아아아······."
"할머니!"
"이 이핀네가 여가 어디라고 눈을 똑바로 뜬댜?"
나는 그만 밖으로 나와버린다. 어디로 갈 곳이 없다. 아이들 방에는 남자 노인들이, 작은방에는 여자 노인들이 가득 들어차 있다. 그중에 며느리가 집을 나가 '뽁뽁' 기어다니는 손주를 안고 온 할머니도 있을까. 부엌으로 가본다. 동네 아낙들이 더러는 서 있고 더러는 앉아 있다. 악상이라 음식을 걸게 장만할 것도 없다. 오는 손님이라고 해봐야 동네사람이 전부다. 아랫방에 있는 영희 남편 친구들이라고 해봐야 전부 동네친구들이다. 먼데서 온 사람은 오직 나와 그뿐이다. 마당에는 초상집에 으레 있게 마련인 차일도 없다. 빈 마당에 영희 남편 친구들이 어젯밤 피워놓은 화톳불이 시나브로 사위어가고 있다. 날이 하도 험해 혹간에 오는 조문객은 아랫방 옆 창고 안에서 받는다. 받는 사람도 없다. 영희 남편 친구들은 거개가 술을 먹었다. 영희와 영희의 아이들이 그 창고 안에 있다. 창고에는 누가 갖다놨는지 석유난로가 타고 있다. 아람이는 눈이 퉁퉁 부어서 제대로 뜨지도 못한다. 건주는 기를 쓰고 엄마 치맛자락만 붙잡고 있다. 소담이가 그래도 제 어미 먹으라고 부엌에서 음식을 가져온다.

"엄마, 먹어."

영희가 밥을 먹는다. 제 아이들더러 먹으라는 말도 안하고 저 혼자 먹는다. 그 모양이 좀 민망하다.

"너희는 밥 먹었니?"

건주가 도리질친다.

"아줌마가 밥 갖다주까?"

아람이가 도리질친다. 영희는 말이 없다. 말없는 것은 이해한다. 그런데 애들한테 밥 먹으란 소리를 안하는 것이 좀 마음에 걸린다.

"소담이는?"

"난요, 엄마만 먹으면 되걸랑요."

말은 그렇게 하지만 입꼬리가 비틀리는 게 금방이라도 울 것 같다.

"영희야."

"말해."

"저기, 저기 말이야."

"애들은 왜 안 먹이고 나만 먹냐구?"

"응."

나는 좀 무안해진다.

소담이 눈꼬리가 비틀린다.

"아줌마, 울엄마한테 뭐라고 하지 마세요. 고모할매랑, 동네사람들이랑, 아빠 친구들이 착한 줄 아세요? 울엄마 편은 하나도 없어. 진짜 속상해, 어어엉. 아빠 아파서 병원에 오래 있었잖아요. 그때도 동네사람들이 울엄마 어디로 도망가는가 잘 보라고 했단 말야. 그때마다 나는 진짜 여기 안 살고 싶었어, 어엉. 아빠는 뭐 할라고 괜히 아파가지고 엄마를 힘들게 하냔 말예요. 그래놓고는 이제 와서 아빠만 가버리면 이제 엄마랑 우린 어떻게 살아가느냔 말예요, 어어엉."

초등학교 오학년짜리 입에서 나오는 서러운 항변이다. 소담이 가슴 속에 켜켜이 쌓인 저 울분, 저 분노, 저 슬픔을 소담이가 되어보지 않고서 어찌 알까. 엄마 치맛자락 절대로 놓지 않을 것 같던 건주가 툭 뛰어나간다. 건주가 뛰어나가 붙잡은 사람은 그 사람이다. 미색 코트는 그새 쭈글쭈글하다. 내 가슴 저 밑바닥에서 무슨 소린가가 울리다가 사라졌다. 그것은 지극히 한순간이라, 그 소리가 뭔가, 얼른 알아채지 못했다. 그것은 세월 저편의 기억이 화들짝 깨어나는 소리. 그것은 망초 꽃가루 화르르 떨어지는 소리. 그것은 바람에 별이 씻기는 소리. 그것은, 그것은…… 그것은 그리고 무엇인가.

"불이 다 죽었네."

"아니에요, 지금도 살아 있어요. 빨갛잖아요."

여섯살 건주가 눈을 똥그랗게 뜨고 아니라고, 진짜 아니라고, 보라고 마당에 타다 만 화톳불을 가리킨다.

"그게 아니고, 봐라, 재만 남았잖아."

"재만 남은 건 죽은 거예요? 우리 아빠처럼?"

"그래, 너희 아빠처럼."

"아하, 그렇구나. 그런데 아저씨, 죽는 거는 슬픈 거죠."

슬프다는 말만으로도 여섯살 건주는 슬퍼진다. 씰룩거리는 건주 입.

"죽는다고 다 슬프냐? 난 안 슬퍼."

"정말 안 슬퍼?"

"응. 왜 슬퍼? 내 마음속에서 그 사람이 죽지 않으면 산 거나 마찬가지기 때문에 하나도 안 슬퍼. 그런데 슬픈 거 맞긴 맞냐?"

"아저씨 뭐예요옷."

갑자기 소담이가 튀어나가며 버럭 악을 쓴다. 그와 한창 신이 나 있던 건주가 뭔가를 또 물으려다가 입을 합 다문다. 그는 끝내 나를 발견하지 못한 모양이다. 밝은 곳에서 어두운 곳은 잘 보이지 않을 수도 있다. 밖이 소란스럽다. 관과 상여가 도착했다. 관과 상여가 사립을 들어서자마자 영희 시고모의 곡소리가 울려퍼진다.

아이고오, 아이고오, 창색이 이노무 자석아, 니가 타고 갈 생이가 왔따아, 너를 실꼬 갈 생이가 와부렀어어.

그가 문득 말했다.

"와아, 예쁘다."

건주가 받았다.

"진짜."

소담이가 남자와 건주를 싸잡아 째려본다.

"아이, 거서 뭣 허냐? 인자 입관을 해얄 것 아녀, 입관을."

곡을 멈춘 노인의 새된 소리에 영희가 화들짝 놀라 창고를 나간다.

곡을 혀라, 곡을. 아이고오 아이고오, 노인의 선창에 따라 아람이 흐느끼는 소리, 건주 애애애 소리가 초상마당에 울려퍼진다. 나는 기다린다. 영희 통곡소리를. 거침없이 터져나올 영희의 울부짖음을. 영희는 왜 울지 않는가. 아무리 저한테 짐만 떠안기고 떠난 미운 남편이라도, 제 속으로야 피눈물을 흘리더라도 일단은 소리내서 울음을 울어줘야 할 것 아닌가. 울음을 보여줘야 할 것 아닌가.

마당은 어제 내린 함박눈 위에 아침에 내린 싸락눈이 점점이 박혀 있다. 아들 초상 치르느라 골방으로 밀려난 치매노인이 무슨 일이 났나, 문을 열고 체머리를 흔들고 있다. 나는 노인의 눈을 피해 영희 집 문밖을 나서고 말았다. 아니다, 나를 골목으로 나서게 한 건 노인의 눈이 아니다. 그럼 무엇인가. 나는 예전에 영희가 그랬던 것처럼, 아무도 없는 골목에서 나비처럼 나풀거려본다. 나는 나의 황당한 몸짓이 부끄러워 누가 볼세라 날개 꺾인 나비처럼 영희 집 담벽에 몸을 기댔다.

어젯밤 영희 남편 친구들은 마당의 화톳불 가에서 술을 마셨다. 울분과 분노와 슬픔을 토해내는 그들 얼굴은 화톳불이 반사되어 붉었다. 영희 집만 빼고 온 동네는 그저 하얀 눈에 파묻혀 있었다.
"창석이 그 자식이 공부 안하고 무슨 운동 한다고 할 때부터 내가 알아봤어. 내가 뭐라 그랬냐면, 명 재촉하지 말라고 했다고."
"창석이 우덜 말 징하게 안 듣잖아."
"창석이는 이 나라 농촌파탄정책이 죽인 거여. 다른 거 하나도 없어."
"주범은 암인데 어째 농촌파탄정책을 범인으로 모냐? 너 같은 먹물들은 걸핏하면 정책 탓을 하더라?"
"너는 나한테 뭔 유감 있냐?"
"니 말이 그렇잖아, 마."
"스으을 조용히 해라들. 니들은 만나기만 만나면 싸움질이냐들. 창석이가 이 꼴 보고 웃겄다. 웃겄어. 어이, 형씨, 먼데서 오니라고 고생하셨소. 술 한잔 받으쇼."
먼데서 온 손님, 그는 술을 받아 단숨에 마셔버리고 말없이 불만 바라보고 있었다. 내가 그를 바라보고 있다는 것을 그는 모르는 것 같았다. 나는 문득 내가 그렇게 그를 바라보고 있다는 것이 무척 행복해졌다. 행복하단 느낌이 몹시 당혹스럽기는 했지만, 어쩔 수 없었다. 영희 아이들은 울다 지쳐 자고 있었다. 오랜 고통 끝에 온 아비의 죽음은 아이들에게 슬픔과 동시에 평화일 수도 있을 거였다. 상중임에도 아이들한테서는 모든 자는 아이들에게서 나게 마련인 달콤한 냄새가 났다. 마치 복숭아 과육에서 나는 것과 같은. 미처 상복이 준비되지 않아 영희는 평상복 차림으로 왔다갔다했다. 내가 문틈으로 내다보고 있는 것을 영희는 괘념치 않는 것 같았다. 골방에 들어가서 한참 동안 무엇을 하는지 부스럭거렸다. 나도 영희가 하는 일에 신경쓰지 않았다. 시부가 쓰는 작은방에서 영희 말소리가 고즈넉이 들려왔다.

"아부니, 아부니 아들이 죽었어요. 내일 손님들이 많이 올 거예요. 아부니, 도장방 깨끗이 치워놨거든요. 도장방에서 오늘하고 내일하고 이틀만 계세요, 알겠지요?"

영희가 제 시부한테 이르는 소리가 나는 뜬금없이 '오래 묵은 반찬' 같다는 생각이 들었다. 그것은 듣기에 편안하고 좋은 말소리였다. 영희 아이들한테서 달콤한 아이들 냄새를 느끼며, 영희의 오래 묵은 반찬같이 친근하고 다정한 목소리를 들으며 설핏설핏 눈 내리는 상갓집 마당을 내다보고 있는 이 순간이 나는 말할 수 없이 평화로웠다. 그리고 거기 설핏설핏 눈발이 나부끼는 마당에 그가 있으니, 영희 집 뒤안 대숲에 일렁이는 바람이 내 마음에도 불어오고 있었다. 나는 그것을 확실히 느꼈다. 그것은 묘한 설렘이었다.

이제 와 생각해보니 그날 밤, 복숭아를 깎아먹던 날 밤 이후에, 내가 그를 잊어본 적이 한번도 없었던 것 같았다. 정말로 나는 그랬을 수 있다. 잊어본 적이 한번도 없다고 우기고 싶은 나를 나는 참으로 이해할 수 없었다. 그날 밤이 뭐가 어쨌다는 말인가. 아무 일도 없었다. 단지 우리는 어느 여름밤에 별빛이 은은한 뒷동산 아래, 계곡 바위에 앉아 복숭아를 나눠먹고 헤어진 것뿐. 새벽 어스름에 영희와 창석은 각자 입은 옷 그대로 자고 있었는데 나는 그의 옷을 덮고 있었다는 것. 특별한 것이 있었다면 그뿐. 사실 겁날 것도 없는데 영희가 깨어나서 볼 것이 겁나 옷을 거두어 그에게 돌려주자 그가 문득 내 이마에 입술을 스치듯 댔다는 것, 그뿐이었다. 그리고 영희를 깨워 영희 집으로 달려오다가 돌아보니 두 남자가 쑥스럽게 웃으며 손을 흔들었다는 것. 그렇게 새벽 어스름 속에서 쑥스러이 웃고 헤어진 것뿐. 그뿐.

잊고 말고 할 그 무엇도 없는 그날 밤을 한번도 잊은 적이 없다는 것은 순전히 가짜라는 것을 나는 알았다. 나는 가짜 기분에 취해 있는 것이 분명했다. 그런데 또 어쩌자고 그런 맘이 들었던 것일까. 가짜라도 좋으니 그가 끈이 되어주고 내가 그 끈 붙잡고 실컷 한번 울어봤으면, 그러면 좋겠다는 마음 말이다. 그러나 나는 진작 알고 있었다. 그는 절대로 내게 오지 않을 것임을, 그가 내게 올 이유가 없음을. 그러면 내가 붙잡을 끈은 어디에 있는가.

상여가 떠난 영희 집은 조용했다. 전화기를 붙잡는다.
"슬기엄마, 나야."
"한번 왔다가 갔는데 별일은 없었고 의자 하나 아작내고 나가데요."
"애들은."

"엄마 오기만 기다리죠 뭐."

"알았어, 오늘이나 내일쯤 올라갈게."

"걱정 말고 친구분이나 위로 잘하고 올라오세요."

고무장갑을 끼고 뒷정리를 하고 있는데 영희 시고모가 들어선다.

"아이고를 안혀, 아조 안해부러. 그것이 뭣이간디, 창색이 가는 길에 축수허는 것이여. 저승길이 쉴헌 길이 아녀. 그런디 그 속이 뭔 속인가 그것을 갖다가 안해부러. 지 냄편은 그리 헐허게 보내불고는 뭣이 좋다고 뭔 허연 가다마이 입은 남자헌테는 밥은 묵었느냐, 고생 많았다, 고맙다, 아조 지극정성이여. 그것이 뭔 지랄인고 몰라. 그러면 그러제. 알쪼가 난 거여, 알쪼가, 포옥."

노인은 나를 보고도 안 본다. 아이고를 안하는 질부가 밉다 이거다. 그러니 그 질부 친구인들 노인에게 곱게 뷜 리 없다. 마루에 걸터앉아 하는 혼잣말은 또 혼잣말만은 아니다. 그것도 듣는 이가 있으니 하는 말이다. 노인이 포옥 내쉬는 한숨이 내 뒤꼭지에 와 달라붙는다. 노인의 시선이 버거워서라기보다 저 먼데서, 내 몸 어딘가에서 뭔가 심상찮은 조짐이 몰려오는 느낌에 떠밀리듯 아이들 방으로 들어와 길게 누워버린다. 의자를 부숴놨다구? 내 속에서도 포옥 한숨이 절로 나온다. 어제 좀 나아졌던 몸이 다시 공중으로 붕붕 떠오르다가 끝간데 없이 아득한 바닥으로 추락하는 것같이 아파오기 시작한다. 아픔은 또 늘 선잠을 수반한다.

"이불도 안 덮고 잤어?"

영희가 바로 내 머리맡에 있다.

"너도 한숨 자라."

"손님이 간대. 배웅해야지."

"누구?"

"애아빠 친구."

"먼데서 온 사람?"

"응, 먼데서 온 사람."

영희가 나간다. 하얗던 나일론 소복이 시커멓다. 가슴 한쪽이 쿵 내려앉는다. 안돼, 영희야. 그 사람 보내지 마. 나, 그 사람 없으면 안돼. 난 그 사람 같은 사람이 있어야 해. 영희야, 그 사람 보내버리면 나는 어떡하니.

나는 운다. 기가 막혀 운다. 무엇이 기막힌가. 웃기는 내 감정이 기막히다고 하기가 싫다. 그래서 그냥 운다. 아무 말도 못하고, 그냥 서럽게. 울면서 나는 내 울음의 이유를 부지런히 찾는다. 이유가 있는 것 같기도 하고 없는 것 같기도 하다. 그래서 맘껏 울어젖혀지지가 않는다. 맘껏 울지 못할 울음 우는 게 창피해진다. 영희 아이들이 들어온다. 아이들 눈치가 보인다. 방에 들어온 아이들이 하나같이 방바닥에 털썩 주저앉는다. 그러곤 하나둘 울기 시작한다. 울음은 이내 봇물이 된다. 나는 쪼그리고 앉아 영희 아이들을 바라본다. 부럽게 바라본다. 아이들의 울음은, 저 확실하게 이유있는 울음은 얼마나 잘난 것이냐. 얼마나 힘센 울음인 것이냐.

영희가 들어온다.

"다 갔니?"

"다 갔어."

"너는 언제 울래?"

"나? 지금부터."

영희가 친친 감기는 소복을 활락활락 벗어젖힌다. 힘차게 벗어젖힌다. 방바닥에 털썩 주저앉는다. 드디어 영희가 울기 시작한다. 제 아이들 굽어보며 발을 쭉 뻗고 울어젖히기 시작한다.
"아이고오 아이고오, 아이고오…… 아아아아아…… 어어어어어……"
처음에는 진양조로, 그러다가 울음은 휘모리가 된다.
"해앵, 인자서 우는가비. 그려, 울어라, 울어. 하면, 밥 묵고 살라면 울어야제. 울어야 밥맛 나고 밥 묵어야 심이 나제. 별것이나 있간디. 암것도 없어. 태나서 우는 놈이 사는 뱁이여. 울어야 산 목심이여. 그저 내 울음이 내 목심줄이여. 뜨건 눈물 퐁퐁 쏟아가매, 팥죽 같은 땀 펄펄 흘려가매. 아이갸, 죽을 목심은 울지도 못헌단게. 나는 울지도 못혀. 심이 없어 울지를 못혀. 젊어 울제 늙어 못 울어. 울지도 못허는 나는 갈랑게 너거들은 더도 말고 덜도 말고 석달 열흘간을 션허게 울어부러라."
영희 시고모가 방문을 톡 치고 나간다. 하면, 영희는 지금 살려고 우는 것인가. 살려고 우는 거라면, 그러면 나도 울 수는 있다. 우는 것이 목숨줄이라 했겠다, 그러면 나도 울어야겠다. 이제야말로 정말 울어야겠다. 쪼그리고 우는 울음 말고 온몸 버둥대는 울음 울어야겠다. 세상천지 집어삼키고도 남을 울음 울어야겠다. 나는 다리를 쭉 편다. 헉, 드디어 첫 울음소리가 힘차게 터져나온다.
때맞추어 대숲에서 바람이 거세게 불어오고 있다.

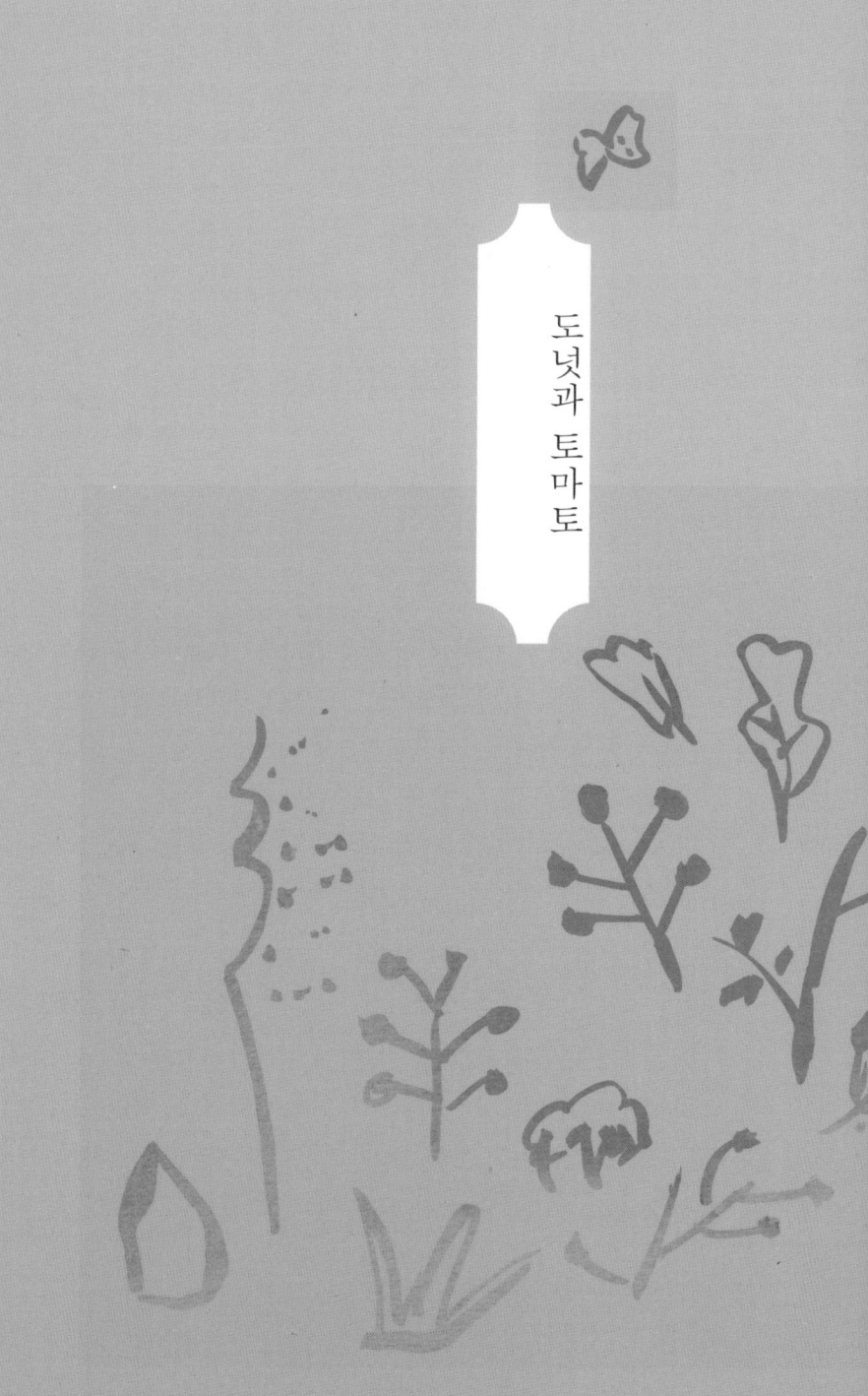

도넛과 토마토

그는 공원 벤치에 앉아 머리에 수건처럼 보이는 것을 쓰고 잔디밭에서 잡풀을 뽑고 있는 한무리의 여인들을 바라보았다. 그들은 공공근로를 하는 중이었다. 그러나 그에게 여인들의 모습은 얼핏 옛날 고향에서의 한 풍경처럼 비쳤다. 여인들은 햇빛가리개용 모자를 눌러써서 얼굴이 잘 보이지 않았지만, 그는 그들이 무척 낯익다는 느낌이 들었다. 저들 중에 젊은시절의 어머니 모습을 한 이도 있을 듯했다. 그들은 부지런히 손을 놀리며 이따금 노래도 부르는 것 같았다. 하지만 소리가 크지 않아 무슨 노래인지는 알 수 없었다. 무슨 노래인지 알 수 없는 여인들의 노랫소리는 그에게 자장가처럼 들렸다. 나른한 잠 속으로 빠져들면서 그는 문득 토마토를 생각했다. 어릴 때 어머니와 밭을 매는데 생전처음 보는 풀이 고구마밭 고랑에 우람하게 솟아 있었다. 그리고 거기에 매달린 빨간 열매. 그것이 토마토인 줄을 그도 어머니도 나중에야 알았다. 어떻게 고구마밭 한가운데 토마토가 다 났을까. 그와 어머니는 우선 목이 마르고 배가 고팠으므로, 누가 거기에 토마토를 심어놨는지는 모르지만 토마토가 그곳에서 나도록 '역사'한 누군가에게 감사하며 무더운 여름날, 토마토를 맛있게 따먹었다. 그러니 자신도 토마토를 심자고 그는 생각했다. 아무도 모르게 심기에는 토마토가 가장 나을 것 같았다. 아무도 모르게 나는 것은 참외도 있었다. 그것은 개똥참외라고 했다. 어디선가 뻐꾸기 울음소리가 들려오는 한낮, 어머니와 깨밭을 매다가 일이 보고 싶어 풀숲을 헤치고 들어가다 보면 뭔가가 툭 발에 걸리는 적이 있었다. 그것은 노랗고 앙증맞은 개똥참외였다. 그러니 저들 모르게 어딘가에 개똥참외를 심어두는 것도 괜찮을 듯싶었다. 아무도 몰래 토마토와 개똥참외 심을 생각을 하니, 그는 행복해졌다. 그는 지금 집도 절도 없어 불행한 것이 확실하지만, 토마토와 개똥참외 심을 생각을 하니, 자신이 꼭 불행한 것만도 아니라는 생각이 든다. 토마토와 개똥참외 심는 꿈을 꿀 수 있는 한, 무료급식소에서 나오는 밥을 먹고 공원 벤치에서 잠을 자는 생활도 그리 불편하지만은 않다는 생각이다. 그러니 토마토와 개똥참외는 그에게는 살아갈 힘과 용기에 다름아닌 것이다……

회사 사보에서 수필·꽁뜨·소설을 포함한 문학작품을 모집하고 있었다. 문희는 거기에 응모할 작품을 쓰는 중이었다. 가정형편이 조금만 좋았더라도 지금 문희는 소설가가 되어 있을 것이다. 문희는 소설가와 국어선생님의 꿈을 접고 일찍이 열일곱 시절부터 공장엘 가야 했다. 그러나 꿈이란 마음속이라는 화로에 숨어 있다가 언제든지 기회만 오면 활활 타오를 수 있는 불씨 같은 것인지도 모른다. 처음에는 상금 욕심 때문에 여기저기 글 모집하는 곳에 응모해봤다. 라디오 독자편지에는 곧잘 자신의 글이 장원이 되기도 하는데 사보에 내는 글은 무난히 예심을 통과했다가도 본심에서 미끄러지곤 했다. 이번 글은 상금 욕심을 버리고 순수한 마음으로 작정하고 쓰는 거였다. 그것이 수필이 될지 꽁뜨가 될지는 문희 자신도 알 수 없었다. 그러나 문희는 자신이 본 공원 토마토밭에 대한 글을 꼭 쓰고 싶었다.

　문희가 요구르트를 배달하는 지역에는 작은 공원이 있었다. 그 공원에 얼마 전 토마토밭이 생겨났다. 점심을 먹으려고 공원에 들어가면 노숙인들이 벤치에 누워 있었다. 그들은 비가 오지 않으면 인근 무료급식소에서 나오는 밥을 먹고 공원에서 잠을 잤다. 노숙인들은 날이 춥거나 비가 오면 자취도 없이 사라졌다가도 날씨가 조금만 좋아지면 점령군처럼 나타나곤 했다. 점심때가 되면 문희가 밥을 먹을 만한 장소가 공원 말고는 없었다. 문희는 그래서 되도록 노숙인들이 무료급식소에 밥을 먹으러 간 사이에 맞추어 공원에서 밥을 먹었다. 노숙인들이 급식소에서 밥을 먹는 동안 그들이 차지하고 있던 벤치에서 후닥닥 점심도시락을 까먹었다. 처음에는 노숙인들이 앉거나 누워 있던 벤치에서 밥을 먹는다는 것이 썩 내키지 않았지만 그도 하고 보니 차츰 익숙해졌다. 그곳 말고는 도시락을 마음편하게 먹을 수 있는 곳이 없기 때문이기도 했지만 자주 접하다보니 노숙인의 모습이 그다지 낯설게 느껴지지 않아서였다. 노숙인들은 잠을 자거나 술을 마시거나 배회하거나 곧잘 싸움을 하기도 했다. 그런데 공원에 얼마 전부터 평소에 보이지 않던 토마토밭이 생겨났다. 토마토밭은 잔디밭을 파헤쳐서 만든 것이었다. 두 고랑쯤 되는 밭은 급하게 만든 티가 역력했고 그래서 좀 조악하긴 했지만 밭은 분명 밭이었다. 하지만 토마토밭은 하루도 안 가 황폐해지고 말았다. 공원을 관리하는 공무원들이 와서 토마토 묘목을 수거해가버린 것이다. 그러니 토마토밭은 공원을 관리하는 사람들이 만든 것이 아님이 분명했다. 다음날, 또 토마토 묘목이 심겨 있었다. 지금 문희는 그 얘기를 써보려는 것이다. 누가 공원에 토마토밭을 만든 것일까. 공원을 관리하는 사람들이 만들지 않았다면 주변에 사는 주민일까. 그러나 문희는 자꾸만 그 토마토밭을, 없애면 또 만들고 없애면 또 만드는 그 밭을 다름아닌 노숙인 중에 누군가가 만들었으면 좋았겠다는 생각이 들었다. 공원에서 하는 일이라곤 잠을 자거나 술을 마시거나 배회하거나 싸움하는 것밖에는 없는 사람들 중 누군가가 토마토밭이라는 희망을 거기에 만들고 또 만들고…… 거기까지 생각이 미치자 가슴 한켠이 울컥하는 느낌이 들었고 토마토밭을 만든 사람이 다른 누구도 아닌 노숙인이어야만 할 것 같았다. 아니, 꼭 노숙인이어야 했다. 생각은 어느덧 추측에서 당위가 되었다. 공원을 관리하는 사람들에게야 자신들이 공들여 가꾸는 잔디가 하룻저녁 사이에 파헤쳐지고 거기에 어울리지도 않는 토마토가 심기는 것이 누군가의 악의적인 장난으로 여겨질 수도 있겠으나, 그래서 토마토밭을 일구는 사람과 한판 전쟁이라도 치러야 한다고 생각할 수도 있겠으나 이 도회에서 토마토밭을 일구는 사람에게 그 행위는 어쩌면 자신이 잃어버린 삶의 희망을 복원하는 것이 될 수도 있다. 그리고 그 사람이 바로 노숙인 중 한사람일 거라고 문희는 단정지어버렸다. 그러고 나서 쓴 글이었다.

그러나 글은…… 토마토와 개똥참외는 그에게는 살아갈 힘과 용기에 다름아닌 것이다,에서 중단되어버렸다. 사보에서 요구하는 매수는 이보다 두 배는 더 긴 글이어야 하는데, 토마토와 개똥참외가 힘과 용기라는 식으로 더는 빼고 붙이고 할 것도 없이 단정적으로 멈춰버렸으니 새로 써야 할 것 같았다. 그러나 지금 다시 쓰기에는 밤이 너무 늦었다. 잠을 충분히 자두지 않으면 다음날 요구르트 수레를 끌 힘이 부족해진다. 문희는 그만 불을 껐다. 막 잠에 빠져들려는 순간, 전화벨이 울렸다.

"저어, 저기, 한쎄득…… 흑흑, 저는 한쎄득씨여요."

"뭐라구요?"

"한쎄득, 인천, 한쎄득…… 죽어요. 당씬이…… 빨리빨리 와요."

처음에는 잠결이라서 그런가, 하고 정신을 가다듬고 수화기에 귀를 기울였다.

"한세득씨 말인가요?"

"응, 빨리빨리 와요. 인천 인천…… 빨리빨리……"

"그런데 지금 전화하신 분은 누구세요?"

"한쎄득 부인…… 나 부인이야. 한쎄득 죽어, 빨리빨리……"

말투가 한국여자는 아닌 것 같았다. 전남편 한세득이 재혼했다는 소식은 들었다. 그러나 외국여자와 한 줄은 몰랐다. 한세득은 재혼하고 나서 문희에게 한번도 연락하지 않았다. 그리고 이 밤중에 그의 아내라는, 말투가 결코 한국사람 같지는 않은 여자가 전화를 해왔다. 지금 숨이 넘어가고 있는 사람은 한세득이 아니라, 한세득이 죽는다고, 그러니 빨리빨리 그곳 인천으로 와달라고 악을 쓰는 한세득의 아내라는 여자 같았다.

휴대폰이 울린다. 학교에서 무슨 일이 생긴 걸까. 먹는 게 시원찮아서인지, 이제 아이는 체력으로도 아이들을 당해내지 못한다.

"엄마 지금 일하고 있어."
"엄마, 나 학교 때려치울 거야, 애들이 자꾸 괴롭히잖아."
"당당해져야 해. 안 그러면 더 힘들어."
"엄마, 엄마, 내 말 좀 들어봐. 나 죽고 싶단 말이야."
"내가 널 어떻게 키웠는데 그런 소릴 해. 그런 소리 마. 엄마 일 끝나고 바로 들어가서 밥해줄게."
"오늘 무슨 밥인데?"
"볶음밥 해줄까?"
"햄 넣을 거야, 돼지고기 넣을 거야?"
"뭘 넣을까?"
"고기 넣어줘, 아니아니 햄 넣어줘. 아니다, 고기가 낫겠다. 그래 결정했어. 고기야, 고기."
"그래."

금방 죽고 싶다고 말하던 아이가 그런다. 볶음밥에 고기 넣어준다는 말로 아이를 달래놓고 문희는 요구르트 수레 손잡이를 잡았다. 몇 걸음 못 가서 다시 휴대폰 벨이 울린다.

"아들아, 제발. 이따 볶음밥에 돼지고기 넣어준다고 했잖니."
"저어기, 저……"
"…… 아이를 보낼게요."
"저기 저어……"
"………"
"한 쎄 득……"
"알고 있어요. 아이를 보낸다고……"
"남편 죽어요, 나는 나는 몰라요."

한세득의 처가 한때 한세득의 처였던 문희에게 전화해서 말한다. 한세득이 죽는다고. 현재 처인 자신은 아무것도 모르겠으니 전처인 당신이 와서 어떻게 좀 해보라고. 문희가 간들 죽을 한세득이 살아날 가망은 없을 것이다. 아니, 살아날 가망이 있든 없든 이혼한 남남인데 자신이 가야 할 이유가 없다고 문희는 생각했다. 그런데 한세득의 처는 왜 자신에게 이렇게 전화를 해대는 것일까, 그 여자는 한국은 이혼한 사람들끼리도 가족 혹은 친척이 된다고 생각하는 것일까, 혹시 무슨 저의나 속내가 있는 것은 아닐까, 그러니까, 너는 아무것도 모른다고 해라, 무조건 내가 죽는다고 해라, 그러면 그 여자가 올지도 모른다,라고 한세득이 시킨 것은 아닐까, 아니 한세득이 지금 곧 죽게 생겼다고 하더라도 그들에게는 돈이 없어 이 세상에서 한세득의 혈육인 아들을 낳고 키우고 있는 내게 연락하면 아무리 한세득이 미워도 그는 또 내 아이 아빠이기도 하기 때문에, 바로 그 점 때문에 내가 맘이 약해져서 어떡하든 아이아빠를 살려내기 위해 어디 숨겨둔 돈다발이라도 싸짊어지고 그들 앞에 나타나주지 않을까, 하는 그들의 웃기는 계략이 그 전화에 숨어 있는 것은 아닐까…… 한세득의 처로부터 난데없이 걸려오기 시작한 전화에 문희의 머릿속은 한세득에 대한 나쁜 기억들로 엉킨 실타래처럼 복잡해졌다. 그래서 한동안 공원의 토마토밭 사건을 글로 다시 쓰는 작업은 보류해놓을 수밖에 없었다. 그렇게 복잡한 머릿속으로 어떻게 글을 쓸 수 있을 것인가.

공원의 토마토밭 생각을 밀어내고 한세득의 처가 전화를 해온 내막이 무엇일까에만 신경이 곤두섰다. 한세득의 현재 처인, 외국인임이 분명한 여자가 집 전화번호는 물론 휴대폰 번호까지를 스스로 알아냈을 리는 없고 재혼한 뒤 한번도 전화하지 않던 사람이 어떻게 알아서 제 아내에게 전처의 전화번호를 알려준 것일까…… 거기까지 생각이 미치자 문희는 한세득이란 남자에게서 받은 상처와 그에 얽힌 많은 나쁜 기억들이 한꺼번에 몰려오면서 요구르트 수레의 손잡이를 잡은 손이 부르르 떨리는 것이었다.

한세득이 밟고 지나간 문희의 삶은 그 자체가 사나운 맹수가 되어 문희를 할퀴고 물어뜯는 것 같았다. 어린아이가 딸린, 이 세상에 기댈 데 하나 없는 여자에게 궁핍한 삶은 참으로 사나운 것이었다. 궁핍이 물어뜯고 할퀴고 간 자국은 견디기 힘든 쓰라림이었다. 그럴 때 문희는 아이를 업고 어두운 길로 나섰다. 어둠은 때로 문희에게 진통제 같은 것이었다.

문희가 그때, 맹수가 물어뜯는 것만 같은 궁핍 속에서 꾸었던 꿈은 엉뚱하게도 포마이카 장롱이었다. 큰 것도 필요없었다. 그냥 옷장 한 칸, 이불장 한 칸이면 되었다. 그걸 놓고 살면 문희는 아주아주 행복할 것 같았다. 젊다기보다 아직 어린 문희는 갓 태어난 아기를 업고 살림살이라고는 옷을 넣어둔 사과궤짝 하나 덩그마니 놓여 있는 셋집 문간방을 나섰다. 이제 막 어둠이 내리기 시작하는 가난한 동네의 골목에는 저녁에 먹을 반찬 만드는 소리와 냄새 들로 들척지근했다. 하지만 문희에게는 그런 들척지근한 소리와 냄새를 피울 수 있는 것이 아무것도 없었다. 문희가 세들어 사는 집 문간방에는 부엌 자체가 없었다. 그래서 문희는 집주인 몰래몰래 전기쿠커에다가 밥도 끓이고 라면도 끓이고 했다. 부엌도 없고 신혼이면서 포마이카 장롱 하나 없어서 문희는 사는 게 너무나 적막하고 슬펐다. 저녁 내내 골목길을 걸어다니면서, 골목 끝에 있는 가구공장 창문을 들여다보면서, 문희는 포마이카 장롱이 있는 방 풍경을 상상했다. 포마이카 장롱이 있는 방에서는 '행복'이 다글다글 굴러다닐 것 같았다. 그래서 문희는 이따금 상상 속의 행복에 취해 어둠속에서 몸을 후르르 떨기도 했던 것이다.

포마이카 장롱이 비싸면, 뭘 사지? 옳지, 베니어 장롱이라도 들여놓자. 옷장 칸 문을 열면 거울도 달렸다. 베니어에서 향기로운 냄새가 난다. 베니어 장롱 옆에는 에나멜 문갑을 놓는다. 문갑 위에는 작은 텔레비전을 놓는다. 뭐든지 크면 겁난다. 방도 작으니 우선 작은 게 좋다. 방은 작은데 물건이 크면 방이 그걸 배겨내지 못한다. 방이 폭발해버릴 것 같다. 그러면 사는 게 불안해진다. 그러니 우선 싸고 작은 것, 그것들만으로도 나는 행복할 수 있다. 그리고 개다리소반 하나를 방 가운데 놓는다. 일터에서 돌아온 남편이 개다리소반에 책을 놓고 읽는다. 아이는 텔레비전에서 나오는 노래에 맞춰 율동을 하고 있다. 방은 따뜻하다. 따뜻한 아랫목에 붉은 모란꽃이 큼직하게 그려진 솜이불이 깔려 있다. 밤에 잘 때는 장롱 속에 넣어둔 요를 깐다. 요 홑청에는 분홍의 자잘한 매화꽃이 수놓아져 있다. 우리 세 식구는 매화꽃 요를 깔고 모란꽃 이불을 덮고 잔다. 그러니 우리는 날마다 꽃밭에서 잠을 자는 셈이다. 남편의 월급은 많진 않지만 꼬박꼬박 나온다. 그 월급으로 방세도 주었고 쌀도, 연탄도 사두었기 때문에 우린 걱정거리가 없다. 우리는 김치와 된장찌개와 갈치조림과 시금치나물 반찬으로 맛있는 저녁을 먹고 텔레비전 연속극을 보고 나서 꽃이불 속으로 들어간다. 거칠지만 따뜻한 손으로 나를 어루만지며 남편은 말한다.

"오늘 내가 만든 열 자짜리 장롱이 팔려나갔지 뭐야."
어둠속에서도 나는 남편의 얼굴에 번진 미소를 알 수 있다.

포마이카 장롱으로 촉발된 문희의 가난하지만 행복한 꿈은 그러나 부엌 없는 셋방 문을 여는 순간 사라져버렸다. 포마이카 장롱과 에나멜 문갑과 모란꽃 이불과 매화꽃 그리고 개다리소반에서 책을 읽는 남편은 백열등 불빛 아래 온데간데없었다.

적막한 저녁이면 문희가 아기를 업고 가서 들여다보는 곳, 남편이 만든 포마이카 장롱이 그곳에 있었다. 얼마 전까지 한세득은 그 가구공장에서 일했다. 일한 삯을 받지 못하여 방세를 못 내고 쌀을 사지 못하게 된 한세득이 가구공장 사장과 멱살잡이를 했다. 현실에서 한세득이 만든 장롱은 한개도 팔려나가지 않았다. 사장은 한세득에게 줄 돈이 없었다. 아무리 돈을 못 받았기로서니, 기물을 파손하고 사람을 다치게까지 한 죄로 한세득은 감옥에 갇혔다. 이후에 자신과 아기가 겪어야 했던 신난고난을 문희는 다 잊었다. 떠올려서 뭘 하겠는가. 불에 덴 혀로 왕소금을 씹어 삼키는 것 같던 나날들을. 그러한 나날들에 꾸었던 꿈이 포마이카 장롱이었듯이, 그래서 그 꿈이 문희를 살게 했듯이 이제 문희는 글을 쓴다. 요구르트 아줌마 문희는 글쓰기를 하면서 살아갈 힘과 용기를 얻는 것이다.

아무도 없는 깊은 밤에 그는 낮에 보아둔 공원 후미진 잔디밭을 들고 간 호미로 파헤치기 시작한다. 얼마 만에 만져보는 흙인가. 그리고 이 향긋한 흙냄새라니. 그가 장차 토마토를 심을 밭을 일구는 동안 하늘에는 밝은 달이 떠서 그의 작업을 돕는 것 같았다. 잔디를 파헤치고 고랑을 만드는 동안 그는 땀에 흠뻑 젖었다. 이렇게 땀을 흘려보는 것도 참으로 오랜만이다. 그러고 보니 그는 자신의 인생이 악화일로를 걷게 된 시초가 모두 자신이 흙과 땅으로부터 멀어지면서부터인 것만 같다. 아주 오래전에 그는 바로 지금의 냄새, 흙과 땅 냄새가 싫었다. 흙과 땅 냄새야말로 자신의 인생을 망칠 주범 같았다. 왜냐하면 아무리 흙을 파도, 아무리 땀을 많이 흘려도 그와 그의 가족은 가난했다. 흙을 파느라 흘리는 땀은 그와 그의 가족을 먹여살리지 못했다. 그리하여 그가 아무리 흙을 일구어도 그와 그의 부모형제에게 돌아오는 건 밥이 아니라 지독한 땀냄새뿐인 고향을 떠나 서울로 왔을 때, 그는 이제야말로 자신이 다른 인생을 살 수 있을 것 같은 희망으로 부풀었다. 그는 산동네에 살았다. 산동네에 살면서 그는 매일 아침 산아래 공장으로 갔다. 공장에서 그는 쇠 깎는 일을 했다. 그때부터 흙냄새 대신 그가 맡는 냄새는 쇠냄새였다. 기름냄새였다. 그래도 그는 흙에서 나는 밥을 먹는 것보다 기름밥 먹는 것이 낫다고 생각했다. 이따금 흙냄새가 그립지 않은 것은 아니었다. 그래서 그는 산동네 가파른 골목에 있는 자신의 집앞에 사과상자를 늘어놓고 파와 무 같은 것을 심기도 했다. 그가 사과상자에 심은 것은 파나 무만이 아니었다. 한여름 그의 집앞은 온갖 꽃으로 화려했다. 그가 가꾸는 채소와 화초에 반한 처녀가 그와 결혼했다. 그녀는 그에게 수줍게 말했다.

"식물을 가꿀 줄 아는 사람은 마음도 착할 것 같아요."

그는 자신이 착한 사람이라고 한번도 생각해보진 않았지만, 여자가 착할 것 같다고 말해주는 순간부터 착해지겠다고 마음먹었다. 착해지는 비결은 얼마나 간단한가. 그저 아침저녁으로 열심히 식물을 가꾸면 되는 일이지 않은가. 그는 낮에는 열심히 쇠를 깎고 저녁이면 열심히 식물을 가꾸었다. 그의 동네에서 그만 그렇게 식물을 가꾸는 것은 아니었다. 왜 산동네에 그렇게 많은 사과상자 화분이 있는지 궁금해하는 사람이 많지는 않겠지만, 그가 사는 동네엔 원래부터 도회지 살던 사람은 드물었다. 대부분이 원래는 시골사람이었다. 그래서 사과 상자에 식물을 기르는 사람들은 언제 파 씨를 넣어야 할지, 파에는 어떤 거름이 좋은지를 잘 알고 있었다. 그 동네 사람들은 파 씨 넣을 때가 되면 파 씨를 파종하고 싶어 몸이 근질거릴 수밖에 없는 시골사람들이었다. 배추 씨 넣을 때가 되면 배추 모종 심고 싶어 손이 근질거릴 수밖에 없는 농사꾼 출신들이었다. 그러니 그 동네에서는 사과상자뿐 아니라 스티로폼, 플라스틱대야, 고무통 같은 것들이 화분이 되고 파밭이 되고 부추밭이 되고 심지어 어떤 욕심 많은 사람에겐 배추밭까지 될 수밖에 없었던 것이다. 그러나 고무통에 배추를 길러서 그 배추로 김장까지 한 사람의 욕심을 두고 손가락질하는 사람은 없으리라. 고무통 안의 배추는 그가 이 세상을 그래도 살아야지 하는 마음을 먹을 수 있게 해주는 유일한 즐거움이었기에. 즐거움이란 하나도 없을 것 같은 생활을 하는 그 아주머니는.

 고무통 배추밭을 가꾸는 아주머니는 산아래 동네에서도 한참 먼 동네로 파출부 일을 다녔다. 일이 아무리 힘들고 지쳐도 산동네 집으로 돌아와 배추밭을 가꾸고 있으면 아주머니는 근심걱정이 사라졌다. 그것이 산동네 사람들이 버리면 쓰레기가 될 뿐인 온갖 도구에 흙을 채워 꽃과 채소를 가꾸는 이유였다. 산아래 사람들은 산동네 사람들이 날마다 쌈질이나 하며 산다고만 말했지, 온갖 상자와 통에 꽃과 채소를 기른다는 사실은 굳이 모른 척하는 것 같았다. 그래서 날마다 쌈질이나 하는 사람들에게 남모르는 즐거움이 있다는 사실도 모르는 것이었다. 그렇게 산동네에는 저 산아래 사람들은 모르는, 아니, 산아래 동네에 산다면 가질 수 없는 기쁨이 비밀 아닌 비밀처럼 있었다. 그것이 산동네 사람들이 그곳을 그토록 떠나기 싫어하는 이유였다. 어느 날, 그곳에 포클레인을 앞세운 철거반원들이 들이닥쳤다. 재개발 바람이 산동네를 덮친 거였다. 온 동네 사람들이 그토록 거세게 대항할 수밖에 없었던 것은 당장에 갈 곳이 없어서이기도 했지만, 맘속 깊은 데서는 바로 이제 그곳을 떠나게 되면 사과상자에 채소를 길러먹는 기쁨을 누릴 수 없을 것 같아서였다. 그러나 철거반원을 앞세워 그곳을 재개발하려는 사람들은 산동네 사람들이 더 많은 보상금 때문에 그런 줄만 알았다. 그래서 재개발업자들은 또 그토록 그악스럽게 산동네 사람들을 밀어냈던 것이다.

이제, 이곳에 토마토밭을 일구면 그에게 또다시 공원에서의 비밀 아닌 비밀이 생겨나게 될 것이다. 그러면 이제 토마토가 열리는 한 계절 동안은 아무리 공원 벤치에서 잠을 자는 생활이라 하더라도 그에게 삶의 용기가 생겨나지 않을까. 말하자면 공원 잔디밭을 파헤쳐 토마토를 심으려고 하는 것은 그도 살고 싶기 때문이었다. 토마토밭을 일구는 것으로 그는 아직 자신이 살아 있음을 확인하고 싶은 거였다.

온몸이 땀에 절기는 했지만 그는 오늘밤 안으로 토마토밭을 완성해야만 했다. 토마토 모종은 그가 낮에 시장에 가서 사다놓은 것이었다. 토마토 모종을 사서 그만 아는 비밀장소에 잘 간수해두었다. 그가 사다놓은 것은 토마토뿐만이 아니었다. 참외 모종도 있었다. 참외 모종은 굳이 밭을 만들어 심을 필요가 없었다. 공원 후미진 곳에 옮겨심기만 하면 되었다. 그러면 이제 그의 밤작업은 끝나는 것이다.

그가 밭을 일구는 동안 달은 공원의 플라타너스나무 꼭대기에서 교교하게 빛났다.

산동네 부분은 순전히 문희의 경험이었다. 처음에 쓴 부분과 새로 쓴 부분을 합쳐 적절하게 정리하면 지금까지 문희가 써본 글 중에 가장 좋은 글이 될 것 같았다. 문희는 기분이 좋아졌다. 기분이 좋은 문희와는 다르게 아들은 아침부터 악을 쓴다.

"아, 밥맛없어."

"맛이 없니?"

"아, 그게 아니라, 이상한 여자한테서 자꾸 전화 오잖아. 아빠가 곧 죽는다나, 죽었다나."

아이는 아빠와 살아본 기억이 없어서인지, 아빠의 죽음에도 관심이 없다.

"네 아빠랑 함께 사는 여자란다. 네 아빠가 곧 죽게 생겼대. 죽기 전에 너 한번 보고 싶은가보다."

"아, 재수없어."

"사람은 자기가 잘못한 사람하고 죽기 전에 화해하지 않으면 그것이 한이 되어 나쁜 귀신이 된단다. 네 아빠가 나쁜 귀신이 되면 너한테도 좋지 않아. 한번 가서 보고 오렴."

"내가 보면 뭐 하냐구. 엄마가 봐야지."

"난 이제 남남인걸 뭐."

"그게 아니라, 그 재수없는 이상한 여자가 엄마만 찾아."

아이는 말을 할 때 늘 악쓰듯이 한다. 아이가 어릴 때 소아정신과엘 한번 데려간 적이 있다. 아이는 태어난 순간부터 늘 화가 나 있는 상태 같다고 의사가 말했다. 뭣 땜에 아이가 화가 나 있는지 문희는 알고 있었다. 문희는 먹을 것을 제대로 먹지 못했고 갖고 싶은 걸 제대로 갖지 못했지만 '늘 화나는 병'을 앓지는 않았다. 문희 어릴 때는 먹고 싶은 걸 제대로 못 먹고 갖고 싶은 걸 제대로 못 갖는 사람들이 문희 말고도 많았기 때문이다. 먹고 싶은 것 제대로 먹고 갖고 싶은 것 제대로 갖는 사람이 지금보다는 많지 않았기 때문에 그러지 않은 많은 사람들이 병에 걸리지 않을 수 있었던 것이다. 문희는 아이의 '늘 화나는 병'을 고치기를 포기했다. 아이의 병을 고치는 것은 먹고 싶은 걸 제대로 먹이고 갖고 싶은 걸 제대로 갖게 해줘야 하는데 문희는 그럴 수 없었기 때문이다. 대신 문희는 아이에게 꿈을 꾸라고 말했다. 먹고 싶은 걸 제대로 먹는 꿈, 갖고 싶은 걸 제대로 갖는 꿈을 꾸라고. 꿈은 돈이 들지 않으므로. 아이는 말했다.

"한번이라도 먹고 싶은 것을 먹어보고, 갖고 싶은 것을 가져봐야 꿈을 꾸지. 그게 어떻게 생겼는지도 모르는데 어떻게 꿈을 꿔?"

꿈을 꿀 수가 없었던 아이는 그래서 지금도 '늘 화나는 병'을 고치지 못하고 있다.

공원이 시끄러웠다. 공원 잔디밭을 가꾸는 여자들에게 구청 공무원이 지시했다.

"토마토 묘목을 전부 뽑으세요."

문희가 막 공원 벤치에 도시락을 풀었을 때였다. 토마토밭을 일군 사람이 지난밤에 공원 잔디밭을 토마토밭으로 일구며 꾸었을 꿈을 생각하자니 문희는 토마토 묘목이 뽑혀나가는 것이 마치 생살을 찢는 듯 아파왔다. 그러나 공무원에게 공원의 잔디밭은 그 무엇으로도 훼손되어서는 안되는 것이었다. 그 밭을 일군 이에게는 토마토밭이 꿈이 되지만, 구청 공무원에게 공원 잔디밭은 밥줄이므로.

여자들은 공무원의 지시대로 토마토밭을 다시 잔디밭으로 개조시켰다. 문희는 이제 막 무료급식소에서 밥을 먹고 공원 안으로 게으르게 들어서는 한 노숙인을 바라보았다. 그에게서는 어떤 표정도 발견할 수 없었다. 자신은 아무것도 모른다는 듯이 그는 천연덕스럽게 벤치도 아닌 길바닥에 길게 드러누웠다. 문희는 무료급식소에서 밥을 먹고 공원으로 들어서는 노숙인 중에 누군가 왜 내 토마토밭을 망가뜨리느냐고 항의해오길 기다렸지만 그들 중 토마토밭에 관심을 두는 사람은 아무도 없는 것 같았다. 섭섭한 것이 사실이었지만 만약 그들 중 누군가가 토마토밭이 망가지는 것에 항의라도 한다면 그는 유일한 휴식처인 공원에서도 쫓겨나야 한다는 것을 잘 알아서일 거라고 문희는 애써 자신을 위로하듯 생각하였다.

한세득과 그의 처를 만나봐야 할 것 같았다. 아이는 여전히 늘, 그리고 모든 것이 화나고 재수없는 상황에 있었으므로 도통 문희 말을 들어주지 않았다. 죽기 직전의 아빠를 네가 만나주지 않으면 아빠가 나쁜 귀신이 되어 너를 괴롭힐지도 모른다는 말은 아이에게는 그저 유치한 거짓말일 뿐이었다.

오밤중에 전화를 해온 한세득의 처에게 휴일에 한번 가겠다고 말하자마자 그녀는 감격에 들떠서 외쳤다.

"인천 인천…… 칙치포포 기차 타면 돼요."

"인천 어디로 가면 돼요?"

"인천 강하 강하 하도 하도 똔마……"

"인천 강화?"

"응, 강하 하도면 똔마니."

그냥 인천도 아닌 강하, 아니 강화란 말인가. 문희는 휴일 아침 일찍 강화로 갔다.

물어물어 찾아간 그곳, 인천하고도 강화하고도 화도하고도 동막리라는 바닷가 마을에서 문희는 그녀, 도넛을 만났다. 문희의 전남편 한세득의 처가 제 이름을 말했다.
"토넷."
"도우넛?"
"응, 토넷."
문희는 그냥 그녀를 도넛이라고 불렀다.
도넛의 남편 한세득은 간암으로 죽었다. 사흘 전에 장사를 치렀다고 했다. 도넛이 문희 손을 부여잡고 어깨를 들썩이며 울었다. 도넛의 등에 도넛을 닮아 피부가 까맣고 눈동자가 반짝이는 남자아이가 업혀 있었다. 장사까지 치렀다니 문희가 할 일은 이제 남아 있지 않은 셈인데, 문득, 도넛이 말했다.
"어니."
문희는 좀 놀랐다. 함석지붕을 한 집은 몹시 후텁지근했다. 풀이 우북한 마당에는 고장난 유모차가 함부로 뒹굴고 있었다.
"애기아빠가 여기 들어온 지는 일년도 안되지요. 저기 짱이엄마랑 함께 들어왔지. 우리야 어디서 왔느냐고 묻지도 않았고 버려진 이 집에 사람이 들어와 살아주니 그저 고마워서 고기도 함께 잡고 농사도 짓고 노가다도 다니곤 했지. 한씨가 동네 들어올 때부터 이미 몸이 안 좋기는 했어요."
문희는 아무것도 묻지 않았다. 왜, 어떻게 도넛이 한세득과 결혼을 했는지, '베트남 여자와 결혼 알선합니다. 초혼·재혼·장애인·나이드신 분 환영'이라고 쓰인 플래카드를 본 적이 있는데 당신들도 혹시 그런 결혼인가, 그러나 문희는 낯선 땅에서 남편을 잃고 자신에게 닥

친 극심한 삶의 공포 앞에 떨고 있는 한 이국여자 앞에서 어떤 말도 할 수가 없었다. 졸지에 도넛의 언니가 되어버린 문희는 동네사람이 해주는 말을 그저 조용히 듣기만 했다. 도넛의 아들 짱이 엄마 등뒤에서 문희를 훔쳐보다가 눈이 마주치자 고개를 묻어버린다.

"어니, 나 돈 없어, 나 살 없어, 나 한국 몰라, 나 무서워, 나 싸랑해."

도넛은 한번 잡은 문희의 손을 놓지 않았다. 문희는 손과 이마에 땀이 났고 등허리가 서서히 굳어져왔다. 뻣뻣이 굳어지는 문희의 손을 잡고 도넛이 눈물이 범벅인 채로 말했다. 도넛이 할 수 있는 한국말은 모두 다 쏟아냈다. 도넛이 문희를 사랑한다고. 아니면 문희가 도넛을 사랑해야 한다고. 그도 아니면…… 도넛이 말하는 사랑은 요령부득이지만, 그러나, 결사적이었다. 도넛이 사랑을 말할 때, 그 사랑의 의미를 캐어물을 수는 없는 일이었다. 문희는 다만 눈이 마주치면 재빨리 고개를 묻는 전남편 한세득과 필리핀 여자 도넛의 아들, 짱이와 언제쯤 눈을 제대로 마주칠 수 있을까만 내내 생각했다.

돌아오는 밤길에 비가 내렸다. 인천에서 서울로 돌아오는 밤늦은 전철 안은 붐비지는 않았지만 노숙인 행색의 사람들이 유난히 많았다. 그 많은 빈자리를 두고 바로 그 노숙인 행색의 한 남자가 문희 옆자리에 앉았다. 문희는 처음에는 괘념하지 않았다. 그 많은 자리 놔두고 내가 이 자리에 앉은 것이 우연이듯, 그 많은 자리 놔두고 남자가 내 옆에 앉은 것도 우연이다,라고 문희는 생각했다. 문희로 말하자면, 노숙인 천지인 공원에서 도시락을 까먹는 사람이 아닌가. 그러나 얼마 지나지 않아 문희는 자리를 옮겨가야 할지 말아야 할지 심각한 고민에 빠지지 않을 수 없었다. 그 남자의 몸에서 결코 짧지 않은 세월 동안 축적된 듯한 술냄새와 딱히 무슨 냄새라고 표현하기 힘든, 오랜 세월 씻어내지 못한 먼지와 땀이 켜켜이 엉겨붙은 듯한 냄새 때문만은 아니었다. 어느결엔가 그 남자의 무거운 머리가 문희 어깨에 얹혀 있었기 때문이다. 그는 곤하게 자고 있었다. 그리고 그때까지는 문희가 옮겨가도 좋을 자리들이 남아 있었다. 이제라도 그 남자의 머리가 기대어진 어깨를 빼낸다 하더라도 문희를 비난할 사람은 없을 것이었다. 아니 어쩌면 문희가 어깨를 빌려주고 있는 것보다 빼내는 것이 오히려 당연하다고 생각할지도 몰랐다. 문희도 할 수만 있다면 그러고 싶었다. 문희는 그 남자의 머리가 얹혀진 어깨를 조금 움직여보았다. 문희가 움직인 만큼 남자의 머리도 움직였다. 남자는 깊이 잠들어 있었다. 통로를 지나던 제복 입은 차장이 문희에게 물었다.

"도와드릴까요?"

문희는 그 말이 뭘 의미하는지 알았다. 문희는 차장을 빤히 바라보고 말했다.

"괜찮아요."

차장은 그뒤로도 몇번을 문희 앞을 왔다갔다했다. 그것은 만일의 사태를 방지하기 위한 차장의 승객에 대한 배려일 수 있었다. 문희는 가만히 눈을 감았다. 그리고 인천, 아니 강화 바닷가마을의 도넛을 생각했다. 그리고 공원의 토마토밭을 생각했다. 토마토밭은 과연 누가 일구었던 것일까. 내일 또다시 토마토밭을 볼 수 있을까. 그래서 내 글의 결말도 행복할 수 있을까. 남자가 기대어 있는 왼쪽 어깨는 점점 무거워졌다. 점점 무거워져오는 어깨를 조금 추스르며 문희는 생각했다. 내일이나 모레쯤 도넛에게 토마토밭을 보여줄 수 있으면 참 좋겠다고. 자신이 도넛에게 맛있는 도넛을 해줄 수 있다면 그것도 괜찮겠다고. 지금, 낯모르는 고단한 한 인생에게 어깨를 빌려주고 있듯이, 도넛에게도 그럴 날이 온다면, 그럴 수도 있을 거라고. 그 생각을 하면서 문희는 깜박 잠이 들고 말았다.

아무도 모르는 가을

비는 아침에 왔다. 아침 식전이었다. 아기가 깨어난 기척에 눈을 뜬 인자는 곤하게 자고 있는 석준을 깨웠다.
"여보, 밖에 비와."
알 수 없는 불안감 때문에 인자는 요 위에 납작하게 너부러져 잠든 남편을 흔들어본다.
"비오면 손님 안 오잖아."
하기야 어젯밤에 남편은 일이 늦게 끝났다. 늦게 끝난 정도가 아니라 밤을 새우다시피 했다.
"밖에서 아저씨 혼자 비설거지하고 있어 어."
"하라고 하셔."
"그게 아니라, 산에서 물이 이쪽으로 쏟아지나봐."
"알아서 하시겠지이, 아이씨. 잠 좀 자자 거."

가늘었던 빗줄기는 점점 굵어지고 있었다. 산에서 횟집 쪽으로 쏟아지는 물소리도 확실히 거세어졌다. 인자는 젖을 양껏 빤 뒤 다시 곤하게 잠든 아기를 자리에 뉘었다. 잠든 아기를 바라보면 인자 마음도 덩달아 한없이 평화로워졌다. 그러나 이날 아침은 그렇지가 않았다. 다른 때 같으면 비오는 날은 손님이 그리 많이 들지 않아 남편이 힘들지 않아서 인자는 좋았다. 물론 주인아저씨의 입장은 그 반대이겠지만. 빗줄기가 굵어져가면서 주인아저씨의 삽 소리도 점점 급해지고 있다는 것이 창문 밖으로부터 전해져왔고 인자의 불안감도 점점 고조되었다.

"여보오, 제바알, 아저씨 혼자 낑낑대는 소리가 여기까지 들리잖아."

남편이 눈을 떴다. 눈에 핏발이 서 있었다. 그 눈이 애처롭게 인자를 바라보았다. 그 눈에 대고 인자가 말했다.

"미안해. 그치만……"

천성이 착한 남편은 벌떡 일어나 주섬주섬 옷을 꿰입었다. 방수 트레이닝바지를 꿰는 남편의 다리가 이날따라 유독 앙상해 보였다. 옷을 꿰입는데 남편 몸이 휘청거리는 것 같았다. 남편이 입은 그 남색 방수 트레이닝바지는 그들이 이곳으로 오기 전, 동서울터미널에서 인제행 표를 끊어놓고 시간이 남아 터미널 밖 거리를 어슬렁거리다가 노점상에서 산 것이다. 그것이 두 달 전, 오월이었다. 윗도리는 그냥 러닝 바람으로 남편은 밖으로 나갔다. 인자는 창문 곁으로 가서 남편이 나가는 쪽을 바라보았다. 거기 비가, 비가 말도 못하게 쏟아지고 있었다. 산에서는 흙탕물이 폭포처럼 횟집 마당으로 쏟아져내렸다. 주인아저씨는 삽을 내던지고 모래포대를 쌓기 시작했다. 횟집에 사는 남자라고는 주인아저씨와 남편뿐이었다. 두 남자는 산에서 쏟아지는 물이 횟집으로 달려들지 않도록 방호벽을 쌓았다. 우르르 꽝꽝 번개가 치고 천지가 쪼개지듯 천둥이 울었다. 인자는 남편이 번개라도 맞으면 어쩌나, 겁이 났다. 그대로 방 안에 있을 수가 없었다. 인자도 주섬주섬 옷을 입었다. 그 순간이었다.

"피해!"

누군가가 외치는 외마디비명이 들려왔다. 둑이, 강둑이 터진 것이다. 터진 둑을 타고 물은 횟집 쪽으로 넘실넘실 넘어들어왔다. 인자는 아래층으로 뛰어내려갔다. 주인아줌마와 써빙을 하는 아줌마 두 사람이 겁에 질려 떨고 있었다. 인자가 문을 열고 나가려고 하자 아줌마들이 가로막았다.

"문 열면 안돼!"

"우리 애기아빠는요?"

"아저씨랑 피했어."

인자는 안심했다. 범람한 강물은 문 안으로 쳐들어오려고 기를 쓰고 있었다. 그때 갑자기 밖에서 울부짖는 소리가 들려왔다. 그것은 분명히 남편을 부르는 소리였다.

"이봐, 주방장, 석준이……"

"우리 애기아빠가 어떻게 됐나봐요."

인자는 부들부들 떨었다. 그때 또다시 번쩍 하는 기미가 있더니 천지가 진동했다. 주인아저씨가 방호벽으로 쌓아놓은 모래포대 위에서 안타깝게 손을 휘젓는 모습이 얼핏 보였다.

한 아줌마가 외쳤다.

"저기 사람이 떠내려온다아!"

"누구야, 누구!"

사람들이 거의 비명에 가까운 아우성을 질러댔다. 떠내려오던 사람은 순식간에 눈앞에서 사라져버렸다. 떠내려가는 사람이 남자인지, 여자인지, 노인인지, 아이인지 분간할 수도 없는 짧은 순간이었다.

"우리 애기아빠, 우리 애기아빠……"

문을 열고 나가려는 인자를 사람들이 온몸으로 막아섰다.

"물 들어오면 우리 다 죽어!"

인자는 사람들을 노려보았다.

"우리 애기아빠 소리가 안 난단 말이야!"

인자는 거의 미칠 것만 같았다. 그때 위층에서 아기 울음소리가 났다.

"인자씨 애기 울잖아. 애기아빠는 걱정하지 마. 주인아저씨랑 같이 있을 거야."

"없잖아요. 저기에 아저씨 혼자 있잖아요오. 제발 저 나가게 해줘요, 나 나가게 해줘요오."

"지금 애기엄마 나가면 우리 다 죽는다니까!"

한 아줌마가 우는 아기를 보듬고 내려왔다. 인자는 아기를 받아안았다. 부들부들 떨리는 손으로 옷을 밀어올려 선 채로 젖을 물렸다. 물은 급기야 횟집 유리문을 부서뜨리고 집 안으로 쏟아져들어오기 시작했다. 사람들이 비명을 지르며 계단으로 뛰어올라갔다. 인자도 아기한테 젖꼭지를 물린 채로 뛰었다. 위층에 올라가니 주인아저씨는 창문을 통해 집 안에 들어와 있었다.

"우리 애기아빠는요?"

인자는 눈물이 범벅인 채로 날카롭게 물었다.

"보이지 않아요, 어디로 갔는지 보이지 않아요."

횟집 주인은 공포에 질려 이빨을 딱딱 부딪치고 있었다. 그의 아내가 남편을 담요로 감싸면서 인자가 사나운 기세로 자기 남편에게 다가서는 것을 가로막았다.

"물이 차오르고 있어. 여기서 이러고 있을 때가 아냐!"

아줌마들이 옥상으로 뛰어갔다. 주인 부부도, 인자도 아기를 안고 비가 동이로 퍼붓는 옥상으로 올라갔다. 아줌마들은 그 와중에도 우산까지 알뜰히 챙겨쓰고 있었다. 천둥이 치자 두 사람은 꼭 안고서 발을 동동 굴렀다.

"에이 좆같아, 진짜. 이럴 줄 알았으면 어젯밤에 집에 가는 건데. 어쩐지 우리 경희가 집에 오라고 전화를 했더라구."

"욕하지 마라, 지금 니 입에서 욕이 나올 때냐, 년아."

그래놓고 아줌마가 피식 웃었다. 웃는 아줌마 입을 경희엄마가 후닥닥 가로막았다. 오는 비를 고스란히 맞는 아기를 인자는 온몸으로 감싸안았다. 그 와중에도 인자 가슴에서는 아기가 채 빨지 못한 젖이 배어나와 빗물에 씻기고 있었다. 한창 수유기에 있는 인자 가슴이 퉁퉁 분 채로 비에 젖은 옷 밖으로 여실히 드러났다. 횟집 주인여자는 자꾸만 담요로 남편을 뒤집어씌웠다. 담요는 이미 푹 젖어서 오히려 거추장스러운 물건이 된 지 오래인데도 그랬다. 아마 인자의 가슴 때문이었을 것이다. 남편의 모습을 찾느라 옥상 사방 귀퉁이를 돌아치며 울부짖는 인자의 가슴이 요동쳤다.

"여보오오오…… 여보오오오오…… 다래아빠아아아……"

돌아오는 소리는 없었다. 다만 빗소리뿐. 횟집 맞은편, 강 너머 산이 우르르 무너져내리고 있었다. 산아랫집에 사는 김노인 부부가 뛰쳐나오는 모습이 보였다. 김노인 부부는 빗속을 마구 달려가고 있었다. 그러나 그들은 곧 물에 갇혀버렸다.

두 노인은 산으로 기어올라갔다. 관절염을 앓는 할머니는 할아버지에게 거의 매달려 있어서 언뜻 보면 할머니가 할아버지한테 강제로 끌려가는 것 같았다.

"여보, 조금만, 조금만 더!"

그러나 할아버지가 악쓰는 소리는 빗소리에 묻혀버렸다. 할아버지는 할머니를 부둥켜안고 묏등으로 올라갔다. 할아버지의 아버지 묘였다. 물난리만 아니라면 어찌 감히 아버지 묘에 올라설 수 있단 말인가.

"아버님, 우리를 살려주소서!"

그러나 한뼘 묏등 위에서 버티는 두 노인의 힘보다 비의 힘이 더 셌다. 비는 할아버지에게서 할머니 몸을 떼어냈다. 할머니 몸에서 힘이 빠져나가는 것을 알아차린 할아버지가 자세를 고치려는 순간, 할머니는 할아버지를 놓쳐버렸다. 할아버지 몸과 분리된 할머니는 속절없이 물살 속으로 빨려들어갔다. 식전 댓바람에 물속에 잠겨버린 아랫동네 사람들은 집을 뛰쳐나왔지만 그들이 피할 수 있는 곳은 아무데도 없었다. 사람들은 물살에 떠밀리지 않기 위하여 온 동네 사람들이 셋씩, 넷씩 스크럼을 짰다. 할머니가 곧 아랫동네 앞을 지나갔다. 할머니를 구하려면 스크럼을 풀고 누군가 물살 속으로 들어가야 했다. 그러나 아무도 그러지 못했다. 할머니를 구하기 위해 나를 붙잡고 있는 다른 사람의 손을 떼어내면 나도, 그도 살 수 없으므로 사람들은 서로의 어깨를 꽉 붙들고 다리에 힘을 주었다. 외상값 문제로 늘 다툼이 잦던 구멍가게 아줌마와 민박집 조씨네 부인도, 평소에 남들 안 보는 데서는 어쩌는지 몰라도 남 보는 데서는 철저하게 내외를 하던 과부 현아엄마와 홀아비 명덕이도 지금은 그러안을 수밖에 없었다. 그들이 그러는 동안 할머니는 그렇게 아래로 아래로, 속절없이 떠밀려내려 갔다.

비는 올 때도 그러더니 멎기도 난데없이 멈췄다. 어디서들 오는지 사람들이 끝도 없이 몰려들었다. 그들은 마치 비 멈추기를 기다리며 눈에 안 보이는 어디선가 대기하고 있다가 나오는 것만 같았다. 어제는 시커먼 썬글라스를 쓰고 검은 가죽옷을 입은 사람들이 오토바이를 타고 왔다. 오토바이에서 내린 남자들은 순식간에 주황색 작업복으로 갈아입고 복구공사를 시작했다. 오토바이 탈 때 입는 옷과 마찬가지로 작업복도 맞춘 옷 같았다. 작업복 등허리에 대한바이크라이더회라고 쓰여 있었다. 남자들은 하나같이 건장하고 힘이 셌다. 횟집 마당에 가득 들어찬 바위들을 강으로 굴려가는 남자들의 팔뚝에 돋아나는 울퉁불퉁한 근육을 인자는 이층 창가에 앉아서 바라보았다. 그런데 어쩐지 건강한 남자들의 모습이 꼴사납게 느껴졌다.

'저자들은 먹여살릴 가족도 없나? 멀쩡하게 생긴 사람들이 오늘 같은 평일날 돈은 안 벌고 왜 여기 와서 힘을 쓰고 있나? 저 남자들이 여기 와 있단 것을 저 남자 가족들은 알고 있나? 그런데 저 남자들은 뭘 먹고 살아서 저렇게 힘이 남아도나? 우리 남편이 횟집 주방에서 앙상한 다리로 버티고 서서 하루종일 식은땀 흘리며 칼질하고 있을 때 너네들은 오토바이나 타고 돌아다녔겠군, 나쁜 놈들!'

여기 처음 오던 날 길에서 만난 자들이 바로 저들이 아닐까. 원통에서 택시를 타고 오는데 저 남자들이 입은 것 같은 시커먼 가죽옷에 시커먼 썬글라스를 쓴 한떼의 오토바이족을 만났다. 인자는 그 낯설고도 이질적인 족속들을 바라보며 문득 그런 생각을 했다. 사람들이 강원도 산골에 들어오는 이유는 딱 두 가지라는 생각. 한 부류는 바로 오토바이 타는 족속들처럼 놀러 오는 무리와 한 부류는 자기네처럼 먹고살기 위해 들어오는 사람들이라는 것. 그때 세상은 온통 꽃천지였다.

"여보, 저기 꽃 좀 봐라."

남편이 산벚꽃으로 휜한 산을 가리켰다.

"꽃만 피면 뭐해. 돈이 있어야지."

뜬금없는 돈 이야기를 했던 것은 틀림없이 택시 앞을 가로막고 선 그 시커먼 오토바이족들 때문이었으리라. 인자는 돈 벌어서 남편이랑 아기랑 다른 무엇도 아닌 꽃과 나무를 기르며 살고 싶었다.

"야, 그래도 꽃이라도 피니 얼마나 좋냐."

"맞는 말입니다요."

택시기사가 맞장구쳤다. 하기야 돈 없는 사람들 사는 세상에 꽃이라도 안 피어나면 아마 세상 재미없어 만날 죽고 싶은 맘만 들지도 몰랐다.

날은 더웠다. 어제도 남편을 찾지 못했다. 인자가 아기를 업고 뜨거운 강바닥에 주저앉아 흐느끼고 있을 때 어디서 왔는지 모를 사진기들이 찰칵거렸다. 사진기가 자기를 찍어서 신문에건 텔레비전에건 나오기만 하면 남편이 자기 얼굴을 보고 돌아와줄 것만 같았다. 그랬으면 좋겠어서, 어딘가에서 남편이 봤으면 좋겠어서 인자는 자꾸만 자꾸만 사진기 앞에 섰다. 아이를 잃은 윗마을 남자가 인자만 찍는 카메라맨에게 화를 냈다.

"이봐요, 가족 잃은 사람이 거기뿐인 줄 아십니까? 작작들 찍어요.

씨발."
"용수야, 사진 찍는 분들이 뭔 죄관데 그러는겨."
할머니를 잃은 산아랫집 할아버지가 용수를 말렸다. 용수 눈은 벌겋게 핏발이 서 있었다.
"내가 아무리 가만있어보려고 몸부림을 쳐도 이 상황에서 그것이 안됩니다, 지금."
인자는 용수가 사진 찍는 사람들에게 흥분하는 것이 꼭 자기 때문인 것만 같았다. 그래서 강가에 나갈 엄두가 나지 않아 밖을 내다보고만 있었다. 아래층은 시끌벅적했다. 한국스쿠버다이빙회라는 데서 온 사람들이 흙이 들어찬 횟집 주방과 복도와 방을 치우는 중이었다. 소리로만 치면 무슨 잔칫집 같았다. 횟집 주인만 살판난 것 같았다. 그로 치자면 봉사활동 나온 사람들 손을 빌려 깨끗이 청소만 하면 다시 예전처럼 장사를 할 수 있을 거였다. 새삼스레 횟집 주인에 대한 맹렬한 적의가 들끓어올랐다. 남편을 물에 휩쓸려가게 한 게 꼭 이 주인남자 소행인 것만 같았다.
강 건너 민박촌에 들어와 있는 사람들은 패러글라이더를 타지 않고 그냥 승합차로 왔다. 그들은 승합차 안에서부터 작업복을 입고 내렸다. 대개 붉은 티셔츠에 청바지 차림이었다. 작업복이라도 여러 사람이 똑같이 입어놓으니 유니폼처럼 멋졌다. 바이크라이더회, 스쿠버다이빙회, 패러글라이딩회 모두 인자에게는 낯선 이름들이다. 남편이 돌아온다면 그중에 어느 한 회에라도 들 수 있을까. 인자남편 석준은 한국요식업중앙회 회원이었다.
"새댁? 인자씨? 방에 있어?"
주방보조 경희엄마가 콩국수를 말아 왔다.

"이러지 않으셔도 되는데."
 남편이 있을 때, 누가 인자에게 콩국수건 뭐건 가져다준 적이 없다.
"그런 말 마. 당분간은 어쩔 수 없잖아."
 경희엄마가 하는 당분간,이라는 말이 서늘하게 가슴에 와박혔다. 그렇다. 언제까지 이러고 있을 수는 없으리라. 인자는 아기를 안은 채로 콩국수 국물을 훌훌 마셨다. 콩국물은 부드럽지만 목구멍에서 자꾸 걸린다. 인자가 지금 먹는 콩국수는 공것임에 틀림없었다. 인자가 지금 머무는 방도 이제 공것이었다. 석준은 자신과 가족이 먹고 잘 곳을 제공받는 조건으로 이곳에 왔다. 먹고 자는 것이 해결됐으니 이제 월급 받는 것 저축하는 일만 남았다고 얼마나 뿌듯해했던가.
 엄마가 돌아가시면서 막내 고등학교는 졸업시켜달라던 당부대로 인자는 오빠의 도움으로 정보고를 졸업했다. 졸업하고 집에 있는 인자에게 올케가 말했다.
"고모도 이제 스무살이 됐으니 스스로 밥벌이하지 않으면 안돼요. 안 그러면 우리집에 얹혀사는 것이 되는 거야."
 엄마가 살던 집을 오빠는 그대로 접수하여 카쎈터로 만들었다. 인자는 한번도 카쎈터 집이 남의 집이라고 생각하지 않았다. 그러나 스무살의 그 봄에 인자는 돈벌이를 해야 했다. 돈벌이를 하지 않으면 그 집은 인자 집이 아니라 오빠 집이 된다. 인자는 오빠 집에 얹혀살고 싶지 않았다. 엄마는 먹고살기 위해 인자를 업고 장사를 했다. 인자 다리 한쪽이 짧은 것은 그 때문인 듯하다고 엄마는 말했다. 절뚝이는 걸음새를 가진 인자가 취직할 만한 데는 쉽게 찾아지지 않았다. 인자는 집을 나왔다. 직업소개소에서 소개받은 곳은 식당이었다. 인자가 식당에 취직이 된 것은 식당주인이 장애인인 때문이었으리라. 인자는 그곳에서 주방장 석준을 만났다. 그렇게 인자의 가정이 꾸려졌다. 석준에게는 한식, 일식, 중식 요리사 자격증이 있었다. 그 세 개의 자격증을 꺼내놓으며 석준이 말했다.

"우리 절대로 굶어죽는 일은 없을 거야."

아기가 태어났다. 아토피가 있었다. 어느날 남편이 말했다.

"우리 공기 좋은 산골에 가 살자."

강원도 인제 이 산골짝까지 오게 된 것은 순전히 아기 때문이었다. 아기 때문이기도 하지만, 또 돈이 필요하긴 했다. 관광객을 상대로 하는 횟집은 인제 원통을 지나 양양으로 넘어가는 길목에서도 한참을 더 산으로 들어와야 있었다. 송어회 전문 횟집이었다. 이곳에서 돈을 벌어 어디 읍내 같은 데, 아니면 경기도 여주 쪽에 식당을 하나 차리고 싶었다. 여주 다래골이 남편 고향이었다. 그래서 남편은 아이 이름을 다래라 지었다. 인자는 아직 다래골에 가보지 못했다. 남편이 성공해서 가자 했다. 여주에 식당 차리면 그때 가자 했다. 다래골, 꼭 가보고 싶었던 남편의 고향을 남편이 없는 지금 인자는 영영 가볼 수 없을 것 같았다.

아래층에서 까르륵 웃음소리가 났다. 그 웃음소리를 야단치는 소리도 났다. 텔레비전에서 봉사활동하는 사람들은 한결같이 기쁜 얼굴이었다. 저 사람들도 그런 모양이었다.

여자들은 아직은 흙탕물이 흐르는 강가에서 그릇을 씻고 옷과 이불을 빨아널었다. 그들은 '봉사하는 기쁨'에 얼굴빛이 복사꽃으로 익었을 것이다. 인자는 땀이 철철 흐르는 것을 내버려둔 채로 도대체 어찌해야 좋을지 몰라 방 안을 훌떡훌떡 뛰고 싶었다. 이곳에 와서 좀 진정되는 듯하던 아토피가 재발하는지 아기가 팔을 휘저으며 울어댔다.

인자는 창문으로 다가갔다. 용수가 나와 있었다. 그러나 오늘은 사진 찍는 사람들이 없다.

"지민아아아아!"

용수가 물에 휩쓸려간 아이 이름을 목놓아 부르고 있었다. 인자도 남편을 불러보았다.

"여보오, 다래아빠아……"

메아리는 없었다. 적막했다. 수많은 사람들이 붉은 옷, 파란 옷, 노란 옷을 입고 왔다갔다하는 모습이 마치 인형들이 움직이는 것 같았다. 포클레인이 시체를 찾는 하이에나 같은 형상으로 강가를 어슬렁거렸다. 그러나 시체는 찾아지지 않았다.

선선한 바람이 불어왔다. 강가에 북적대던 사람들도 언제부턴가 뚝 끊겼다. 그래도 포클레인만은 아직도 강가를 서성대고 있었다. 강둑에는 집을 잃은 사람들의 집이 지어졌다. 집을 잃은 사람들에게만 주어지는 집이므로 인자가 들어가 살 집은 지어지지 않았다. 횟집은 예전에 수해를 입기 전보다 더 좋은 모습으로 빠르게 변해갔다. 집주인 부부는 집수리가 끝나는 대로 다른 사람에게 이 집을 내놓고 다른 곳으로 떠난다고 했다.

"근데, 인자씨, 새로 들어올 사람이 그러네요. 인자씨가 나가줘야 들어오겠다고 말이야. 미안해요."

"우리 애기아빠가 와야 나가죠."

"그게 그러니까 인자씨, 애기아빠는…… 찾아지지 않잖아요."

"찾아올 거예요."

주인여자가 자그맣게 으르렁거렸다.

"우리가 왜, 이 좋은 집 넘기고 떠나려는지 알아? 다 당신 남편 때문이야."

"우리 남편이 뭘 어쨌길래요? 당신 남편만 살고 우리 남편은 죽었잖아!"

"그래, 당신 남편은 죽었어. 그러니까 올 수도 없어. 알아? 미련 갖지 말고 이제 그만 나가줘요. 우리 좀 살려줘."

"당신들은 우리 남편 안 살려줬잖아!"

"우리가 죽였어? 우리가 인자씨 남편 죽였냐구, 썅!"

마음보다 손이 먼저 날아가서 인자는 욕을 내뱉는 집주인 여자의 머리카락을 움켜잡았다. 질세라 여자의 손톱이 인자의 얼굴을 날카롭게 할퀴었다.

"우리 남편 살려내. 안 그러면 당신 남편도 죽여버릴 거야."

"내 그럴 줄 알았다. 이년, 나쁜 년. 여보, 당신은 내려가 있어. 이 나쁜 년을 내가 오늘 그냥 작살을 내버릴 테니까."

엉겁결에 일어난 일이라 주인남자는 그저 멀거니 두 여자를 바라만 보고 있었다. 비명에 놀라서 달려온 주방 아줌마들이 집주인 여자와 인자를 뜯어말렸다.

"하늘을 원망해야지. 사람을 왜 원망해."

"서로가 서로를 보듬어줘도 모자랄 판국에 왜 쥐어뜯고 난리랴."

밤에, 누군가 문을 두드렸다. 온몸에 돋아난 발진 때문에 울어대던 아이가 그 울음에 지쳐 겨우 잠들고 난 직후였다.

"인자씨."

은밀하게 부르는 목소리가 주인남자였다. 인자는 대답 없이 기다렸다.

"사과하려고 왔어요."

인자는 조심스레 문을 열었다. 주인남자가 방으로 들어오지는 않고 문앞에서 무릎을 꿇었다.
"제가, 제가 정말로 죄송스럽습니다, 인자씨. 석준이 보낸 것도 억울하실 텐데 마누라까지 흐흑……"
고개를 숙인 남자가 울기 시작했다. 눈물이 남자의 무릎 위로 뚝 떨어졌다. 인자는 아기가 깰까봐 문을 닫고 나왔다.
"아저씨, 저도 첨엔 아저씨 많이 원망했는데, 경희아줌마 말마따나, 서로가 서로를 보듬어줘도…… 흐흑."
정말로 인자는 그제야, 집주인 남자가 불쌍해졌다.
"울지 마세요, 인자씨. 저희가 최대한 인자씨 도와드릴게요, 흐흑."
"아저씨도 울지 마세요, 제가 곧 나가드릴게요, 흑."
그것은 누가 먼저랄 것도 없었다. 인자가 힘든 만큼 남자도 힘들어한다는 사실이 인자는 진심으로 고마웠다. 그래서였을 것이다. 인자 손이 남자의 눈물을 닦아주기 위해 앞으로 나간 것이. 그리고 그 집 마누라는 바로 그 순간을 노렸을지도 몰랐다. 계단을 올라오는 소리도 나지 않았는데 횟집 여자가 두 사람 앞에 부들부들 떨며 서 있었다.
"다 죽여버릴 거야!"

인자는 횟집을 나와 강 건너 민박촌 마을로 갔다. 반쯤 부서진 빈집으로 들어갔다. 집주인은 원래 외지사람이었다. 부서진 집에 대한 보상금만 받고 주인은 돌아오지 않았다. 인자는 아기와 함께 그 집으로 들어갔다. 물은 대형유리를 깨고 들어온 모양이었다. 인자는 유릿조각을 치웠다. 사방 귀퉁이에서 쥐가 튀어나왔다. 귀뚜라미가 튀었다. 바퀴벌레가 날았다. 그것들을 몰아내고 나서 인자는 창문이 온전한

방 하나를 자신의 거처로 삼기로 했다. 횟집 주인 부부가 돈과 쌀과 담요와 휴대용 가스버너와 부탄가스 열 개들이 한묶음을 가져다주었다.

"인자씨, 미안하고 고마워."

횟집 여자가 인자를 외면한 채 말했다. 여자한테 할퀸 자국은 영영 지워지지 않을 모양이었다. 그 자국이 사라지지 않는 한 여자의 사과를 받아들일 마음은 쉽게 생겨나지 않을 것 같았다.

"그치만, 인자씨, 생각해봐. 나 양양서 불난리 맞고 쫓겨온 지 일년 만에 물난리 맞은 거야. 난 우리 남편 아니면 죽어. 난 우리 남편 아니면 어디서 어떻게 살아야 할지도 모르는 사람이야. 난 인자씨처럼 젊지도 않고 인자씨처럼 젖도 안 크고…… 에이, 세상 좆같아 진짜."

횟집은 새 주인이 올 때까지 문을 닫았다. 민박촌도 텅 비었다. 여기 살던 사람들은 횟집 사람들처럼 아예 멀리 떠났거나 아랫마을 강둑에 새로 지어진 임시거처로 옮겨갔다. 이쪽 강물 틈새를 아무리 굴착해보아도 물에 휩쓸린 사람이 찾아지지 않자 포클레인도 강 아래쪽으로 이동해갔다. 강둑을 새로 쌓는 공사는 아직 시작도 안하고 있었다. 횟집을 새로 인수한 사람인 듯 저물 무렵에 험악한 인상의 한 남자가 나타나 횟집 문에 각목을 대고 못질을 한 뒤에 강에다 오줌을 갈기며 욕을 퍼붓고 있었다.

"야잇, 개새끼들아아, 기다려라아, 내가 온다아. 에잇, 좆같은 것들!"

바지를 추스르며 남자가 낄낄 웃었다. 남자는 승용차 쪽으로 종종종 걸어가며 나머지 말들을 중얼거렸다. 나 김철수가 온단 말이야이이이이, 남자는 난리중에 산중의 고급횟집을 거저나 다름없이 먹은 것임에 틀림없었다. 그것이 기뻐서, 그 기쁨을 주체하지 못해서 남자는 오줌을 갈기고 욕을 씨부렁대는 것이리라. 인자는 횟집 주인 부부가 저런 흉악한 남자한테 아무렇게나 횟집을 넘기고 후닥닥 떠나간 것이 죽은 제 남편 때문에 괴로워서가 아니라 꼭 자기 때문인 것 같았다. 나 때문에, 내가 주인남자 눈물을 닦아준 것 때문에, 내가 젊어서, 내 젖통이 커서, 게다가 하필 젖통 큰 여자의 남편마저 없어져서 여자는 불안했는지도 모른다. 남편 없이는 못 사는 여자이므로. 횟집 사람들이 떠난 게 자기 때문이라면, 그러면 남편의 죽음도 어쩌면 자기 때문인지도 몰랐다. 그날 아침 깨우지만 않았어도, 아저씨 혼자 삽질하는 소리에 그토록 불안해하지만 않았어도, 남편은 지금…… 인자 가슴은 터져버릴 것만 같았다. 엄마도 내가 아니었으면 그토록 고생하지 않았을지도 모른다. 엄마가 나를 업고 장사를 해서 내 한쪽 다리가 짧아진 게 아니라 내가 원래 그렇게 태어났는지도 모른다. 그래서 병신자식 낳아놨다고 아버지가 엄마를 그토록 업신여기지는 않았을 테고 내가 온전하기만 했어도 아버지가 그토록 술을 마시지는 않았을 테고 그래서 그토록이나 빨리 죽지도 않았을 테고 내가 온전하지 않아서 올케도 그토록 나를 부담스러워했을 테고 내가 온전하기만 했어도 남편 대신 내가 나가 주인아저씨를 도왔을 테고 내가 내가 내가…… 가만있으면 정말로 가슴이 터져버릴 것 같아서 인자는 공처럼 몸을 동그랗게 말았다. 자궁처럼 동그랗게. 인자가 몸을 마는 순간 목이 쉬도록 자지러지게 울던 아기가 울음을 뚝 그쳤다. 아기를 안고 동그랗게 몸을 말면 인자 몸 전체가 자궁처럼 되어 아기는 다시 태어나기 전의 모습으로 돌아갈 수 있어서, 그게 편안해서 그랬는지도 몰랐다. 그리고 무엇보다 몸을 말면 요괴처럼 악착같이 달라붙는 '내가'라든가, '나 때문에'라는 고약한 속삭임들이 사라졌다. 인자 몸이 작아지고 작아지면 요괴들에게도 인자 몸이 보이지 않게 되는지도 몰랐다.

인자는 반쯤 부서져나간 빈 민박집에서 하루에 열 번 이상씩 그렇게 몸을 말았다. 말고 말고 또 말았다. 몸을 말고 가만히 있으면 방 안에 길게 자동차 불빛이 지나가고 또 지나갔다. 불빛이라곤 집 뒤를 달려가는 자동차들에서 나는 빛이 전부였다. 지난여름 이곳에 왔던 사람들은 이제 가을이 되어서는 설악산으로 가는 모양이었다. 사람들은 지난여름 따위 까맣게 잊어버렸는지도 몰랐다. 아기가 잠들면 인자는 밖으로 나가 도로를 달려가는 자동차들에 대고 악을 썼다.

내가, 내가, 내가, 여기, 있어요오, 여기 내가 있단 말이에요오. 으음, 그리고오, 좆같아요오.

주방아줌마 경희엄마처럼, 횟집 여자처럼, 횟집의 새 주인처럼 욕을 해도 제대로 멋지게 하고 싶었으나 잘되지 않았다. 그것이 민망해서 인자는 어둠속에서 괜히 혼자 얼굴을 붉혔다. 강 건너 횟집은 어둠 속에서 버려진 성채처럼 서 있었다. 인자는 횟집 쪽에다 대고도 외쳤다.

거기 아무도 없어요오? 있으면 대답해봐요오.

이제 되지도 않는 욕은 하지 않기로 했다. 그때였다.

거기 아무도 없어요오? 있으면 대답해봐요오.

대답이 들려왔다. 인자는 다시 한번 외쳐봤다.

거기 아무도 없어요오? 있으면 대답해봐요오.

다시 대답이 돌아왔다.

거기 아무도 없어요오? 있으면 대답해봐요오.

메아리였다. 사람들이 있을 때는 들리지 않던 메아리가 아무도 없으니 들려왔다. 인자는 메아리가 그렇다는 것을 처음 알았다. 메아리는 제가 외로울 때 소리를 낸다는 것을.
 쌀은 있어도 반찬이 없었다. 어둠을 틈타 인자는 아기를 업고 횟집으로 갔다. 아무리 각목을 쳐놨다 해도 유리문을 부수면 될 것이다. 거기 주방에 아직 남아 있는 반찬거리가 좀 있을지도 모른다. 터벅터벅 자갈길을 걸어가자니 심심한 듯도 했다. 메아리는 부끄럼도 많다는 것을 인자는 알고 있었다. 훤한 대낮에는 메아리도 자취를 감춘다는 것을. 메아리를 불러내려면 어두워진 뒤라야 한다. 큼큼, 목소리를 가다듬었다.
 내가 반찬이 없어요. 반찬 좀 주세요.
 내가 반찬이 없어요. 반찬 좀 주세요.
 인자는 케켁, 헛기침을 한번 했다.
 알았어요, 맛있는 것 줄게 빨리 오세요.
 알았어요, 맛있는 것 줄게 빨리 오세요.
 아기가 등뒤에서 궁둥이를 들썩거렸다. 아기가 좋아하니 인자도 신이 났다.
 고마워요.
 고마워요.
 여보 사랑해요.
 여보 사랑해요.
 우리 멋진 집 짓고 살아요옹.
 우리 멋진 집 짓고 살아요옹.
 아기의 들썩거림에 맞추어 저절로 리듬이 들어갔다.

날 안아주세요오오오오옹.

날 안아주세요오오오오옹.

횟집 문앞에서 누군가 서성이고 있었다. 어둠속에서 불쑥 남자가 나섰다. 인자는 몸이 딱 얼어붙어버렸다.

"도, 도둑놈이에요?"

"도둑놈이 도둑놈이라고는 안해요."

"그, 그럼 뭐라고 해요?"

남자가 어이없다는 듯이 픽 웃었다. 그제야 남자가 아이 잃은 남자, 용수라는 걸 알겠다.

"여긴 왜 왔어요?"

"여기서 물건 해가지고 당신한테 가려고요."

"왜요?"

"사과도 할 겸. 지난여름에 당신한테 화낸 게 아니었어요. 그냥 화 딱지 나서 애엄마 집나가고 애까지 잃고 내 인생이 좆같아서……"

"좆같아요, 인생이."

"저기요……"

용수 몸이 바들거리고 있었다. 별이 초롱초롱한 밤이었다. 물소리가 첨벙첨벙 들려왔다. 고기가 뛰노는 소리일 터였다. 그럴 것이라고 여겼다.

"사람 살려요오, 우윽, 살려줘요오."

노인이 강물 속에서 허우적대고 있었다. 할머니를 잃은 김노인이었다. 용수가 물속으로 뛰어들었다. 용수는 검부러기 잡아채듯 노인을 옆구리에 꿰찼다. 날렵한 솜씨였다. 그런데 방금 전까지 분명히 살려달라 소리치던 노인이 갑자기 버둥거렸다.

"아니여, 죽을 거여, 죽게 놔둬, 죽어야 될 사람은 나여. 내가 살아서 뭣을 혀, 놔둬, 자식아. 너 지금 내 말을 무시하는 거여 뭐여, 잉?"

"무시해요."

용수는 노인을 모래밭에 때려눕히듯 부려놓았다. 인자는 노인 옆에 주저앉았다.

"할아버지, 죽지 마세요."

노인이 인자를 멀거니 바라보았다.

"새악씨, 내가 말이여, 내가 우리 할멈을 죽였어, 내가 말이여, 내가 우리 할멈을…… 크억."

노인은 그러나 물속으로 다시 들어가지는 않았다. 용수가 돌을 내리쳐서 잠긴 횟집 유리문을 부쉈다. 용수가 횟집에서 이불을 들고 와 노인을 덮어주고 그 옆에 벌러덩 드러누웠다.

"별도 우라지게 많다."

인자가 후렴구처럼 좆같이, 했다. 용수가 웃었다. 아기가 울었다. 인자는 아기를 앞으로 안고 동그랗게 몸을 말았다. 곧 아기가 울음을 그쳤다. 어디선가 치르륵, 치르륵, 풀벌레 소리가 들려왔다.

"가을인가봐요."

그러고 보니 국화꽃 향기가 나는 것도 같았다. 강 건너 설악산으로 가는 도로에 차들이 바람처럼 스쳐지나가고 있었다. 차를 타고 지나가는 사람들이 이 강가의 풀벌레 소리, 들국화 향기를 알 리 없다. 무엇보다도 그들이 지나가는 강가에 '우라지게도' 많은 별들이 쏟아지고 있다는 것을. 그들이 아는 가을은 이 강가에 있지 않고 설악산에 있을 터이므로.

으슬으슬 한기가 몰려왔다. 인자는 동그랗게 만 몸을 한번 더 말았다. 인자 몸은 조그마해질 대로 조그마해졌다. 인자는 휘파람을 불듯이 외쳤다.
 우리 여기 있어요오.
 너무 조그마해진 몸이 내는 소리여서인지 메아리는 돌아오지 않았다.

명랑한 밤길

비는 거칠게 그리고 지루하게 내렸다. 온 집 안에서 습기 냄새가 진동했다. 장마가 시작된 지 일주일째다. 그 일주일 동안 비는 끊임없이 내렸다.
……그래도 못 잊어 나 홀로 불러보네 사랑은 아직도 끝나지 않았네…… 훨훨 날아가자 내 사랑이 숨쉬는 곳으로…… 나를 잠 못 들게 하는 사람아…… 훨훨 훨훨 이 밤을 날아서…… 나를 잠 못 들게 하는 사람아……
비오는 날이면 첫사랑이 생각나네요. 첫사랑이 생각날 때마다 마음이 괴로워요. 장마가 일찍 끝났으면 좋겠네요. 성심병원 수간호사…… 수와진 파초…… 불꽃처럼 살아야 돼 오늘도 어제처럼 저 들판에 풀잎처럼 우리 쓰러지지 말아야 해 모르는 사람들을 아끼고 사랑하며 행여나 돌아서서 우리 미워하지 말아야 해…… 이은미의 목소리로 듣죠, 서른 즈음에. 또 하루 멀어져간다 내뿜은 담배연기처럼 작기만 한 내 기억 속엔 무얼 채워 살고 있는지 점점 더 멀어져간다 머물러 있는 청춘인 줄 알았는데……

라디오소리는 이 세상이 끝나는 날까지 들려올 것 같다. 이 세상이 끝나는 날도 라디오는 조용필과 윤도현과 수와진과 이은미의 노래를 들어줄 것 같다. 사람은 가도 라디오는 영원할 것 같다. 이제 갓 환갑을 넘긴 엄마의 분별력은 장마철로 접어든 지난 일주일 동안 눈에 띄게 떨어지고 있었다. 사방에 꽉찬 습기가 엄마의 뼈와 살을 아프게 하고 엄마의 마음을 아프게 한다.

"야야, 너네 아버지가 날 버렸다."

엄마한테 치매기가 생긴 건 작년 아버지 장례를 치른 지 딱 사흘째부터였다. 엄마는 그때부터 아버지가 자신을 버렸다며 슬퍼했다. 처음에는 몰랐다가 한달 동안 엄마 입에서 같은 말이 반복됐을 때야 그게 치매인 줄 알았다. 그러나 나로서는 속수무책이었다. 이제 겨우 스물한살인 나는 엄마를 어떻게 해야 할지 알 수 없었다. 분명한 건 당분간 엄마를 떠나 먼 곳으로 갈 수 없게 되었다는 사실뿐. 나는 내가 태어나 살던 이 고장을 떠나 먼 곳으로, 도시로 나가 살고 싶은 그 열망 하나로 간호학원을 다녔다. 간호학원을 마치자마자 아버지가 세상을 떠났고 형제들은 제 살 곳으로 떠났으며 엄마와 나만 남았다. 오빠들은 내게 말했다.

"면소재지에 병원이 두 개나 있다."

언니도 말했다.

"치과도 있고 한의원도 있어."

두 명의 오빠와 한 명의 언니 중 두 오빠가 신용불량자이고 언니는 이혼하여 모자가정의 가장이다. 두 오빠는 서로 의기투합하여 연대보증으로 빚을 얻어 한 오빠는 화훼하우스를 하다가 태풍으로 하우스가 무너지는 바람에 폭삭 망했고 한 오빠는 망한 오빠의 빚을 갚지 못해 망했다.

나는 우산을 받고 마당으로 나가 아욱잎을 뜯는다.

"야야, 그래서 내가 이렇게 아픈 거야. 여기도, 여기도, 여기도."

아욱잎은 열 장만 뜯어도 충분하다. 그러나 그 열 장을 뜯기가 어려울 만큼 아욱잎은 잔뜩 쇠어 있다.

"야야, 근데 너네 아버지가 진짜 날 버린 거니?"

아욱을 포기해버릴까? 꽃이 핀 아욱을 보면 왈칵 무서움이 인다. 야들야들한 아욱잎이 주던 기쁨, 그 보드라운 잎을 뜯어 부드러운 아욱된장국을 끓여먹었던 행복감에 비례해서 부숭부숭하게 꽃이 돋아나기 시작한 직후부터 뻣뻣해진 아욱잎을 보면 생에 대한 아득한 절망감이 엄습해온다. 내가 이것을 심어놓고 불과 두 번밖에 끓여먹지 못했구나. 두 번밖에 끓여먹지 못해서 절망스러운 게 아니라, 야들야들한 아욱이 어느새 부숭부숭 꽃을 피우는 동안 아욱밭을 까맣게 잊고 있었던 것이, 그 아욱밭을 잊고 있던 동안의 나의 행적이 스스로 무서운 것이다. 아욱이 꽃을 피우고 꽃이 지고 아욱은 늙어가고 이윽고 녹아 없어져버린 연후에야 내가 아욱밭에 와서, 아욱밭에 주질러 앉아서 눈에 보이지 않는 아욱을 찾느라 슬피 울 것만 같은 불길한 예감에 진저리를 치는 것이다. 어쨌든 그래도 아직 부드러운 기가 남아 있는 아욱잎을 딴다. 비가 아무리 와도 거름기가 없는 밭은 잇몸이 깎여나간 노인의 이마냥, 단단한 흙의 맨살만이 서슬 푸르게 드러날 뿐이다. 자갈이 많이 섞인 아욱밭에 비해 그래도 고추밭은 비름이랑 강아지풀이 섞여서 제법 찰진 흙냄새를 풍긴다.

"야야, 너네 아버지 온댄다."

나는 고추를 딱 세 개 땄다. 엄마는 딱 하나만 먹을 거면서 언제나 더 많이 따기를 원한다. 엄마 거 하나 따는 김에 함께 딴 고추로 나는 오늘 저녁 잔뜩 약오른 고추 두 개를 먹어야 하리라. 그러고 나면 밤에 내 속은 많이 쓰릴 것이다.

"야야, 너네 아버지 언제 온대니?"

아욱국과 된장종지와 고추 세 개가 동그마니 놓인 저녁밥상이다. 수저를 들려다보니 문득 토마토밭 쪽에 뭔가 새뜩한 게 어른거린다. 나는 다시 질퍽한 마당으로 급하게 내려섰다. 방울토마토가 딱 두 개 빨갛게 익어 있다. 빨간 방울토마토 두 개가 올라오니 적막한 저녁밥상에 꽃등 두 개가 켜진 것 같다. 빨간 방울토마토 두 개를 가운데 놓고 모녀는 드디어 한없이 느리기만 한 숟가락질을 시작했다.

연세가정의원은 토요일이면 오후 세시에 문을 닫는다. 의사는 이미 퇴근하고 나와 수아가 막 병원문을 잠그려던 순간이었다. 병원문을 잠그고 나서 나는 수아와 함께 면소재지를 휘감아도는 강변 둑방길을 좀 걷다가 가게에서 음료수를 사먹고 집으로 갈 참이었다. 그 둑방길에서 최근에 수아가 산 엠피스리 플레이어로 다운받아놓은 최신 발라드곡을 들을 수 있을지도 모른다.

봄이면 둑방길에 벚꽃이 아름답게 피어났다. 그 둑방길을 수아와 내가 걸어가면 젊은 여자가 귀한 이 고장의 젊은 남자들이 눈부시게 우리를 바라볼 것이다. 바람이 불면 수아와 내가 짝맞춰 입고 나온 하늘색 원피스와 녹색 플레어치마가 우리 다리에 부드럽게 휘감길 것이다. 그리고 그뿐이다. 우리는 각자 고요한 귀갓길을 서두를 것이다. 그러지 않으면 수아와 나의 동창이자 선배이자 후배인 이 고장의 젊은 남자들이 우리를 가만두지 않을지도 모른다. 더군다나 이즈음에 부쩍 눈에 많이 띄기 시작한 외국인 노동자들이라니.

퇴근길에 농공단지 안 플라스틱공장 사장 만배가 커피 좀 마시고 가라 해서 들어가본 만배의 일터에서 나는 처음으로 실제로 노동하고 있는 외국인들을 보았다. 언제부턴가 야산과 밭과 논 위에 가구공장, 의료기기공장, 플라스틱공장 들이 지어지더니 그곳이 공식적인 농공단지로 지정되었다. 농공단지 옆에서 만배는 돼지를 한 이백 두쯤 기르다가 불법하수처리 건으로 경찰서에 불려가네 어쩌네 곤욕을 치른 뒤에 돼지막을 플라스틱 사출공장으로 변신시켰다. 그리고 또 언제부턴가 농공단지 주변에 외국인 노동자들이 들어오기 시작했다. 공장 안은 사출기 돌아가는 소리, 플라스틱 찍어내는 소리, 라디오소리가 진동했다. 기계소리와 라디오소리는 제각각 악을 쓰며 공장 천장으로 치솟았다가 바닥으로 곤두박질쳐대고 있었다. 라디오에서 나오는 트로트를 따라부르며 일을 하던 외국인 노동자 남자가 나를 흘끗거리자 만배가 침을 뱉듯이 거칠게 쏘아붙였다.

"얀마, 함부로 입맛 다시지 말고 빨리빨리 일해, 일."

그랬더니 얼굴이 검고 목이 검고 손이 검고 몸피가 가늘고 눈이 가는 외국인 노동자 남자가 씨익 웃으며 대꾸하는 것이었다.

"얀마, 하부로 이마싸지 말고 빨리빨리."

나는 커피고 뭐고 만정이 떨어졌다.

농공단지에서 일하는 남자들은 사장이고 사원이고 간에 너무 무식하고 너무 거칠고 너무 교양이 없고 하여간 저질이라고 수아는 질색을 했다. 수아도 나와 똑같은 경험을 한 모양이었다. 나도 수아의 말에 동의했다. 하여간 만배는 요주의 인물임에 틀림없었다. 그리고 무엇보다 공장을 경영하는 만배나 공장에서 일하는 남자들은 내게 새로운 세상을 열어 보일 능력이 없는 자들이었다. 그들을 조금이라도 바라보고 있자면 저절로 신물이 다 날 정도였다. 사정이 아무리 그렇더라도 다방여자들 빼고 이 고장의 몇 안되는 젊은 여자인 우리가 벚꽃이 휘날리는 둑방길을 걷는 이유는 그래도 우린 젊기 때문이었다. 우리의 젊음이 봄의 꽃길을 도저히 거부할 수 없기 때문이었다. 꽃길 아래서 치마가 다리에 휘감기는 느낌이 간지러워 수아와 나는 아무것도 아닌 것을 가지고 까르르 웃을 것이다.

　그러나 수아와 내가 병원문을 잠그려는 순간, 하얀 지프차가 연세가정의원 앞에 멈추었고 한 잘생긴 남자가 일그러진 표정으로 차에서 내려 나와 수아 앞으로 왔다. 그가 농공단지 남자가 아니라는 것을 나는 한눈에 알아보았다.

　"가슴이 몹시 아픕니다."

　그가 숨을 몰아쉬며 말했다. 그것은 거의 신음에 가까웠다. 수아가 냉정하게 말했다.

　"문 닫을 시간인데요."

　남자가 수아를 외면하고 나를 애절하게 바라보고 있다고 나는 느꼈다. 나는 서둘러 병원문을 열었다. 의사에게 전화했으나 받지 않았다. 얼마 전 이혼한 의사는 요새 연애에 정신이 팔려서 특히 토요일에는 환자 보기도 건성이다. 그는 이 고장 여자들에게는 털끝만큼의 관심도 없다. 그는 업무가 끝나자마자 자동차로 한시간 반이 걸리는 시내의 거처로 돌아갔다. 이 고장에 산다면 행여 이 고장 여자들 중 누군

명랑한 밤길　107

가가 밤에 그의 거처를 습격이라도 할까봐 그는 시내에 사는지도 몰랐다. 일이 끝나고 수아와 나는 음료수를 마시며 우리에게 눈길 한번 주지 않고 말 한마디 부드럽게 건네지 않는 의사 홍을 보았다. 의사는 시내에 나가서 여기 사는 우리 홍을 보는지 알 수 없었다.

어쨌든 의사도 없는 의원 병상에 우선 남자를 누이고 윗옷 단추를 끌렀다. 그리고 다시 의사에게 전화를 했으나 받지 않았다. 수아는 환자를 나에게 맡기고 가버렸다. 나와 환자만 남았다. 간호조무사인 나는 뭘 어떻게 해야 할지 몰랐다. 남자에게 물을 가져다주었다. 남자가 물을 마셨다. 그래도 가슴의 통증은 멈추지 않는 듯했다. 나는 남자의 등을 두드려주었다. 남자는 가만히 있었다. 나는 남자의 팔다리도 주물러주었다. 이마의 땀도 닦아주었다. 간호조무사가 할 수 있는 한도에서 나는 최선을 다해 환자를 간호했다.

이윽고 환자의 상태가 조금씩 호전되었다. 나는 환자를 가만히 바라보았다. 환자도 나를 천천히 바라보았다. 환자의 눈에 눈물이 그렁그렁했다. 환자가, 아니 남자가 순간적으로 씨익 웃었다. 좀전에 땀을 닦아주었는데도 또다시 새로운 땀방울이 남자의 이마 가득 맺혀 있었다. 나는 간호하는 사람 특유의 본능으로 남자의 이마에 수건을 갖다 댔다. 남자가 괜찮다고 말했다. 지극한 찰나의 순간에 나는 부끄러움을 느꼈다. 직업적으로 최선을 다했다는 뿌듯함과 잘생기고 낯선 이성 앞에 섰을 때의 부끄러움이 동시에 일었다.

"고맙습니다."

나는 진정으로 몸둘 바를 몰라 쩔쩔맸다. 남자는 쩔쩔매는 나를 해맑은 미소를 띠면서 바라보았다. 남자가 약간 더듬거리면서 또 말했다.

"담배를 끊어야겠어요. 그건 그렇고 제가, 제가 은혜를 갚아야겠지요?"

"은혜라니요?"

나는 이번에는 펄쩍 뛰었다. 남자의 고맙다는 말에 몸둘 바를 모르는 나. 그리고 또 은혜 갚는다는 말에 펄쩍 뛰는 나. 나는 이제 겨우 스물한살이었다. 남자가 이번에는 더듬거리지 않고 좀더 울림이 큰 목소리로 말했다.

"아니에요, 당신은 내 목숨의 은인이나 마찬가지예요. 은혜를 갚고 싶습니다."

그러려고 그런 것은 아니지만 이번에는 고개가 저절로 숙여졌다. 떨리는 심장소리가 내 귓가에 생생하게 요동쳤다. 나는 남자에게 은혜 갚을 기회를 주지 않으면 내가 나쁜 사람이 될 것 같았다. 그래서 겨우겨우 허락했다.

"그러세요, 그럼."

다시 한번 남자가 고맙다고, 울림이 큰 목소리로 말했다. 남자는 내 전화번호를 따고 자신의 전화번호를 남기고 갔다. 그날은 은혜를 갚을 시간이 없는 모양이었다.

밤에 수아에게서 전화가 왔다. 그 남자를 어떻게 했느냐고 물었다. 우선 윗옷 단추를 끌러줬다고 말했다.

"윗옷 단추를 끌렀다고?"

그다음에는 물을 갖다주고 등을 두드려주었다고 말했다.

"등을 두드려줬다고?"

그다음에는 팔다리를 주물러주고 이마의 땀을 닦아주었다고 말했다. 수아가 갑자기 비명을 질렀다.

"꺄악!"

나는 가만히 있다가 물었다.

"얘기 계속해도 돼?"

수아가 그러라고 했다.

"이마에 땀이 나서 내가 닦아주니까 고맙다고 했어. 그리고 은혜를 갚겠다고."

"은혜를 갚겠대?"

"응, 은혜를 갚겠다고 내 전화번호를 가져갔어."

수아 쪽에서 뚜우뚜우, 소리가 났다. 수아는 통화중에 딴 데서 전화가 오면 신호해주는 장치를 한 모양이었다. 그런 장치를 하려면 또 어디 가서 어떻게 해야 하는지 나는 알지 못했다. 그렇지만 그 소리가 무슨 소리인 줄은 나도 알았고 알면서도 모르는 척 짐짓 놀라며 물었다.

"무슨 소리니?"

"응, 다른 전화가 왔나봐. 연이야, 내가 이거 한가지만 말할게. 맘에 들수록 남자한테는 냉정해야 한다, 너."

"알았어."

수아가 급하게 전화를 끊었다. 전화를 끊자마자 또다시 전화벨이 울렸다.

"왜?"

"은혜를 갚고 싶군요."

수아가 아니었다. 남자의 전화였다. 수아처럼 해야지, 냉정하게.

"······밤이, 밤이 늦었어요."

"제가 시간이 없어서요."

그리고 나는 이미 전화기를 붙들고 옷을 입고 있었다. 봄밤은 차가웠다. 급하게 입고 나온 얇은 블라우스 속 맨살에 소름이 돋아났다. 남자가 몰고 온 하얀 레저용 지프차에 몸을 실었다. 남자가 히터를 틀어주었다. 음악도 틀어주었다. 나는 낮게 읊조렸다. 별이 빛나는 밤에.

"프랑크 뿌르쎌의 메르씨 셰리예요."

나는 부끄러웠다. 그리고 순간적으로 남자가 존경스러워졌다. 뭔가를 정확히 가르쳐줄 수 있는 능력을 가진 남자는 여자에게 확실히 존경을 받을 만하다고 생각했다. 나는 내가 부끄럽고 남자가 존경스러운 것이 슬펐다. 나는 「별이 빛나는 밤에」라는 라디오프로의 씨그널 음악으로만 알고 있는 것을 남자는 누구의 어떤 음악이라는 것으로 정확히 알고 있다. 나는 남자가 나와는 다른 세계에 속해 있음을 느꼈고 그래서 슬펐다. 슬퍼도 하는 수 없는 그런 슬픔이었다. 남자는 자신의 차를 몰고 별이 빛나는 밤길을 십분쯤 달렸다. 남자는 나를 자신의 거처로 안내했다.

언제인가 수아가 꼭 한번 들어가보고 싶다고 말한 바로 그 집이었다. 퇴근길에 수아는 나를 바로 이 집 앞으로 데리고 온 적이 있었다. 병원에서부터 치자면 병원과 우리집과 남자의 집과 수아 집이 차례로 있었다. 나는 퇴근길에 남자의 집을 거치지 않지만 수아는 언제나 남자의 집을 거친다. 거치는 동안에 어느날부턴가 남자의 집에서 새어나오는 어떤 낯선 기미를 수아는 알아챈 모양이다. 밤이었다. 남자의 집에서는 음악소리가 낮게 흘러나오고 있었다. 수아가 속삭였다.

"난 언젠가 꼭 이 집 안에 들어가보고 싶어."

"누가 사는지 알아?"

"모르긴 몰라도 멋진 남자가 혼자 살고 있을 거야."

"걸 어떻게 아는데?"

"빨래가 늘 한사람 거야."

집은 겉보기에 평범했다. 그냥 보통 시골집이었다. 다른 집과 조금 다른 것은 집으로 들어가는 길목에 팬지가 몇포기 심겨 있다는 것. 이 고장 사람들은 결코 팬지 따위는 심지 않는다. 남자는 차를 대문간에 세워두고 나를 마치 비밀의 화원으로 안내하듯이 어딘가 비밀스런 몸짓으로 자신의 집 안으로 들였다. 남자가 방문을 열자 거기에는 여태까지 내가 보통 집에서는 본 적이 없는 많은 책들이 쌓여 있었다. 책은 책장에도 꽂혀 있고 방바닥에도 쌓여 있었다. 책뿐이 아니었다. 책장과 벽에는 영화포스터와 엽서와 사진과 오려진 신문기사 조각들이 압정에 꽂혀 있었다. 방 안은 대체로 정갈했다. 남자는 집 안에 들어와서도 음악을 틀었다. 나는 이번에는 소리내지 않고 입만 달싹여서 노래를 기억해냈다. 테이스터스 초이스, 아니 에스콰이어인가? 남자가 커피를 끓여 내왔다. 진한 커피향이 방 안에 가득 찼다.

"알지요? 빌리 할리데이, 스목게츠인유어아이스."

나로서는 도무지 알아들을 수 없는 노래 제목을 남자는 유연하게, 그리고 야속하게도 너무 빠르게 발음했다. 남자가 발음하는 노래 제목들이 나는 낯설고 생경했다. 이상하게 조금씩 화가 나려고 했다. 문득, 뭐 하나가 묻고 싶어졌다. 커피 주고 음악 틀어주는 게 은혜 갚는 건가요? 엄마는 지금 몰래 빠져나간 딸의 행방을 찾아 마당을 서성이고 있을까. 비척거리고 골목을 나와 지팡이로 땅바닥을 치며 울고 있을까. 그래서 누가 물으면 엄마는 울면서, 애가 날 버렸어요. 지 애비처럼 우리 애가 날 버렸다구요, 이 에미 밥해먹이기 싫고 빨래해주기 싫고 같이 살기 싫다고 가버렸다구요, 쿨쩍거리고 있을까. 그렇지만 나는 쉽게 일어서지도 못했다. 뭔가 낯설고 낯설어서 달착지근한 공기가 내 몸속에 스미고 내 영혼을 적시고 있는 느낌이 꼭 싫지만은 않았던 것이다. 무엇보다 나는 남자가 이 고장 남자가 아니라는 사실 앞에서 흥분하고 있음에 틀림없었다.

남자는 처음에는 이따금 밤에 전화를 해서 나를 불러냈다. 남자는 나를 데리러 왔고 나를 데려다주었다. 남자는 차 안에서도, 집에서도 음악을 틀었다. 더러 내 귀에 익은 음악도 있었고 생전처음 듣는 것도 있었다. 남자와 내가 첫키스를 하던 날 들은 음악은 처음 듣는 것이었다. 나는 남자가 내게 그 음악의 제목을 말해주길 원했다. 남자가 내가 모르는 것을 말해주는 것이 나는 좋았다. 그렇지만 남자가 말해주는 음악의 제목들을 귀담아들으려고 해도 귀에 담아지지 않았다. 그것들은 나로서는 몹시 어렵고 먼 곳의 음악들이었다.

"지금 나오는 음악 제목이 뭐예요?"

남자는 내 입술에 뜨거운 숨결을 퍼부어대며, 음악 제목 같은 것은 대수롭지 않다는 듯이 얼른 말해주었다. 언제나 그랬듯이 야속할 정도로 빠르게.

"마리아 베르곤자라고 베빈다의 파두야."

키스를 멈추고 남자가 내 블라우스의 단추를 끄를 때 나온 음악은 나도 어디선가 들은 기억이 있었다. 나는 저 음악을 언제 어디서 들었는가를 곰곰이 생각했다. 나는 순간적으로 짧은 탄성을 내질렀다. 그것은 스피드 공일일이었던 것이다. 내가 탄성을 지른 것이 그의 손길 때문이라고 생각했는지 그는 배고픈 어린 짐승처럼 내 가슴을 파고드는 데에만 열중하고 있었다.

우리집에서 그의 집으로 가려면 강둑을 지나서 강을 가로지른 다리를 건너고 농로를 지나고 지금은 폐쇄된 정미소를 지나야 했다. 정미소는 벌겋게 녹슨 양철지붕을 인 채로 거기 논 가운데 삼년째 방치되고 있었다. 그는 늘 정미소 앞을 지날 때 차를 멈칫거리곤 했다. 나는 그가 무슨 행동을 하고 싶어서 그러는지를 알고 있었다. 그러나 그는 한번도 정미소 안으로 나를 밀어넣지는 못했다. 단지 정미소 앞에서 문득 차를 멈추었을 때, 나는 생각보다 작은 그의 머리통을 힘껏 안아주었을 뿐이다. 그럴 때 그의 머리에서는 나로서는 처음 맡는 샴푸 냄새가 났다. 나는 그 샴푸에서 나는 냄새의 이름을 알고 싶었다. 그러나 그 샴푸 냄새의 이름이 뭐냐고 물을 용기가 없어서 나는 그만, 샴푸 이름을 묻고 말았다. 그는 내가 그의 이마에 난 땀을 닦아주려고 수건을 그 이마에 댔을 때 그랬던 것처럼 나를 뚫어져라 쳐다보다가 불쑥 말했다.

"떠 블 리 찌 샴푸."

나는 나의 스물한살 봄밤을 그와 함께 먼먼 나라, 그가 없으면 닿을 수 없는 나라를 여행하는 것만 같았다. 나 혼자서는 도저히 갈 수 없는 낯설고 아득한 나라를. 그가 있어야만 닿을 수 있는 나라를 여행하는 것은 그래서 슬펐다. 아름답고 슬프고 쓰라린 여행을 끝내고 집에 돌아왔을 때, 나는 이번에는 낯익고 낯익어서 슬픈 풍경과 맞닥뜨려야만 했다. 엄마는 나를 기다리며 먼지 푸석푸석한 마당에서 밤중 내 맴을 돌았다.

어느날부터인가 남자가 전화만 하고 데리러 오지 않았다. 남자는 말했다.

"택시 타고 와."

'택시비는 줄 건가요?'

그러나 나는 묵묵히 있었다. 그러자 그가 다시 한번 내 귓불에 더운 김을 불어넣듯이 속삭였다.

"빨리 보고 싶단 말이야."

마음이 조금 흔들렸다.

'그러면 차를 가지고 오세요.'

"지금 맛있는 거 만들고 있어."

'음식 만드느라, 나를 데리러 오지 못하는 거구나.'

나는 택시를 탔다. 문을 열고 들어서자 그의 어서 와, 소리가 부드럽게 감겨왔다. 그가 만든 음식은 꽁치통조림 찌개였다. 찌개를 한숟갈 뜨다가 문득 그가 말했다.

"집에서 혹시 농사 좀 짓니?"

"네."

우리집은 이제 농사지을 땅도, 농사지을 사람도 없다.

"누가?"

"엄마가요."

이제 갓 환갑을 넘긴 엄마가 치매에 걸렸다는 말을 나는 하고 싶지 않았다.

"야, 좋겠다. 시골 살면 농사도 짓고 해야 하는데 말이야."

그날 밤은 음악이 없었다. 계속 거짓말하기도 뭣하여 내가 화제를 돌렸다.

"음악 안 틀어요?"

"음악? 노트북이 고장났어. 완전 맛이 갔나봐."

"노트북 없으면 음악 못 들어요?"

"음악만 못 듣냐? 글도 못 쓰지."

나는 그래서 그가 무슨 글을 쓰는지는 모르지만 '글 쓰는 사람'임을 알았다.

"그건 그렇고 농사는 무슨 농사 짓는데?"

"여러 가지요. 고추, 파, 시금치, 상추, 쑥갓, 가지, 치커리, 토마토, 방울토마토, 아욱."

"야아, 맛있겠다. 직접 기른 채소들은 맛도 좋아, 그치?"

"네. 근데, 왜 농사짓느냐고 물으셨어요?"

"이 찌개에다가 직접 농사지은 무공해 고추랑 파 좀 썰어넣으면 완전 예술일 텐데 싶어서 그러지 뭐."

"제가 갖다드릴게요."

"정말?"

"네."

남자가 화들짝 기뻐하며 내 이마에 키스했다. 그리고 부드러운 눈길로 나를 바라보며 말했다.

"착하고 사랑스러운 너를 내가 지켜줄게."

그날 밤, 노트북 없으면 글을 못 쓰는 '글 쓰는 사람'은 술에 취해서 나를 데려다주지 못했다. 나는 밤길을 걸었다. 그리고 엄마를 생각했다. 이런 밤에, 엄마가 나를 기다리면서 마당을 뱅뱅 돌지 않게 할 방법은 없을까. 생각에 생각을 거듭한 결과 나는 엄마에게 농사를 짓게 하는 게 좋겠다는 결론을 내렸다. 치매에는 손을 놀리는 것이 좋다고 했다. 엄마는 화투도 칠 줄 모르고, 그렇다고 나이든 엄마를 손 놀리게 한답시고 피아노학원에 보낼 수도 없고, 우울증적 치매에는 무엇보다 녹색세상을 열어주는 것이 좋다는 말을 라디오에서 들은 것도 같아서 나는 나름대로 판단을 내린 것이다. 더구나 엄마는 농사 경험도 풍부하다.

하지만 이제, 우리집은 농토는커녕 텃밭도 없다. 옆집에서 우리집 텃밭자리까지 사들여서 어느날 씨멘트 블록을 잔뜩 올려 외국인 노동자들을 겨냥한 빌라 비슷한 건물을 지은 탓에 예전의 기름진 텃밭은 없어진 지 오래였다. 다른 집 다 하는 씨멘트 마당을 안한 것은 돈이 없어서이긴 했지만 결과적으로 잘한 처사인 것 같았다. 솔직히 말해서 채소를 직접 길러 먹으면, 부식비는 절약될 것이다.

나는 남자에게 무공해채소를 조달해주기 위해 텃밭을 일구려는 게 절대로 아니라는 사실을 나 자신에게 누누이 각인시켰다. 그러나 아침저녁으로 마당을 일구어 채소밭을 만들고 드디어 첫물 고추가 열렸을 때, 나는 그 누구보다 남자를 생각했다. 그가 다시 나를 불러주기를. 그러나 그는 나를 불러주지 않았다. 고추는 저러다 가지가 휘어지는 것이 아닌가 싶을 정도로 주저리주저리 열렸다. 하룻밤 자고 일어나 고추를 보면 그만큼 늘어난 고추가 겁이 날 지경이었다. 상추는 또 어떤가. 엄마가 울면서 빽빽이 돋아나온 상추를 솎아주었다. 농작물을 자식 대하듯 하는 엄마의 심성은 하나도 변하지 않은 모양이다.

"야야, 너네 아버지가 왜 이걸 솎아주지도 않는대니?"

상추는 솎아주지 않으면 어느 한날 비에 다 녹아버리는 수가 있다는 것을 엄마는 정확히 알고 있었다. 엄마는 솎은 상추를 내게 건네주며 말했다.

"야야, 너네 아버지 상에 상추김치 놓아드려라."

나는 엄마와 적막한 저녁밥을 먹고 나서 엄마가 솎아놓은 상추를 다듬어 신문지에 싸고 고추를 가지런히 찬통에 담고 치커리도 뜯어 봉지에 넣어서 남자의 집으로 갔다. 엄마는 아버지 상에 상추김치를 놓아주라고 했던 말을 잊은 것이 틀림없었다. 내게 무공해채소를 가져다줄 거냐고 물으며 좋아했던 것을 잊은 것이 틀림없는 남자에게 나는 상추김치를 만들어주러 갔다. 남자는 어쩐 일인지 나를 집 안으로 들이지 않았다. 남자가 누군가와 함께 있다는 걸 나는 금방 알 수 있었다. 함께 있는 사람은 여자일 것이다. 그리고 그 여자는 수아일지도 모른다,고 나는 생각했다. 남자가 가로막고 선 다리 사이로 보이는 여자의 신발이 수아의 샌들과 비슷하다,고도 나는 생각했다. 일주일 전에 수아가 지난 일년간 착실히 부어온 적금을 깼다는 것을 나는 알고 있었다. 지난 주말에 수아가 시내 전자랜드에 간 것도 나는 알고 있었다. 수아는 전자랜드에 가서 노트북을 샀을까. 지금 남자의 집에서 음악소리가 흘러나온다. 저 음악소리는 수아가 사온 노트북에서 나는 것일까. 나는 내가 가지고 간 것들을 남자에게 건네주었다. 남자가 감탄을 연발했다. 남자의 감탄은 깍듯했다. 나를 더이상 부르지 않으면서부터 남자는 내게 깍듯하게 대하기로 결심한 것일까.

"잘 먹을게요. 근데 고추가 너무 많네요."

"네, 고추가 많아요. 지난봄에, 시장에서 오십 주 사다가 심었어요. 상추도 씨앗을 너무 많이 뿌렸나봐요. 거름발이 좋지 않은데도 우후죽순으로 났지 뭐예요. 거기 치커리 있잖아요? 보기에는 뻣뻣한 것 같아도 노지 거라 고소해요. 벌써 색깔부터 다르잖아요?"

"그래요, 잘 먹을게요."

"근데요, 저기 있잖아요, 여기 마당이요, 우리집 마당보다 거름발

좋거든요. 풀 우거져 있는 것보다 채소 우거진 게 보기도 좋을 거예요. 언제 제가 일구어드리면 안될까요?"
"괜찮아, 신경쓰지 마요."
"저, 원래가 농사짓는 집에서 자라서 농사일은 잘하는데."
"알았어요. 근데 오늘은 안돼요."
"안녕히 계세요."
나는 남자의 집을 나와 밤길을 타박타박 걸었다. 엄마가 어두운 마당에 주질러앉아 달빛 아래서 상추를 솎고 있었다.
"야야, 너네 아버지 상에 상추김치 놓아드렸니?"
"네, 엄마."
나는 연세가정의원을 그만두고 확장개업할 예정인 김한의원으로 자리를 옮기기로 했다. 연세가정의원이 편하고 돈도 더 많이 주었지만, 나는 밤이면 남자에게로 가고 있는지도 모를 수아와 아무렇지도 않은 듯이 함께 일할 자신이 없었다. 연세가정의원을 그만두고 김한의원이 새롭게 문을 여는 것을 기다리는 동안에 장마철로 접어들었다. 비는 거칠고 그리고 지루하게 내렸다.

나는 저녁밥을 먹고 고추와 상추와 치커리와 가지를 땄다. 그것들을 신문지에 싸서 비닐봉지에 담았다.
"야야, 너네 아버지 밥상에 상추김치 올려라."
"알았어요, 엄마. 아버지한테 상추김치 올리고 올게요."
나는 스물한살의 처녀답게 명랑하게 대답했다.
비가 그친 저녁하늘 한귀퉁이에 오랜만에 별이 보였다. 별은 두꺼운 구름 사이, 간신히 찢어진 틈으로 위태롭게 빛나고 있었다. 남자의 집까지는 걸어서 한시간이다. 나는 밤길을 천천히 걸어갔다. 병원에서 늦게 퇴근하거나 면소재지에서 놀다가 집으로 오는 길이 무서울 때도 있었다. 그러나 지금은 그렇지 않다. 내가 애써 가꾼, 무공해로 가꾼 고추와 상추와 치커리와 가지를 주면서 나는 남자에게 물어볼 것이다. 지난날의 어느 한밤에 당신이 보고 싶다고 나를 불러내서 한 말을 잊었느냐고. 내 귓불에 뜨거운 숨결을 불어넣곤 하던 어느 한밤에 당신이 내게 무공해채소들을 정말로 가져다줄 거냐고 묻지 않았느냐고. 또한 그러한 날 밤에, 내 가슴에 머리를 처박고 한 말들을 잊었느냐고. 그리고 나는 기억한다. 나를 데리러 오고 데려다주던 밤에 그가 내게 한 말과 행동 들을. 그걸 모른다 하면 그는 내게 죄를 지은 것이다.

그는 집에 있었다. 집 안에서는 음악소리가 났고 그리고 그는 여전히 나를 집에 들이지 않았다. 나는 내가 가지고 간 것들을 남자에게 내밀었다. 위태롭게 반짝거리던 몇낱의 별들은 어느 사이 다시 두꺼운 구름 너머로 사라졌다.

"무공해채소예요."

"무공해고 뭐고 이제 그만 가져오세요."

"나는 당신에게 이 채소들을 갖다주기 위해 지난봄 내내 마당을 일구어 텃밭으로 만들었어요. 텃밭을 일구는 동안 손에서 피가 나기도 했죠."

"나는 연이씨에게 손에서 피가 나도록 텃밭을 일구라고 한 적이 없어요."

"나는 당신 집에 오는 택시비 때문에 사람들 다 하는…… 통화중에 다른 전화 왔다고 신호해주는 장치도 못했어요."

내가 그랬던가? 그러나 나는 그에게 어떤 말로 내 마음의 슬픔을, 분노를, 낯선 감정을 표현해야 할지 알 수가 없었다. 그래서 통화중 대기장치 따위의 엉뚱한 말이 튀어나올 수밖에 없었던 것이다. 당신은 나쁜 사람이라는 진짜 내 속마음을 말하기가 나는 두려웠다.

"무슨 장치?"

나는 문득 무안해져서 말하지 않았다.

"그건 장치한다고 하지 않고 설정한다고 하는 거야. 것도 모르니?"

남자가 조소했다. 그 조소가 순간적으로 내게 용기를 주었다.

"장치든, 설정이든 하여간요. 난 누구처럼 엠피스리가 있는 것도 아니고 당신에게 노트북도 사줄 수 없어요. 내가 당신에게 줄 수 있는 건 무공해채소뿐이었어요. 나를 가지고 장난치지 마세요. 나는 이제 겨우 스물한살이에요. 스물한살 처녀한테 이러시면 죄받겠죠? 더군다나 당신은 배울 만큼 배운 사람이고 비록 노트북 없으면 못 쓰지만 이런 집도 구해서 글도 쓰고 하는 사람이잖아요?"

심장은 격렬하게 떨려왔지만 나는 최대한 천천히 그리고 또박또박 말했다.

"야, 그동안 내가 너한테 얼마나 잘해줬는데 이래? 너 올 때마다 내가 음식 해주고 음악 들려주고 했던 거 생각 안 나? 생각난다면 이러면 안되지. 너가 이러는 거 행패 부리는 거야. 행패 부리자면 너만 부릴 줄 알아? 나도 부릴 줄 알아. 하지만 내가 언제 너한테 행패 부린 적이나 있어? 단적인 예로 정미소 건만 해도 그래. 내가 나쁜 맘만 먹었어도 정미소 지날 때 너 가만 안 뒀지. 근데 나 너한테 한번도 험하게는 안했잖아. 그리고 내가 굳이 너 같은 애한테까지 깊은 속얘기 할 필요가 없어서 안했는데, 내가 잘나가는 사람 같으면 뭐 이런 데서 이러고 있겠냐? 나도 누구처럼 여건만 된다면 너같이 돼먹지 못한 계집애한테 이런 수모를 당할 사람이 아니란 거 너 알어? 야, 내가 아무리 이런 집에서 이렇게 산다고 니 눈에 내가 거지로 보이냐? 이거 필요 없으니 가져가, 쌍. 촌년이 발랑 까져가지구서는. 에잇 재수없어."

 나는 남자가 내던진 비닐봉지에서 쏟아져나온 나의 고추와 상추와 치커리와 가지를 수습했다. 손이 심하게 떨리고 심장은 그보다 더 떨렸다. 눈물은 나오지 않았다. 후드득 비가 쏟아지기 시작했다.

 내가 비에 젖어 걸을 때, 뒤에서 누군가도 비에 젖어 걸어오고 있었다. 칠흑같은 밤이다. 남자다. 대화를 나누는 걸로 봐서 두 사람이다. 나는 겁이 났다. 남자 집으로 갈 때는 악에 받친 어떤 기운 때문에 무서움도 느끼지 못했다. 그러나 돌아오는 길은 무서웠다. 나에게 융단폭격 같은 말폭격을 퍼부어대던 남자가 무섭고 칠흑같은 밤이 무섭고 내 뒤에 오는 누군가가 무서웠다. 나는 세상이 무섭다는 것을 그날 밤 뼈저리게 체험했던 것이다. 나는 소리없이 뛰었다. 그제야 눈물이 앞을 가렸다. 눈물이 앞을 가려, 발을 헛디뎠다. 신발이 벗겨지고 뭔가 날카로운 것이 발바닥을 찔렀다. 정미소 안으로 몸을 숨긴 뒤에야 나는 채소 봉지를 놓친 것을 알았다. 남자들이 정미소 앞에서 딱 멈추었다.
 "잠깐만, 이게 뭘까?"
 두 남자가 정미소 처마밑에서 뭔가를 펼치고 있었다. 나는 어둠속에 몸을 바짝 숨기고 숨을 죽였다.
 "깐쭈, 그거 돈 아니야?"
 "이건 고추야, 싸부딘. 상추도 있어. 월급날, 소주 마시고 삼겹살을 상추에 싸먹어."

생각만 해도 즐거운가. 깐쭈가 노래를 부르기 시작했다.

사랑했나봐 잊을 수 없나봐 자꾸 생각나 견딜 수가 없어 후회하나봐 널 기다리나봐……

나는 어둠속에 몸을 숨긴 채로 그러나 나도 모르게 입을 달싹여 남자들이 부르는 노래를 따라불렀다.

바보인가봐 한마디 못하는 잘 지내냐는 그 쉬운 인사도 행복한가봐 여전한 미소는 자꾸만 날 작아지게 만들어……

남자들이 노래를 뚝 멈추었다. 나도 입을 다물었다. 빗소리는 점점 더 거세졌다.

"싸부딘, 사장이 너무 불쌍해."

"난 사장 죽도록 미웠어. 깐쭈, 너 때문에 오늘 일 다 망친 거야."

"난 사장님, 돈 줘 소리 못하겠어. 사장 돈 없어, 몸 아파, 어머니 아파, 사장 슬퍼."

"그래도 사장한테 말을 해야 했어."

"나는 사장님 돈 줘, 소리 못해. 왜냐, 사장 돈 없어."

"깐쭈, 언제 떠나?"

"모레. 오늘밤, 내일밤 자고 모레. 내일은 시내 가서 윤도현 음악씨디하고 고무장갑하고 소주하고 옷하고 신발하고 여러 가지를 살 거야. 난 윤도현 왕팬이야."

"깐쭈, 넌 너희 나라 가면 뭐 할 거야?"

"모르겠어. 가면, 엄마 아버지 누나 여동생 사촌들 만나고 산에 올라 달을 볼 거야. 우리나라 네팔 달 볼 거야. 내가 뭘 할 건지, 달한테 물어볼 거야. 싸부딘은?"

"여동생이 한국사람과 결혼했어. 시골이야. 동생이 남편한테 맞았어. 동생 많이 슬퍼. 형이 한국여자랑 결혼했어. 형 여자 도망갔어. 조카 있어. 형이랑 조카 많이 슬퍼. 부모님 돌아가셨어. 우리나라, 방글라데시 가도 나는 아무도 없어. 한국에 다 있어. 난 갈 수 없어. 형 다쳤어. 손가락 잘렸어. 조카 살려야 해."

"싸부딘, 난 한국에서 슬플 때 노래했어. 한국 발라드야. 사장이 막 욕해. 나 여기, 심장 막 뛰어. 손가락 막 떨려. 눈물 막 흘러. 그럼 노래했어. 사랑 못했어. 억울했어. 그러면 또 노래했어. 그러면 잠이 왔어. 그러면 꿈속에서 달을 봤어, 크고 아름다운 네팔 달이야."

깐쭈가 다시 노래한다.

가을 우체국 앞에서 그대를 기다리다 노오란 은행잎들이 바람에 날려가고 지나는 사람들같이 저 멀리 가는 걸 보네……

나는 어둠속에 몸을 숨긴 채 또다시 따라했다.

세상에 아름다운 것이 얼마나 오래 남을까 한여름 소나기 쏟아져도 굳세게 버틴 꽃들과 지난겨울 눈보라에도 우뚝 서 있는 나무들같이 하늘 아래 모든 것이 저 홀로 설 수 있을까……

싸부딘도 노래했다.

어머나 어머나 이러지 마세요 더이상 내게 이러시면 안돼요……

노랫소리는 빗소리에 섞여 쌀겨 냄새 가득한 정미소 안으로 스며들었다.

"싸부딘, 여기 상추도 있고 고추도 있어. 집에 고추장 있어. 소주는 사야 해. 삼겹살은 없어. 삼겹살도 사야 해. 우리 소주 마시자."

"좋아."

두 사람이 빗속으로, 어둠속으로 사라졌다. 명랑하게 사라졌다. 싸부딘과 깐쭈가 사라진 길 너머로 내가 지나온 길이 보였다. 그 길 너머 그 남자네 집이 보였다. 겨우 가라앉았던 심장이 다시 격렬하게 요동쳐오기 시작했다. 나는 노래 불렀다.

 사랑했나봐 잊을 수 없나봐 자꾸 생각나 견딜 수가 없어 후회하나봐 널 기다리나봐……

 나는 정미소를 나섰다. 나는 빗속에서 악을 썼다. 눈에서는 눈물이 쏟아졌다. 그러나 나는 노래 불렀다. 저기, 네팔의 설산에 떠오른 달이 보인다. 나는 달을 향해 나아갔다. 비를 맞으며 천천히, 뚜벅뚜벅, 명랑하게.

빗속에서

병원에서 막 나오는데 휴대폰이 울렸다. 요즘은 어디서도 전화 올일이 없어 나는 내게 휴대폰이 있다는 사실도 까맣게 잊고 있었다. 그래서 그것이 울리자 나는 순간적으로 놀랐다. 아이 학교였다. 집전화를 아내는 받지 않았을 것이다. 아내는 그 어떤 전화도 받지 않는다. 아내에게도 휴대폰이 있었든가 없었든가.
　"애가 없어졌어요. 이틀쨉니다. 이번엔 동네에서 오토바이를 훔쳐가지고 세 놈이 한꺼번에 사라졌습니다. 다행히 오토바이 임자가 애들 돌아올 때까지 기다려보자고 신고를 안해서 망정이지 이건 완전 절돕니다, 절도."
　여름방학 끝나고 학교 간 지 며칠이나 지났나. 겨우 일주일이다. 벌어진 상황에 비해 아이 담임의 목소리는 조용하고 차분했다. 담임의 차분함은 아이에 대한 학교의 체념 분위기를 반영하는 것일까. 그럴 수도 있었다. 지난학기에도 아이는 네 번이나 사고를 쳤다. 그래도 그렇지, 이건 너무 차분하지 않은가, 그래도 자기네 학생인데……의 끝에 갑자기 내 안의 뭔가가 꿈틀했다. 그 뭔가는 맨처음 배꼽 근처에서 갑자기 출몰했다. 그것이 어디로부터 온 것인지 나는 알지 못한다. 내 구만리 같은 내장 깊숙한 곳, 아득히 먼 곳으로부터 온 것 같기도 하다가 그냥 배꼽 근처에서 갑자기 돌출한 것 같기도 하다. 나는 그것을 굳이 울음이라고 명명하고 싶지는 않다. 그러기에는 그것의 느낌이 구체적이지 않고 뭔가 추상적이다. 그렇다고 그것을 설움이라고도 하고 싶지 않다. 그러고 나면 그것은 그나마 있던 구체성을 급격히 상실한다. 울음도 아니고 설움도 아닌 그것은 말하자면 까칠함이다. 휑함이다. 선득함이다. 아니다, 그것은 전혀 낯선 이방에서 온 외래객이다. 외래객이 내 속을 점령했다. 외래객은 서서히, 그리고 급속도로 내 속을 허물어뜨릴 것이다. 내 속에서 난데없는 먼지가 푸석푸석 이는 것을 나는 속수무책으로 바라봐야 할 것이다. 먼지의 회오리. 회오리는 서서히 명치로 치받치고 올라온다. 그래서는 목울대를 아프게 휘젓기 시작한다. 내 안을 휘젓고 있는 것의 정체를 알 리 없는 담임은 여전히 일부러 그러는 것이 역력한 낮은 톤으로, 일면 음산한 어조로 물었다.

"집에는 안 갔죠?"

"케켁, 예, 안 왔어요."

먼지의 회오리가 휘저어놓은 목 안은 뻑뻑하다 못해 아팠다.

"학교에서도 수소문해보긴 하겠습니다만, 돌아온다 해도 걱정입니다. 교장선생님 노여움도 이만저만이 아니고 계속 방치했다간 다른 아이들한테 끼칠 영향도 있을 것 같고……"

"알겠습니다. 제가 학교로 가보겠습니다. 고맙습니다. 그리고 죄송합니다."

더이상 캑캑거리지 않고 말이 기대했던 것 이상으로 또박또박 나와줘서 다행이다.

난데없이 목울대를 치고 올라오는 이 낯선 이물감은 두통이 시작되고서부터 생긴 증상임에 틀림없다. 몸이 아프면 마음도 약해진다더니, 그럼 이것이 혹 우울증인가. 아내도 이런 증세를 앓고 있는 것인가.

아이는 컴퓨터게임에 빠져 살았다. 가상을 현실로 믿었다. 학교에 가지 않고 밥도 먹지 않았고 잠도 자지 않고 게임만 했다. 소위 부적응아들을 모아서 가르치는 학교에 아이를 보내놓고 나는 아이를 잊었다. 아니, 잊고 싶었다. 학교는 시골에 있었다. 컴퓨터도 휴대폰도 금지였다. 학교 주변에 밭이 있었고 그곳에서 노작교육을 한다고 했다. 백 평이 될까 말까 한 그 밭에 나는 일단 희망을 걸었다. 대안은 없었다.

이따금 학교에서 학부모를 소집했다. 소집은 주로 기숙사에서 난동을 부린 아이가 있거나, 집단 패싸움을 벌였거나, 교사에게 대들었거나, 학교기물을 파손했거나, 금지 목록인 술·담배를 했거나, 여학생과의 부적절한 교제를 했거나, 학교 인근 마을에 들어가 말썽을 부렸거나, 자해를 했거나, 그 누구에게랄 것도 없이 폭력과 폭언을 행사했거나, 하여간 그 종류는 다양했다. 마지막 학부모 소집이 있은 것이 여름방학 직전이니까 한달여 전이었다. 아이가 담임교사 앞에서 담배를 피웠다고 했다. 담배는 몸에 해로우니 피우지 않는 게 좋겠다는 담임에게 아이가 "니가 뭔 상관야, 쌕꺄" 했다는 담임의 말이 채 끝나기도 전에 내 손은 아이 뺨을 올려붙이고 있었다. 아이가 맥없이 쓰러졌다. 그 순간, 뒷골이 띵 하고 울리며 최초의 두통이 일었다. 나는 일시적인 증상이겠거니 대수롭잖게 여기고 화가 들끓는 마음을 진정시키고 담임에게 사과도 할 겸 담임과 학교 앞 식당에서 술을 나눠 마셨다. 술기운 때문에 곧바로 나서지 못하고 아이 기숙사에서 벌겋게 부어오른 아이 뺨을 넋놓고 바라보다가 새벽녘에 상경했다. 아이는 벌겋게 부어오른 뺨을 하고도 이까지 갈며 태평스레 자고 있었다. 이 가는 건 제 엄마를 닮았다. 나는 그것이 새삼스러웠다. 아이를 갖고서 우리 부부가 행복해했던 순간이 아주 먼 옛일 같았다.

임신 육개월쯤 됐을 때, 아내는 뒤뚱거리며 시장에 가 굳이 천기저귀감을 끊어와서 적당한 길이로 잘랐다. 토요일 밤에 아내와 나는 올이 풀리지 말라고 기저귀 천을 시침질했다. 그냥 일회용 기저귀를 사서 쓰면 될 일이지 않느냐고 내가 물었을 때 아내는 돈도 아끼고 환경오염도 줄여야 한다고 단호하게 말했다. 내가 기억하는 한, 아내는 야무지고 선량한 여자였다.

채 여명이 밝지 않은 국도변에 차를 세 번 세웠다. 목울대를 치받치고 올라오는 낯선 느낌 때문이었다. 나는 그것이 처음에는 울음인 줄 알았다.

그곳이 마지막이겠거니, 자연환경 좋은 그곳에서 지내다보면 날선 아이 마음도 흙처럼 부드러워지겠거니, 하고 보낸 학교였다. 외부에서 대안학교라 부르는 학교지만 아이에게 결과적으로 그곳은 대안이 아닌 곳이 되고 말았다. 이제 마지막 희망이라 여겼던 학교를 벗어난 아이가 갈 수 있는 곳은 어디인가. 세상에 열다섯살짜리가 갈 수 있는 곳은 그다지 많지 않다. 집과 학교 그리고 그 사이에는 어떤 곳이 있을까. 만화방, 피씨방, 오락실, 당구장, 터미널, 공원…… 밤거리를 휩쓸고 다니는 아이들 속에 내 아이가 있을지도 몰랐다.

　의사는 내 두통의 원인을 밝혀내지 못한 것이 틀림없었다. 의사가 말한 신경성이란 것이 결국 잘 모르겠다,란 말과 다르지 않을 것이었다. 그래도 의사의 처방대로 약국에 들러 진통제를 샀다. 하루에 세 번 식후에 두 알씩 먹으라는 약사의 말을 무시하고 나는 그 자리에서 네 알의 아스피린을 공복 속으로 밀어넣었다. 머리통은 여전히 벌통을 쑤셔놓은 듯했지만 알약을 목구멍 안으로 밀어넣는 순간, 어떤 쾌감 같은 것이 빠르게 뱃속을 훑고 지나갔다. 나는 가볍게 진저리를 쳤다.

　근 한달째, 통증은 잠 속까지 따라왔다. 두통이 시작된 이래로 제대로 된 잠을 전혀 자지 못했으니, 내 수면부족도 한달이 다 된 셈이다. 그 한달 동안에도 아내는 내 두통은 아랑곳없이 나를 공격했다. 나는 아내의 발작적 히스테리에 저항할 힘이 없었다. 저항해야 할 성질도 아니다.

　아내에게는 가슴이 없다. 오년 전에 아내는 한쪽 가슴을 도려냈고 삼년 전에 나머지 한쪽도 절제수술을 받았다. 그나마 암세포가 다른 곳으로 전이되지 않은 것만도 다행이었다. 돌이켜보니 아내가 아직 아프지 않았을 때, 그리하여 아름다운 가슴을 간직하고 있던 시절, 나는 행복했던 것도 같다. 내가 아내의 가슴을 좋아하는 것이 그때 우리 부부의 행복 중의 하나였을 수도 있다. 아내의 가슴이 없는 지금, 내가 그전에 아내의 가슴을 좋아했다는 사실이 아내로 하여금 그 끝을 알 수 없는 극심한 고통에 시달리게 하는 한 이유가 될 줄 알았더라면, 나는 아내의 가슴 따위 손끝 하나 대지 않았으리라. 가슴 없는 아내가 괴로워하는 모습을 보며 나는 내 발등을 내가 찍고 싶은 심정이었다. 아내는 추궁하듯 내게 따졌다.

"당신, 내 가슴 좋아했지?"

내가 아내의 가슴을 좋아했을까? 이제 와서 나는 아내의 몸 중 특별히 좋아했던 부위가 어떤 곳이었는지 기억나지 않는다.

"좋아했잖아!"

아내가 앙칼지게 되물었다.

"응, 좋아했지."

"근데, 이제 나 가슴 없는데, 어쩔 거야, 어쩔 거냐구!"

"없으면 없는 대로……"

"거짓말하지 마, 당신 여자 몸 중에 유독 가슴 좋아하잖아, 안 그래?"

내가 그랬던가? 그런 식으로 기억하고 싶어서인지는 몰라도 나는 여자인 아내를 좋아했을 뿐, 아내의 몸과, 아내의 영혼과, 하여간 아내라는 여자를 사랑했을 뿐이다, 라고 나는 기억한다. 나는 아내가 추궁하듯 따지고 들 때마다 끓어오르는 부아를 지그시 참아내는 이외에 할 수 있는 것이 아무것도 없었다. 그만 하자는 소리도 안한 지 오래 되었다. 내 반응 여부에 따라 아내의 히스테리 양상은 달라졌다. 일체 무반응. 시간이 지나면 아내는 통곡했고 통곡이 끝나면 잠이 들었다.

퇴원을 앞두고 의사는 직업적으로 명료하게 말했다.

"많은 가슴 절제 환자분들이 후유증으로 우울증적 증세를 보일 수도 있습니다. 환자의 안정을 위해 가족분들의 세심한 배려가 절대적으로 필요합니다."

배려. 그러나 '배려'는 생각보다 실천하기 어려운 아주 고난도의 생활습관이란 것을 나는 짧은 시간 안에 깨달아야 했다. 같이 밥을 먹어도 평소에도 밥 먹는 속도가 워낙 빠른 내가 먼저 먹게 되어 있었다.

나는 초등학교 시절, 삼십리가 넘는 길을 통학했다. 새벽밥을 먹고 출발해도 학교에 도착하면 언제나 수업 시작종이 울렸다. 밥 빨리 먹는 습관은 그런 연유로 생긴 것인가. 아니면, 먹을 것은 없는데 먹을 입은 많은 집에 태어난 때문일까. 두 가지 다일 수 있다.

나는 언제나 그랬듯이 아직 밥을 반도 못 먹은 아내를 식탁에 둔 채 소파로 갔다. 소파에 앉아서 무심히 리모컨을 돌렸다. 그사이 아내 혼자 밥을 먹으며 물끄러미 나를 바라보고 있다는 것을 느끼기는 했지만, 그것이 뭘 의미하는지는 알려고 하지 않았다. 나는 아내의 시선을 이마 언저리에 느끼며 텔레비전을 뚫어져라 쳐다보았다. 한밤중에 도시 주택가에 너구리가 떼지어 돌아다니며 음식물쓰레기를 헤집어놓는다는 뉴스가 나오고 있었다. 작년 여름에 아버지는 산에서 내려와 옥수수밭을 몽땅 망가뜨려놓은 멧돼지들이 '아조 못된 놈들'이라고 말했다. 그 못된 놈들을 모조리 '처 쥑개야 쓴다'고, 그 길밖에는 수가 없다고 아버지는 이를 갈았다. 옆에서 어머니가 뭐라고 부연설명을 하는 것 같았다. 알아들을 수는 없었지만 아버지 못지않게 분개하는 분위기였다. 말하자면 아버지의 전화는 멧돼지 습격을 받고 늙은 처지가 서러운 노인네들이 아들한테 그 못된 놈들의 소행을 이르는 내용이었다. 그래도 그 못된 놈들이 노인네들이 내다 팔 만큼의 옥수수는 남겨둔 걸 보면 아주 못된 놈들은 아니었던 모양이다. 노인네들은 장마철을 포함한 여름 내내 국도변에 포장 노점을 차리고 옥수수를 팔았다. 노인네들이 옥수수 장사를 했다는 사실을 나는 형 전화를 받고서야 알았다. 형 목소리는 울분에 차 있었다. 그럴 만도 했다. 형은 그 얼마 전에 골목에 세워둔 차가 원인 모를 방화로 전소되는 황당한 사건을 겪었다. 말 그대로 불특정 다수를 향한 이유없는 범죄에 애먼 형이 피해를 당한 것이다. 원래 고향에서 포도 임대 농사를 짓던 형은 한·칠레 에프티에이가 체결되느니 마느니 하던 무렵에 포도농사는 더이상 가망이 없다는 판단을 내리고 농사를 접고 장사를 시작했다. 고향에서 가까운 소도시에서 트럭 한대로 청과물 소매업을 했다. 청과물 소매업이라고 별것은 아니고 그저 아무 곳이나 적당한 길목에 차를 세우고 장사를 하는 것이다. 당장 생계가 막막해진 그가 내게 '누군가 알 수 없는 놈으로부터 아무 이유없이 받은 피해'는 어디다 하소연을 해야 하느냐고 물었다. 언젠가 그런 사람들을 구제해주는 제도인가, 쎈터가 생겼다는 소리를 들은 것도 같았으나, 나는 얼른 생각이 나지 않았다.

"형, 잘 모르겠는데."

"야, 대학 나온 니가 모르면 누가 아냐 새꺄?"

"미안해, 형. 내가 알아봐서 전화해줄게."

"됐다 그래라, 자식아. 너, 아무리 니 처지가 곤곤하다 해도 아부지, 엄니가 국도변에서 비 철철 맞아가매, 강냉이 장사 하고 있다는 거 아냐, 모르냐?"

나는 당연히 놀랐다. 노인들은 평생을 땅만 파고 산 양반들이다.

"니가 알 턱이 있냐. 그저, 지 식구들 처 싸매기나 바쁘지, 부모고 형제고 뭔 관심이나 있겠냐, 끊어 자식아."

형이 거칠게 전화를 끊었다. 생각도 안했는데, 철철이 과일을 택배로 부쳐주곤 하던 형이었다. 내 식구들은 형이 부쳐주는 것이 있어 과일 한번을 사먹어본 적 없이 살아왔다. 그런 형이 그렇게 전화를 끊은 것은 나에게 화가 났다기보다 세상을 향한 모종의 악이 치받쳐올라왔기 때문이라고 나는 여겼다. 내 생각은 가히 틀린 게 아니었던 모양이다.

형은 급기야, '국민고충처리위원회'라는 정부기관을 알아내어 민원을 넣었다. 고충처리위원회로부터는 전화상으로 답변은 어렵고 일단 민원을 접수하겠다는 답을 들었다. 그러나 그뿐, 연락이 없어서 형은 맨정신으로는 문의를 못하겠어서 일단 술을 한잔 마시고서 재차 위원회로 전화를 했다. 전화를 받은 여직원이 처음 통화를 할 때와 똑같이 형의 신원을 확인했다. 그리고 접수되어 있으니 조만간 연락이 갈 거라고 답변했다. 그 조만간이 언제쯤이냐고 형이 물었다. 여직원이 기다리라고 말했고 형은 알았다고 전화를 끊었다. 전화를 끊고 나서 암만 생각해도 화가 나서 견딜 수가 없던 형은 다시 위원회로 전화를 했다. 아마 술기운 때문이었을 것이다. 형은 절대로 이유없이 남을 괴롭히거나 폭력을 행사할 사람이 아니다.

"난데요, 아까 전화 건 사람인데요. ○○일보고, ××일보고 다 나쁜 놈들이오. 왜냐, 나같이 이런 서민들의 억울한 사연 같은 건 절대로 신문에 내주질 않는단 말요. 아가씨, 내가 하도 억울해서 신문사로 전화를 했소. 그러나 어떤 기자 놈 하나가 와보지 않습디다."

여직원이 전화를 끊었고 형은 다시 전화를 걸었다.

형은 자신이 전화를 건 곳이 국민고충처리위원회라는 사실을 깜빡 잊었던 모양이다. 형은 그냥 입에서 나오는 대로 울분을, 그냥 형 방식으로 억울한 심정을 토해냈을 뿐이리라.

"왜 전화 끊어요, 왜. 이런 식으로 나오면 ○○일보 콱 불질러버릴 거요. 내 이런 서민의 억울함도 들어주지 않는 신문 확 불 싸질러버릴 테니까 그냥……"
 여직원은 당연히 놀랐다. 만일을 대비해 즉시 신고를 해야 했다.
 어느날 형에게 형사가 찾아왔다. 그때 뒷문으로 도망을 친 형은 지금도 도피중이다.

 아내가 밥을 다 먹었다. 나는 냉큼 텔레비전을 끄고 반찬을 정리하여 냉장고에 넣고 빈 그릇을 씻는다. 차를 마실 건지 과일을 먹을 건지 날마다 식후에 반복되는 물음을 물었다. 사실 아내 앞에 앉기가 나는 두렵다. 얼굴 마주보고 앉아 좋게 차를 마시다가 어느 순간 아내의 목울대를 넘어가는 찻물이 뭔가 심상찮은 곡선을 그린다 싶을 때, 아내는 여지없이 내게 퍼부어댔다. 나는 얼른 식탁을 떠나 정리할 것도 별로 없는 냉장고를 정리하기 시작했다. 머릿속으로는 하루 이십사시간 내내 떠나지 않는 생각, 이제 뭘 해서 돈을 벌까,를 궁리하면서.
 "당신, 이젠 나하고 밥 먹는 것도 싫지?"
 "밥 같이 먹었잖아."
 치밀어오르는 것이 부아인가. 그런데 왜 코끝이 싸아해지는지 알 수 없다. 아내의 말이 너무 어이없어서인가. 그래서 그것이, 말하자면, 내 속의 뭔가가, 바로 그 외래객이 설움을 타버린 것인가. 아내의 히스테리가 시작될 때마다 나는 머릿속 통증을 아내에게 들키지 않으려고 무진 애를 써야만 했다. 무엇보다 대책없이 목울대를 타고 넘어오려는 그 녀석의 정체를 들켜서는 곤란했다. 나는 침을 한번 꿀꺽 삼켰다.
 "솔직히 말해봐, 이젠 나하고 같이 자는 것도 싫지?"
 "그게 아니라 당신이 싫어하니까."

"핑계가 좋아 떡 사먹네?"

아내는 신혼때부터 나와 한이불을 덮고 자는 걸 그다지 좋아하지 않았다. 잠만큼은 자유롭게 자고 싶다고 했다. 아내는 이를 갈았고 나는 코를 골았기 때문에 떨어져 자는 건 서로가 불편하지 않아서 좋은 일이라고 나는 생각했다. 이제 와서 새삼스레 트집 잡는 것을 보니 따로 잔 것을 아내는 꼭이 좋다고 여기지만은 않았던 것일까. 오늘밤에는 아내와 한방에서 한이불을 덮고 자야 하나. 코를 골지 않아야 할 텐데. 아니, 평소보다 더 코를 골아야 하나. 그래야, 아내가 잠자리 문제에 대해서는 더 뭐라 안할 것 아닌가. 코를 골아야 하나, 골지 말아야 하나, 취직을 해야 하나, 장사를 할까, 애는 고물오토바이를 몰고 어디를 갔을까, 노인네들은 올해도 옥수수 노점을 하나, 안하나, 형은 진짜 수배자인가, 아닌가, 내 두통은 우울증인가, 아닌가, 아내는…… 냉장고 정리는 건성이었다.

아이 학교에 가보기 전에 시장부터 봐서 아내가 먹을 것들을 준비해놔야 할 것 같았다. 다행히 아내는 소파로 가서 텔레비전 연속극을 보고 있었다. 나는 식탁에 앉아 장볼 거리를 적었다.

야채를 많이 먹어야 기분이 좋아진다고 했다. 치커리, 상추, 오이, 브로콜리, 갈치는 노화를 방지하고 머리회전을 좋게 한다고 했다. 제주도 은갈치 한마리.

장조림을 한번 해볼까. 장조림용 쇠고기.

대합을 사다가 시원한 조개탕을 끓이자. 대합 한 팩.

그러나 나는 수첩에 적은 것들을 다 사지는 못할 것이다. 통장 잔고는 내가 안심해도 될 수위를 넘어선 지 이미 오래되었다. 시장가방을 들고 집을 나섰다. 집에서 그리 멀지 않은 곳에 대형마트가 있었다.

그곳으로 갈까, 걷기에는 좀 먼 재래시장으로 갈까. 아직 초저녁이므로 시장으로 갈 수도 있지 않은가. 나야 워낙에 시장 체질이니까. 더구나 시장에 가면 단골가게도 있고 덤으로 얻는 즐거움도 있고. 나는 자꾸 내 마음을 시장 쪽으로 닦아세운다는 것을 알고 있었다. 향이네 집은 시장에서 멀지 않은 곳에 있었다.

향이는 대기업 홍보부에서 일할 때 내 부서에서 편집일을 했던 직원이다. 외환위기 때 우리가 다니던 회사는 홍보인력부터 없앴다. 당연히 홍보책자도 폐간했다. 나는 회사를 그만두고 나와 편집대행사를 차렸다. 혼자서 하는 편집대행 일은 쉽지 않았다. 무엇보다 나는 내게 일감을 주는 회사, 출판사 사람들과 인간적으로 친해질 수 없는 성격적 결함을 가지고 있었는데, 나는 그가 누가 됐건, 많이 친해지기 전에는 사람의 얼굴을, 더군다나 눈동자를 정면으로 마주보지 못하는 이상한 병증이 있었다. 내가 사람 만나고 일을 따내고 하는 그 일을 지속할 수 없다는 판단이 서던 날은 내가 편집을 대행해준 출판사 사람들과 술을 마시고 비오는 길거리에 너부러진 날이었다. 아내와 결혼하기 전, 대학동창이던 아내는 병증이라 여길 만큼 사람과 쉽게 친해지지 못하는 내 내성적 성격을 두고 그것은 병증이 아니라, 단지 수줍음이 많은 것뿐이라고 말했다. 나는 그 말에 감격해서 아내와 결혼했다. 정확하게 오년 전 아내가 첫 발병을 한 해에 나는 편집대행사를 접고 처남이 우리 동네에서 하는 부동산중개업소 일에 합류했다. 나는 아픈 아내를 돌보면서 하는 일을 하고 싶었다. 무엇보다 중개소 일은 손님의 눈동자를 정면으로 마주보지 않아도 일에 지장을 사거나 누구에게 책을 잡히거나 일이 성사되지 않거나, 하는 일은 없을 터였다. 어차피 매매 대상은 중개업자가 아니라, 부동산이기 때문이다. 일년 전에 처남이 교통사고로 죽었다. 그 무렵에 우리 동네 단 두 개 있는 부동산중개업소 중 내 경쟁관계에 있는 중개소 옆집 비디오대여점이 문을 닫았다. 비디오대여점이 문을 닫을 때까지만 해도 나는 그저, 안된 일이구나, 평소에 비디오를 자주 빌려다 본 건 아니지만 동네에 단 하나뿐인 비디오가게가 문을 닫았으니, 좀 심심해지겠구나, 라고만 생각하며 강 건너 불구경 하듯 했을 뿐이다. 그런데 어느날 보니, 내 경쟁관계에 있는 그 중개소가 비디오가게까지를 인수하여 대형중개소로 확장하였다. 이름도 부동산중개업소에서 부동산컨설턴트로 바꾸었다. 언제 채용했는지, 어느날부터 머리를 짧게 깎은 젊은 중개 직원들이 책상 하나씩을 꿰차고서 손님들을 맞았다. 그곳에 비하면 내 업소는 복덕방 수준이었다. 사람들은 내 부동산사무소로 오지 않고 펀드매니저같이 생긴 사람들이 진을 치고 있는 부동산컨설턴트로 갔다. 내 중개업소는 바로 옆 치킨집이 인수해주었다. 그렇게 해서 우리 동네는 모든 가게들이 하나씩만 있게 되었다. 중개업소가 하나, 치킨집이 하나, 세탁소가 하나, 슈퍼가 하나, 미장원이 하나. 먹고살기 힘든 시절에 하나씩만 있게 된 것은 차라리 잘된 일이다.

수첩에 적힌 대로만 사려고 바구니를 들었다. 그런데 웬일인지 바구니가 무거워서 찬거리가 든 바구니를 놓고 카트를 가지러 가는데 누군가 내 어깨를 툭 쳤다.
"어, 어쩐 일이야?"
내 손에 아무것도 들려 있지 않은 것이 적이 안심되었다.
"과장님은요? 장보러 오셨어요?"
과장님이라는 호칭이 낯설었다. 내가 회사를 그만두고서부터 과장,

부장의 세상은 저물고 '팀장'들의 세상이 열렸다.
"응, 아니야. 그냥 뭐 구경하러 왔다가……"
"그래요? 저 도로 미스 됐어요. 제대했거든요."
"제대라니, 언제 군대를 갔었나?"
"아유 과장님도, 이혼 말이에요."
그럼 또 언제 결혼을 했었나? 하기야 향이와 내가 함께 일한 게 몇 년 전인가. 아이가 아직 유치원에 다닐 때니, 좀 되긴 된 것 같다. 그 사이에 향이는 결혼을 하고 이혼을 하고 이혼을 제대라고 표현하는 여유 아닌 여유를 부릴 줄도 아는 아가씨, 아니 아줌마가 되었다. 내가 삼십대 후반의 아직은 턱수염 파란 회사원에서 사십대 중반의 무직자가 되는 동안. 풍성한 가슴을 가진 유순했던 내 아내가 민가슴이 되어 히스테리성 우울증으로 하루하루 무너져가는 동안. 작은 새 같던 내 아이가, 시골동네 오토바이를 훔쳐서 설익은 반항심을 키워가는 동안.
이혼이라는 말을 향이는 마치 비눗방울 날리듯이 가볍게 발음했다.
"아."
나는 그저 짧게 탄식했다.
"괜찮아요, 어차피 결혼은 제 적성이 아니었나봐요. 근데 과장님, 오랜만에 만났는데, 우리 어디 가서 차 한잔 하실래요?"
골라넣은 물건들이 가득 차서 야채 매대 어디쯤의 통로에 방치되어 있을 장바구니를 버려두고 나는 향이를 따라나섰다. 찻집으로 갈 줄 알았는데 향이는 주차장으로 갔다.
"집이 여기서 가까워요. 저기 보이죠?"
어색했다. 엉겁결에 내 시간을 향이한테 강제로 압류당한 것만 같았다. 그래도 차는 나중에 하자는 소리, 집 또한 나중에 가자는 소리를 할 수 없는 이유는 그녀가 무안해할까봐서였다. 향이는 올해 몇살일까. 그때가 대학을 갓 졸업해서이니, 지금은 삼십대 초반쯤 됐겠다. 향이는 마트 주차장을 벗어나 산동네를 깎아 세운 대형 아파트단지로 들어갔다. 아파트단지 바로 밑에는 옛날부터 재래시장이 있다.

"시장이 가까운데, 왜 먼 마트까지……?"

"과장님 만나려고 그랬나부죠?"

향이의 상투적인 아부성 발언이 그러나, 싫지는 않았다. 향이가 예전에도 그랬나? 내가 기억하는 한 향이는 묻는 말에만 겨우 대답하는 숙맥형이었던 것 같다. 향이 집은 새 아파트 특유의 매운 내가 가득 차 있었다. 눈이 따가웠다.

"환기를 통 안 시켰나보네?"

그러고 보니, 집 안은 쓰레기도 통 안 치우고 사는지 곳곳이 난장판이었다.

"집 안 정리도 안하고 말이야…… 오향이씨 이거……"

예전에 향이를 뭐라고 불렀는지, 지금은 어떻게 불러야 할지 향이를 부를 수 있는 적당한 호칭이 생각나지 않았다. 향이는 내 말에는 관심도 없는 모양이었다. 벌써 식탁에 차가 아닌 술과 술잔을 펼쳐놓고 있었다. 나는 마치 아무렇게나 살고 있는 여동생 집에 온 자상한 친정오빠나 되는 것처럼 창문을 열어 환기를 시키고 집 안 여기저기에 흩어져 있는 쓰레기들을 비닐봉지 한장에다 쓸어모았다. 그래놓고도 나는 기왕에 친정오빠처럼 구는 김에, 내 손이 또 필요한 곳이 없나 사방을 휘휘 둘러보았다.

"아침신문에 끼워져온 전단지를 보니 마트에서 이걸 쎄일한다지 뭐예요. 두 병에 만원 주고 샀죠. 안 그러면 한 병에 이만원인데."

"술 자주 마시나부지?"

향이는 대답하지 않았다. 들을 필요도 없이 쓰레기 중 절반은 술병이었다. 나는 또다시 예전의 향이를 떠올릴 수밖에 없었다. 그때, 홍보부 사보담당 새내기 기자였던 오향이가 회식자리에서 늘 술 때문에 곤욕을 치르곤 하던 기억이 난다. 그녀의 술잔에 누군가 술을 따르면 그녀는 화들짝 놀라며 귓불을 붉히곤 하던 것까지도 선명히 떠올랐다. 향이가 내 앞 잔에 술을 따른다. 나는 예전의 향이처럼 화들짝 놀랐다.

"오향이씨, 차, 차나 한잔 있으면 주지. 사실은 말이야……"

나는 마트 야채 매대 앞에 두고 온 장거리들을 생각했다. 냉동만두는 이미 다 녹아 흐물거릴 것이다.

"걱정되는 거 있으세요?"

두 병에 만원을 주고 사온 포도주를 마치 포도주스나 되는 것처럼 꿀꺽꿀꺽 단번에 마시고 나서 향이가 문득 나를 바라봤다.

"아니, 그게 아니라, 어디 가봐야 할 곳이 있어서 말이야."

"죄송해요, 과장님, 차 준다 해놓고 차 한잔도 대접해드리지 못하고…… 근데요, 그게요, 그렇더라구요, 산다는 게요, 마음먹은 대로 안되는 거요, 그죠, 과장님……"

"응, 물론 그렇지 뭐. 저기 오향이씨, 나중에라도 말이야, 어디 못박을 일 있거나, 그러면 연락해, 알았지?"

서둘러 현관문을 빠져나오는 내 등뒤에서 향이가 하는 소리를 나는 분명히 들었다.

"씨발, 누가 잡아먹는대냐…… 단지 좀 외롭다는 거지."

시장에서 향이 집은 지척이다. 애초에 계획했던 장조림용 쇠고기를 사지 않은 대신에 과일가게에서 배 하나, 사과 두 알, 포도 한 팩을 샀다. 형이 과일을 보내주지 않을 때부터, 아니 보낼 수가 없게 되고 말았을 때부터 나는 과일 한 알 사먹는 것도 참 손 떨리는 일이라는 걸 알았다. 그래서 배 한 개, 사과 두 알, 포도 한 팩이 든 비닐봉지가 새삼스럽게 기가 막혔다. 생각해보니, 향이는 그때 포도주를 안주 없이 마셨던 것 같다. 안주 하라고 비닐봉지에 든 과일이라도 갖다줄까. 못 박을 일 있으면 연락하라고 했는데 향이에게서는 아무런 연락이 없었다. 물론 못 박을 일 따위는 없었을 것이다. 향이에게서 연락이 오지 않은 것은 내가 향이에게 미처 연락처를 주지 않았기 때문이란 걸 나는 안다. 알면서도 나는 향이가 전화를 걸어올지도 모른다는 생각을 왜 했던 것일까. 좀더 근본적으로 나는 왜 그날 향이의 아파트를 그토록 서둘러 나와버린 것일까.

날씨는 잔뜩 흐리다. 태풍이 북상중이라더니, 가로수들이 바람에 설렁설렁거린다. 간판들도 덜걱거린다. 청과물상회 앞에 산더미처럼 쌓인 배추를 덮어놓은 비닐이 공중으로 휙 솟구친다. 닭전머리의 닭들 벼슬이 파르르파르르 떨린다. 사람들의 발걸음이 빨라진다. 이윽고 후드득 굵은 빗방울이 떨어지기 시작한다. 날씨가 흐려서인가. 머릿속은 수십개의 바늘로 콕콕 쑤시듯이 아프다. 아내는 텔레비전을 켜놓은 채로 소파에서 잠이 들었다. 아내에게 이불을 덮어주고 부엌으로 간다. 텔레비전에서는 남해안에 상륙한 태풍 소식을 전한다. 태풍의 진로가 우리나라 내륙인 충청도 산간지역을 관통하여 동해안으로 빠져나갈 거라고 한다. 노란 비옷을 입은 기자를 비추는 카메라에 빗물이 번진다. 해안도시의 가로수가 뽑힐 듯 휘청거린다. 항구에 정박해 있는 빈 배들이 출렁거린다. 대합을 물에 담가놓고 갈치를 손질하여 소금 간을 해둔다. 야채도 깨끗이 씻어 비닐팩에 밀봉하여 냉장고에 넣어둔다. 이 정도 해놓으면 아내가 알아서 챙겨먹을 것이다. 마지막으로 과일을 씻어서 과일 전용 그릇에 담아 김치냉장고 야채실에 넣어놓고 돌아서는데 전화벨이 울렸다.
"아야, 큰비가 온단다. 아이구야, 시방 오고 있다. 너는 어쩌냐?"
"아버지, 여긴 아직 괜찮습니다. 어머니는요?"
"너 엄니는 비설거지헌다고 꽤밭에 갔다. 낮에 꽤를 비었는디 요럴 중 알았으면 안 빌 것을 그랬는갑다. 태풍이래니께 한사코 어디 나 댕기지 말고 집안 단속 잘해라이. 얼릉 끊자."
전화는 당신이 해놓고 끊자는 소리도 당신이 먼저 한다. 칠흑같은 어둠속에서 깻단을 단속하느라 동분서주하는 허리 휜 어머니의 모습이 눈에 훤하다. 이윽고 비가 쏟아질 것이고 어머니는 평생 동안 그랬던 것처럼 어떻게 손써볼 수 없는 상황 앞에서 주질러앉아 울음을 토해낼 것이다. 아내는 생각보다 깊은 잠이 든 것 같았다. 텔레비전을 끄면 잠이 깰까봐 나는 조심스럽게 볼륨만 줄여놓고 담배를 피우기 위해 뒷베란다로 나갔다. 열어둔 창문으로 비가 넘어들어와 바닥이 흥건하다. 창문을 닫고 빗자루로 빗물을 쓸어냈다. 아이는 어디쯤에서 이 비바람을 맞고 있는 것일까. 웬만큼 쓸어냈는데도 금세 빗물이 바닥에 그득해진다. 이 비를 맞으며 노숙을 하고 있는 것은 아닐까. 빗물이 창문과 문틀 사이의 씰리콘 아래로 줄줄 새어들어오고 있다. 씰리콘이 수축했거나 오래되어 부식되어서 씨멘트와의 접착면이 떨어진 모양이다. 비가 개면 부식된 씰리콘을 도려내고 새 씰리콘을 쏘

아줘야 할 것 같다. 형은 어디쯤을 헤매고 있는 것일까. 형수는 말했다. 형이 형사가 잡으러 온 것이 무서워서 집을 나간 것 같지는 않다고. 집을 나가고는 싶었는데 마침 그것을 핑계삼아 집을 나간 것이 틀림없다고 그래서 이제 형수와 조카들은 형을 기다리지도 않을 거라고 형수는 단호하게 말했다. 남편을, 아버지를 기다리지 않는 가족들은 어떤 마음일까. 형과 형 가족들 간의 틈새를 메워주던 접착제도 낡고 부식되어버린 것일까. 낡고 부식된 것은 또 있다. 향이. 향이를 보고도 나는 왜 흔들리지 않는가. 술을 먹는 향이. 환기를 시키지 않고 사는 향이. 쓰레기를 치우지 않는 향이. 그러나 향이는 분명히 풍성한 젖가슴을 가지고 있었고 아직은 젊고 무엇보다 그녀의 말대로라면, 외롭게 혼자 살아가는 여자다. 여러가지 단점에도 불구하고 아직은 충분히 여성적인 향이였다. 그런 그녀의 집에서 도망치듯 나와버린 나. 내 몸은 이제 더이상 남성이 아닌가. 내 집의 창틀 씰리콘이 부식되어가는 그 세월 동안 내 안의 남성성 또한 이미 오래전부터 마모되고 부식되어 잔뜩 녹이 슬어버린 것은 아닐까. 정말 그런 것일까. 아내는 여전히 소파에서 몸을 웅크린 채 자고 있었다. 가슴을 잃고 이제 더이상은 자신이 여성으로서의 매력을 상실했다고 여기는, 그래서 정말로 날이 갈수록 아내 특유의 부드러움이 아닌 날선 공격성을 드러내는 내 아내는. 나는 깨끗이 씻어서 김치냉장고 야채칸에 넣어둔 과일을 꺼내 봉지에 담았다. 알리바이를 위해 쪽지를 썼다.

'갈치 간해놓고 대합 해감시켜놨음. 야채 충분함. 애 찾으러 감.'

아내가 언제쯤 깨어나 이 쪽지를 보게 될지는 알 수 없는 일이다.

과일 봉지에서 소리가 날까봐 그것을 공중에 치켜들고 까치발을 하고서 나는 아내 몰래 집을 빠져나왔다. 과일 봉지는 향이 앞에서 내가 왜 그녀를 찾아왔는지의 명분이 되어줄 것이다. 그녀가 웬일이세요? 물으면 나는 일단 말할 것이다.

"지난번에 보니까 안주도 없이 마시길래 말이야."

나는 오늘은 그녀가 술을 주면 술도 마실 것이다. 그리고…… 나는 어쩌면 그녀를 통해 내 속의 그것, 목울대를 뻑뻑하게 하는 그것의 정체를 확인할 수 있게 될지도 모른다. 시간은 어느새 깊은 밤을 넘어 새벽이었다. 태풍의 기세는 점점 거세지고 있는 듯했다. 어머니는 아직도 깨밭에 계실까. 집나간 아들과 실업자 아들을 둔 내 어머니는. 내 아이는 지금 어디를 헤매고 있는 것일까. 고물오토바이에 기름 한 통 채워넣을 돈도 지니지 못한 내 어린 자식은. 그러나 나는 일단 그 모든 것을 잊기로 했다. 어머니, 아이, 아내, 형…… 그들보다 더 급하고 절실한 것은 바로 나 자신이었다. 내 목울대를 치받치고 올라오는 이것, 내 머리통을 벌집으로 만들어놓는 그것. 나는 그것들의 정체를 향이 앞에서 확인받고 싶었다. 비는 이제 거의 폭우로 변했다. 차라리 잘된 일이다. 비 핑계라도 댈 수 있지 않은가. 차에서 내려 아파트 입구까지 가는 동안에 벌써 온몸이 흠뻑 젖었다. 나는 엘리베이터 버튼을 눌렀다. 향이 집 문앞에 섰다. 비 때문인가, 오한이 일었다. 잠시 손을 비볐다. 손에 열이 좀 올랐다. 나는 다시 손을 비볐다. 이번에는 좀더 손에 힘을 줘서. 그러나 나는 끝내 초인종을 누르지는 않았다. 손에 들린 과일 봉지를 내려다봤다. 손이 민망해졌다. 봉지 고리를 현관문 손잡이에 걸었다. 과일 봉지가 나를 빤히 바라보고 있는 것이 또 민망해졌다. 엘리베이터는 일층에 내려가 있었다. 나는 서둘러 계단을 내려왔다. 계단참에서 흘낏 과일 봉지가 대롱거리는 향이 집 문을 돌아보았다. 확실히 다시 돌아볼 것은 못 되는 것 같았다. 나는

빗속에서 147

급기야 계단을 뛰기 시작했다.

지글지글 끓어오르던 두통이 화산이 폭발하듯 솟구쳤다. 차에는 아스피린이 남아 있었다. 나는 물도 없이 아스피린 네 알을, 총에 탄환을 장전하듯 차례로 공복에 밀어넣었다. 비는 시계(視界)를 전혀 구분하지 못할 정도로 쏟아지고 있었다. 격렬하게 요동치는 와이퍼를 바라보면서 나는 내가 손잡이에 걸어두고 온 과일 봉지가 부디 향이에게 조그마한 위로가 되어준다면 좋겠다는 생각을 얼핏 했다. 길이란 길은 빗물이 사태를 이루고 있었다. 넘쳐나는 빗물들은 출구를 찾지 못한 채 도시의 길 위에서 마구잡이로 요동쳤다. 나는 빨간 신호등 앞에서 두통을 참느라 입술을 지그시 깨물었다. 내 차는 빗속 한가운데 서 있었다. 멈춰서 있는 내 차 앞으로 술취한 여자가 지나갔다. 나는 무심히 여자를 바라보았다. 문득, 여자가 향이인 것 같다는, 향이일지도 모른다는 생각이 들었다. 차창문을 열어 확인을 할까 하다가, 그만두었다. 때마침 신호가 바뀌었다. 나는 빗속으로, 가없이 무성한 빗속으로 내달렸다.

언덕 너머 눈구름

천지사방은 황량하다. 서쪽 하늘에서 또다시 눈구름이 아득하게 몰려오고 있다. 으슬으슬 한기가 돈다.
'하필 이런 날 새끼를 날 게 뭐람.'
처음 집에서 기르던 동물들 중에서 새끼가 나던 날, 울먹울먹, 목구멍 밖으로 울음마저 비져나왔다. 그만큼 감격이었고, 어떤 아픔이 아내를 전율하게 했다. 그러나 시골살이 오년 만에 소, 개, 염소, 토끼들이 새끼들을 줄줄이 낳는 것을 목도하면서부터 그 감격, 그 아픔의 강도도 서서히 엷어져갔다. 그래서는 급기야 오늘날, 이런 날 새끼를 날 게 뭐냔 소리까지 흘러나오는 지경이 되어버렸다. 처음에는 생명 그 자체가 떨림이었는데 이제 그 생명들한테 아무리 공력을 들인다 한들, 공력 값이 나오질 않으니, 힘도 빠지게 생겼다.
작업실에 간 남편은 전화를 받지 않는다. 남편은 언젠가부터 작업실에 가면 휴대폰의 전원을 아예 꺼버렸다. 아내는 그럴 때마다 가슴 한편이 써늘해져온다. 그렇다고 해서 남편에게 써늘한 심정의 일단이나마 보여주고 싶진 않다. 아내는 그저 최대한의 평정심을 유지하면서 아내의 일상을 꾸려간다, 꾸역꾸역. 그렇지만 아내 나름대로는 전력을 다해. 그렇게 살아가는 아내 모습이 남편에게는 일종의 도덕적 압력이 될 수도 있으리라는 계산을 하면서. 그렇지 않다면 남편은 사람도 아니다,라고 아내는 미리 단정해두었다. 아내는 전화도 받지 않는 남편의 작업실 쪽으로는 결코 가지 않았다. 대신, 유자나무집 노인에게 부탁하기로 했다. 유자나무집 노인은 집에 있지 않고 그 옆집, 대추나무집 할머니와 이야기를 나누고 있다. 두 노인은 같이 있으면 서로를, 황조씨라고 하고 정분씨라 했다. 두 노인은 각각 혼자 살았다. 그래서 두 노인이 함께 있으면 부부같이 보였다. 아니, 이제라도 부부였으면 좋겠다는 생각이 들었다. 대추나무집 할머니 이름처럼 정말 그들이 정분이 났으면. 그만큼 두 사람은 다정해 보였다. 특히 정분이 그랬다. 정분은 이상하게 동네사람 누구에게도 다정하지 않았다. 유자나무집 황조에게만 다정했다. 정분은 어쩌면 옆집 남자, 황조를 사랑하고 있는지도 몰랐다. 황조에게 이미 정분이 나 있는지도.

"할아버지, 염소가 새끼를 낳나봐요."

"가만 내버려둬요. 어련히 지가 알아서 하니까 이."

"그게 아니라, 새끼 낳는 어미를 자꾸 수놈이 건들잖아요."

새끼 낳는 냄새에 흥분을 한 것일까. 수놈은 지금 한창 출산을 앞둔 암놈에게서 여간해서는 떨어지려 하질 않는다. 염소들이란 게 참 이상했다. 아내 편견인진 몰라도 그중에서도 수놈들이란 게 참으로 이상했다. 아, 이왕 이렇게 말해버렸으니 수놈들 이상한 게 어찌 염소뿐이랴, 하는 말도 그리 틀리지는 않으리라. 무슨 말이냐 하면, 동물 중의 수놈, 혹은 수컷이란 것들은 개나 소나 염소나 하나같이 사람 중에서도 남자는 싫어하면서도 또 남자 말은 곧잘 듣는다는 것이다. 수놈이 여자 말은 도통 들어먹어주지 않는 것을 아는 아내는 이제 막 출산을 앞둔 암놈에게 달려든 숫염소를 어떻게 떼어내겠다는 의지도 용기도 없었다. 그리고 무엇보다 힘이 없었다. 발정난 수놈들을 무슨 수로 막으랴.

황조에게 수놈이 새끼 낳으려는 암놈을 건드린다는 말을 하면서 아내는 조금 민망하긴 했다. 그리고 정분의 눈치가 보였다. 그녀는 짐짓 고개를 돌리고서 언젯적부터 하던 일인지 상에 콩을 펼쳐놓고 콩고르기를 하고 있었다. 황조에게 전한 말들이 정분의 마음을 상하게 한다거나, 조금이라도 불쾌감을 주지 않았기를 아내는 바랐다. 지금 사실 급한 상황이지 않은가. 자칫 잘못하면, 수놈을 피하려고 날뛰던 암놈이 제 속으로 난 새끼를 밟아죽일지도 모른다. 그래도 유자나무집 노인이라 망정이지, 남편 말고 누구한테 그딴 부탁을 할 수 있단 말인가. 남편이 소위 작업실을 갖게 되고 작업실 가면 전화도 안 받고 어떤 땐 그곳에서 자고 들어오는 날이 빈번해지면서, 남편을 따르고 남편과 어울리던 이 동네와 이 동네 인근 남자들의 꼴이 아내는 덩달아 보기 싫어졌다. 왜 그런지는 몰라도 그들이 모두 한통속인 것만 같았다. 지난번 나들이에서 아내는 물증은 없으나 그들이 모두 한통속이라는 강력한 심증을 굳혔다. 남자들은 괜히들 실실 웃었다. 아내는 남편과 나이가 같은 동네 남자 둘, 남편 친구인 소설가 한사람과 함께 충청도 충주의 남편 후배 과수원에 갔다. 거기서 커피를 얻어 마시고 일행 모두가 충주댐으로 놀러 간 것이다. 원래는 월악산에 가려고 했는데 날이 너무 추웠다. 아내는 사실 남자들의 여행에 어떤 흥미도 없었다. 남자들은 만나서 과수원집 마루에 앉아 에프티에이니, 쌍무협약이니, 다자간무역이니, 슈퍼삼백일조니 하는 것들로 가난한 나라 백성의 목을 죄는 미국이란 나라의 깡패성에 대해서 성토했다. 창밖으로 보이는 드넓은 복숭아 과수원에 눈이 내리고 있었다. 농사짓기의 절망감에 몸을 떨고만 있기에는 눈 내리는 풍경은 아름다웠다. 그래서인가. 남편 후배가 끓여주는 커피를 후루룩 마신 뒤에 누군가 월악산 가자, 했다. 남편 후배의 아내는 아이들 교육문제로 충주 시내에 전세아파트를 얻어나가 있어서 과수원집은 후배와 그의 아버지 단둘만 산다고 했다. 아내는 이 남자들이 도대체 왜 느닷없이 눈 내리는 날, 월악산에 가려고 하는지 알 수 없었다. 아내는 궁금해서 묻지 않을 수가 없었다.

"월악산은 왜 가요?"

그때, 남자들이 실실 웃었다. 본능적으로 기분나쁜 감정 한오라기가 아내의 폐부를 서늘하게 훑고 지나갔다. 재빠르게 남편을 쳐다봤다. 월악산은 왜 가느냐는 말에 실실 웃기나 하는 아주 기분나쁜 자들하고나 어울려다니다니, 시골살이 오년 만에 남편조차 아주 '저질인간'으로 전락해버린 것 같아 아내는 몸이 오싹오싹 떨려왔다. 고약한 기분 때문에 오싹오싹 몸 떨려오는 게 어디 한두 번인가. 그래도 남편이랑, 남편의 동료들이——그들은 모두 남편을 좋아하고 남편을 존경하고 남편을 따르는 사람들이었다, 남편이 예전에 민중미술을 했다는 이유만으로——농사짓기의 절망감에 몸을 치떨면서 미국을 성토할 때까지는 괜찮았다. 당연히 그들은 모였다 하면 그런 종류의 대화만 하는 사람들인 줄 알았다. 남편은 원래가 허튼소리를 좋아하지 않는 사람이라고 아내는 철석같이 믿으며 살았다. 비록 술을 마신 벌건 눈빛이지만, 눈을 빛내면서 겨우 이십오 퍼센트 식량자급률에 자기들이 껴 있는 거라고, 자기들이 죽고살고 농사지어 제공하는 식량이 겨우 이십오 퍼센트도 안되는 거라고, 슬퍼하는 남자들. 과거 민중미술인지 농민미술인지를 하다가 언제부터인지 알 수도 없는 순간부터 이문 안 남는, 판판이 손해만 보는 농사를 짓고 사는 남자와, 오늘 뽑아야 할지 내일 뽑아야 할지 알 수 없는 복숭아 묘목에 하는 수 없이 거름을 주고 사는 남자와, 인삼을 해볼까 오가피를 해볼까 꿈도 꾸어보지만 이도저도 아무것도 할 게 없다고 판단을 내리고서 포클레인 운전을 해서 밥을 버는 남자와, 절대로 안 팔리고 못 팔릴 소설을 쓰면서 그래도 철철이 상추도 기르고 쑥갓도 길러서 채소류만큼은 백 퍼센트 자급농이라고 자기 혼자 행복해하는 소설가. 그들을 아내는 그래도 여태껏 한편으로는 지겨워하면서도 때로는 인간적으로 연민하면서 살아왔다. 그들 중에 한 남자는 미우나고우나 그래도 남편이고 또 나머지는 남편이 술 고플 때 술 마셔주는 술동지인지, 남편이 외로울 때 말 걸어주는 말동지인지, 어쨌든 동지들이 아닌가. 언젠가 그 남자들의 아내들이 남편들 홍보하는 재미로 읍내에 나가 한나절 집을 비운 적이 있었다. 아내들은 남편들 중 누군가가 제 아내에게 들키면 곤란한 비리를 저지르고서 남자들끼리 '비리함구'라는 비밀을 공유한다는 것을 알고 있었다. 그리고 아내들이 그 비밀을 알고 있다는 것은 또 어떤 남편인가가 자기들끼리 정한 원칙을 깨고 제 아내에게 누군가의 비리를 폭로했거나, 자기들끼리 비밀이 있음을 발설한 결과일 것이다. 그렇다면 지금 저들이 실실 웃는데도 남편이 고개를 돌리는 것은, 또 어떤 비밀이 지금 남편을 중심으로 생겨나고 있거나, 생긴 것이 아닐까. 그러나 정작 아내가 참을 수 없는 것은 지난번 그 일처럼, 또 어떤 한 남자가 제 아내에게 남편을 중심으로 피어오르고 있는 뭔가 야릇한 비밀을 폭로하는 불상사가 생겨나는 일이다. 남편이 고개를 돌리고 다른 남자들이 실실 웃는 것을 아내가 기분나빠하고 또 아내가 기분나빠하는 게 지속되면 무엇보다 남편 처지가 곤란해질 것을 염려한 것이 분명하게, 소설가가 재빨리 사태를 수습했다.

"야, 맞다, 눈조차 오는데 산은 무슨 산이야, 물 보러 댐에나 가자."

그렇게 해서 그날, 아내는 예정에도 없이 충주댐을 가게 된 것이다. 충주댐에 가서 아내는 내내 기분이 나빠서 견딜 수가 없었다. 남편을 위시한 그 자리의 남자들 모두가 아주 꼴보기 싫어서 우선 견딜 수가 없었다. 그 견딜 수 없음을 아내는 술로 견디었다. 아니, 술로 견디어 버리자고 작정하고서 먹기 싫은 술을 엄청나게 마셔버렸다. 남편이 가장 꼴보기 싫어하는 게 아내의 술취한 모습이다. 아내는 술을 못하는 사람이지만 어쩌다 한번 술을 마시면 금방 취해서는 다른 누구도 아닌 남편을 괴롭히는 주사를 부린다. 평소에 쌓였던 감정이 폭발하는 식이다. 남편은 그게 싫다. 단순히 싫어하는 게 아니라, 아내가 술을 마시고 취한 다음날, 그는 아주 냉정한 사람이 되어버린다. 무섭다. 아내가 술취해서 주사를 부렸다는 이유만으로 남편은 이혼을 생각했던 남자다. 평소에 술을 못 마셔서 안 먹고 살긴 했지만 그날은 어쩐지 남편 무서워 술도 못 마시고 산 것같이 생각되어 아내는 오기 차원에서 눈앞에 보이는 술잔들을 거침없이 비워버렸다. 아내는 술을 마시고 나서 정신을 잃었다. 정신이 들었을 때는 집이었다. 남편은 당연히 집에 없었다. 휴대폰을 몇번이나 눌렀지만 남편은 전화를 받지 않았다. 누구처럼 술국을 기대하는 것도 아니다. 집에 있어달라는 것도 아니다. 전화를 하는 것도 아니다. 아내가 바라는 건 오직 이쪽에서 하는 전화라도 받아주었으면 하는 것이었다. 고객이 전화를 받지 않는다거나, 전원이 꺼져 있다는 안내가 흘러나올 때, 처음에는 기가 막혀서 속이 떨려왔지만 이내 어떤 오기 같은 게 발동했다. 아내는 벌떡 일어나 일단 뜨거운 물을 받아 목욕을 했다. 목욕을 하고 나서 청소를 하고 빨래를 하니 정신이 말짱해졌다. 말짱해진 정신으로 김칫국물에 밥을 말아먹고 있는데 밖에서 놀던 아이들이 흙투성이가 되어서 뛰어들어왔다.

"밥 먹었니?"

"먹었는데요."

과연 둘째아이 옷섶에 김칫국물이 튀어 있었다.

"김칫국 아빠가 끓였니?"

"제가 끓였는데요. 엄마 배 아플까봐요. 술 먹고 김칫국 먹으면 배 안 아프다고 했잖아요."

어쩐지 김칫국이 좀 엉성하다 했다. 김치 넣고 물 넣고 그저 푹푹 끓인 것이다.

"아빠는?"

"몰라요. 근데요, 엄마, 그 아줌마 왔어요. 자기가 무슨 탐정도 아니면서. 그치, 형아?"

"응."

그 여자, 기화가 왔구나. 아이들은 어리면 어릴수록 본능적으로 어미하고 더 가까운 족속들인가. 아내가 그렇게 하라고 가르친 바가 없는데도 어미한테 아부하는 것이 역력하게 아이들은 기화를 경계하고 있다. 아내는 일단 숨을 고르고 먹던 밥을 계속 먹었다. 밥을 먹으면서 아이들을, 눈에 넣어도 안 아플 아이들의 거동을 건너다보았다. 사내아이들은 무심하다. 놀잇감 찾느라 먼지만 들썩이다가 팽이와 연 같은 걸 들고 다시 뛰쳐나간다. 아이들이 무심하면 할수록, 천진하면 할수록, 아내 가슴은 미어진다. 사는 것이 막막해진다. 저 아이들을, 저 푸르고 싱싱한 아이들을 두고 아이들의 아비라는 작자는 지금 어디서 무슨 생각으로, 무엇을 처하느라고 전화도 받지 않는가.

가슴 저 밑바닥을 치고 올라오는 어떤 울화의 기운을 이기지 못하고 아내는 김칫국물에 만 밥을 한 양재기나 퍼먹었다. 배가 부르고 나니 밖에 사람이 와 있다는 생각보다도 우선 짐승들 생각이 났다. 진작부터, 나는 곯아죽게 생겼는데 당신만 퍼먹고 있느냐는 듯이, 사방에서 짐승들의 악다구니가 진동하던 참이었다. 특히 소가 그렇다. 소는 목울대를 한참 쳐들어, 거의 시위하듯, 울어젖혔다. 참으로 아귀들이다. 살아 있음이 아귀다.

소밥을 주러 밖으로 나와보니, 아이들 말대로 기화가 '지가 무슨 탐정도 아니면서' 소리없이 와 있었다. 그녀는 언제나 그렇듯 소리가 없다. 소리없이 와서 짐승들 물끄러미 바라보다 간다. 그 여자의 그런 '소리없음'을 언젠가 아내가 힐난한 적이 있다.

"도대체 그 여자는 왜 그런대? 지가 무슨 밀정도 아니면서?"

"우울증이란다."

남편이 대꾸했다.

'기화 우울증은 알아도 내 울화증은 모르냐?' 소리가 튀어나오려고 하는 걸 아내는 가까스로 눌러참았다. 아이들이 한 '자기가 무슨 탐정도 아니면서'란 말은 그러니까, 그전에 아내가 한 말의 연장이다.

"왔어요?"

기화는 언제나 그렇듯이 창백한 얼굴로 아내에게 묵묵한 인사를 건넨다. 그러고는 사방의 축사들을 돌아다니며 동물들을 유심히 관찰했다. 특히 새끼 밴 염소 우리 앞에서는 한참을 쭈그려앉아 있었다. 아내가 따뜻한 쑥차 같은 걸 타다주면 그 여자는 참으로 행복해할 것이다. 그럴까? 하다가 아내는 내부에서 솟아나는 어떤 강력한 저항에 부딪혀 잠시 주저했다. 그러면서 월악산 가자면서 실실 웃던 남자들이 떠올랐다. 어쩌면 남자들의 기묘한 웃음과 남편의 애매한 침묵 어디쯤에 기화가 존재하고 있는 것은 아닐까, 하는 강렬한 의구심에 아내는 순간적인 괴로움을 느꼈다. 괴로우면서도 가슴은 두방망이질을 쳤다. 기화라는 여자를 도대체 어떡해야만 하는 것일까. 어떡할 수가 있단 말인가. 사랑하는 남편을 졸지에 잃고 우울증을 앓는 불쌍한 여자 기화를.

기화는 남편의 그림 그리는 후배다. 동화작가인 그녀 남편의 동화책에 기화는 그림을 그려서 두 부부가 애도 없이, 넉넉하진 않지만 다정하게 먹고살았다. 그 다정하던 기화의 남편이 재작년에 세상을 떴다. 어려서부터 폐가 좋지 않았다고 했다. 공기 좋은 데 살자고 남편 연고로 시골 내려와 이년도 채 못 살고 갔다. 작년에 기화는 집을 팔려고 내놓았다가 다시 거두어들였다. 확인하진 않았지만 어쩌면 남편의 만류 때문이었으리라는 것을 짐작만 할 뿐이다. 남편이, 기화는 농촌에 거주하면서 당대 농촌 현실을 예술적으로 가장 치열하게 형상화해낼 드문 작가가 될 것이라고 여러 사람 앞에서 말하는 것을 들은 적이 있다. 어눌한 말주변이지만 그런 말을 하는 남편의 눈동자가 따뜻하게 젖어들고 있다는 것을 아내는 느꼈다. 그렇지만 모른 체했다. 당신은 그 여자 얘기를 하면서 왜 눈동자가 젖어드느냐고 따질 수는 없는 일이다. 그건 남편 고유의 감정일 수도 있고 무엇보다, 그걸 따지고 들면서부터 따지는 사람이 아주 많이 비참해질 테니까. 그렇게 말할 용기는 없지만, 남편의 그런 모습조차 아내는 사랑하고 있는지도 몰랐다. 그러나 남편에 대한 아내의 감정이 어떠하든간에, 불쌍한 여자 기화를 향한 아내의 감정은 날로 날카로워지고 흉포해지고 있음이 분명했다. 아내는 그래서 일부러 더 기화를 '불쌍한 여자'로 못박고 있는지도 몰랐다. 흉중의 흉포함을 조금이라도 누그러뜨려보기 위해서.

그러나 사실을 말하면, 아내는 심리의 기저에 어떤 감정이 흐르는가를 정확히 알지 못한다. 그것은 질투심인가, 공격성인가, 두려움인가. 아내는 동네 여자들에게서도 어떤 감정의 그림자가 어른거리지는 않나, 길을 오가면서 만나는 여자들에게 촉각을 곤두세웠다. 동네 여자들이라야, 더이상 여자라고 부르기도 애매한 할머니들이 태반이긴 하지만. 남편 동지들의 처들은 기화에 대해서 어떤 심정들을 가지고 있을까. 언제 한번 넌지시 떠보기나 할까. 아내는 오늘 저녁 당장이라도 남편에게 말하고 싶었다. 이제, 이곳을 떠나자고. 다른 무엇보다, 이런 이상한 공기, 내부에서 끓어오르는 건지 외부에서 강제하는 건지 알 수 없는 이 이상하고도 고약한 감정의 회오리로부터 깨끗이 벗어나고 싶다고. 그럴 수 있는 것은 오직 이곳을 떠나는 길뿐이라고. 그러고 싶은데, 또 어쩌자고 새 생명은 태어나는가. 웬수 같은 짐승들이다.

결국 사태가 어떤 지경인지를 간파한 황조가 정분의 집을 나와서 아내와 함께 집으로 가는 오솔길을 뛰었다. 급하게 뛰느라고 아내의 비닐슬리퍼가 벗어진 것을 황조가 주워들고 쫓아왔다. 집은 오솔길의 끝에서 아래쪽에 있으므로 정분의 집에서는 보이지 않는다.

"허어 참, 이리 나와 이놈아."

황조가 거세게 수놈 염소를 잡아당겼다. 땀으로 범벅이 된 암놈은 그새 새끼를 두 마리나 낳아놓았다. 아니나다를까, 새끼 두 마리 중 한 마리가 벌써, 어미의 발버둥에 치여 작살이 나 있다. 겨우 수놈을 떼어내 격리를 시키고 돌아섰을 때, 오솔길 끝에 사람 그림자 하나가 어른거리는 것을 아내는 느꼈다. 정분이 아내의 집을 훔쳐보다가 사라지는 것을 아내는 무심히 보았다.

왜 남편은 식구들을 이곳으로 데려온 것일까. 밤이면 불빛 한점 보이지 않는 깜깜한 암흑 천지인 경기도와 충청도의 어간인 이곳에. 보이는 것이라곤 사막지대처럼 끝없이 펼쳐진 구릉과 잡목숲, 그 너머로 재벌 소유의 임야와 별장은 그래도 한점 풍경화처럼 딴은 아름답기도 했다. 아내와 남편은 오년 전에 서울과 인천의 경계선쯤에 삼십평 아파트를 구해서 드디어 '자랑스러운 내 집 장만'에 성공하였다. 어느 평온한 일요일, 내 집을 장만하고 그 벅찬 감격을 채 다 만끽하지도 못한 삼개월 뒤의 어느날, 남편이 폭탄선언을 했다. 아파트를 팔아서 촌으로 가자고. 촌에 가서 소 키우고 살자고. 남편은 한번 하자고 맘먹으면 자기가 무슨 왕년의 서울시장이라고 불도저처럼 밀어붙였다. 이제 더이상 자신이 그리는 그림의 수요가 없다는 것을 남편은 알고 있었고 아내는 남편의 말을 믿지 않았지만, 차라리 그런 세상이 온 것이 남편은 기쁘다고 말했다. 그렇게 어느 봄날 일요일의 폭탄선언에 의해서 황망히 도시를 떠나 살러 들어온 곳. 아내와 남편이 아이들을 데리고 들어와서 오년 동안 풍경은 변하지 않았다. 언제나, 아침이면 언덕 너머로부터 잡목숲을 거쳐 불어오는 바람결에는 가축들의 분뇨 냄새가 섞여 있었다. 구릉지대의 이곳저곳에 흩어진 집들에서 키우는 가축들의 분뇨 냄새는 어떤 땐 산란한 마음을 진정시켜주는 진정제 역할을 하곤 했다. 아내와 남편은 아이들을 날마다 차에 실어 학교에 보내고 또 데려와야 하는 수고를 무릅쓰고서라도 시골에서 살아야 했다. 아니, 이제 시골에서 기어코 살아남아야 했다. 왜냐하면 도시에서는 더이상 할일이 없어진 남편이 슬픔인지 기쁨인지 알 수 없는 마음을 진정시키고서 새로운 삶의 활로를 찾을 곳이 바로 이곳뿐이라고 믿었기 때문에. 그리고 오년이 지난 어느날 아침, 창문을 열었을 때, 아내는 그동안 낯익었던 풍경이 조금씩 변하고 있음을 알아차렸다. 구릉지대의 끝쪽에서부터 뭔가, 거대한 건축물 같은 것이 올라오고 있었기 때문이다. 그것은 한눈에 봐도 지금, 저 구릉지대 너머에서부터 이쪽을 향하여 조금씩 아파트 군단이 밀려들어오고 있음의 첫 신호탄이었다. 그리고 그것은 아내가 굳이 복잡한 감정의 편린들을 드러내 보이지 않고도, 바로 저 아파트의 군락들이 이곳까지 점령해 들어오기 전에 이곳을 떠나자고, 남편에게 이제는 말할 수도 있게 됐다는 것을 의미했다. 우선 떠나자는 말을 하리라, 아내는 결심했다.

숫염소하고 한참을 씨름해준 황조에게 아내는 뜨겁고 진한 커피를 타다주었다. 황조는 말로만 듣던 함경도 삼수갑산 사람이다. 그는 여우가 시체를 파먹는 첩첩산중 고향이 무섭고 답답하고 싫어 원산에서 기차를 타고 무작정 남하했다. 그리고 여우가 시체를 파먹는 고향만큼이나 사람이 사람을 파먹는 서울에 정이 떨어져 무작정 이곳으로 들어와 산 지 십년째라고 했다. 그의 집에는 낡고 힘없는 유자나무 한 그루가 병든 염소마냥 서 있다. 황조의 죽은 처가 심었는데, 그 유자나무에 올해도 어김없이 유자가 열렸다. 황조는 정분과 정분이 나고 안 나고와는 상관없이 유자나무에 유자가 열리는 한 이곳을 떠날 수 없는 사람인지도 모른다. 아내가 커피를 타다주면서, 염소가 하필이면 이런 날 새끼를 낳아가지고 할아버지 고생을 시키네요, 말을 건네자, 황조는 다만 묵묵히 커피잔을 움켜쥐고서 한참 동안 커피를 응시했다. 그러다가 불쑥 말했다.

"인제 이렇게 됐어요 이."

"네?"

"그거이 그니까, 사람이 아니란 말씀이에요 이. 뭔 말인고 하니, 하루는 중이 가다가 그랬어요, 나물 캐는 아이한테. 말하자면 기집애야 이. 너가 자라서 애를 놓으면 정승을 놓겠다. 그러나 그때까지는 말을 말아라, 했단 말이에요 이. 애가 여덟살이란 말이에요 이. 인차, 열여덟에 시집을 가서 애기가 들었어요 이. 말 못하는 며느리 들여서 탐탁잖았던 시부가 사주를 내보니, 섣달 초여드렛날 오시에 나면 정승을 놓겠다, 허는 거요 이. 그래, 인차 그 며느리도 알고 있단 말입니다 이. 정승을 놓을라고 나오는 애기를 발꿈치로 요렇게 막았다는 말이요 이. 완전허니 기진맥진하여 드디어 오시가 딱 되었을 때, 애를 놓았답니다. 짐승이 아니라 사람이라. 물론 며느리 말문도 그때 트였지요 이. 아버님, 이 시간에 놓으면 정승 놓지요 이. 염소는 사람이 아니라 짐승이니 새끼를 맘대로 날짜 잡고 시 맞춰 못 낳는다, 그 말입니다 이."

저물 무렵부터 눈발이 쏟아진다. 날은 저물고 눈은 쏟아지는데 남편은 전화도 안 받고 집에 들어오지도 않는다. 아이들을 일찍 먹이고 기화한테 가볼까, 빈손으로 가기는 뭣하고 뭐라도 먹을 것을 싸가지고 갈까, 궁리하고 있는데, 정분이 왔다. 쌀과자 한봉지를 들고 왔다.

쌀과자는 아내가 좋아하는 것이다. 그것을 손에 쥐고서 정분은 한참을 머뭇거렸다. 그러다가 불쑥,

"아까 노랑쇠가 말이여, 뭔 말 하데?"

"노랑쇠라니요?"

"황조영감 말이여."

"아하, 무슨 애 낳는 얘기요."

사실 아내는 황조가 하는 이야기의 절반도 못 알아들었다.

"둘이서는 그렇게 막 애 낳고 거석헌 소리도 하고 그려?"

정분은 전라도가 고향이다. 작년에 소 키우는 아들 따라 이곳으로 왔다. 광우병 때문에 소 수입을 하지 않아 소는 키울 만했다. 그러더니, 가을 들어서면서부터 미국에서 소를 다시 수입한다는 발표가 나자마자 소값이 떨어지기 시작했다. 소값 떨어지는 건 순식간이었다. 겨울 들어 소는 키우면 키울수록 손해를 보는 나날이 흘러가고 있다. 나이 사십이 넘었지만 장가를 못 간 아들은 정분에게 소를 맡겨둔 채로 어딘가로 갔다. 그 아들이 돌아올지 안 돌아올지는 소값에 매인 것 같다고 정분은 말했다. 같은 소 키우는 집이라 아내는 동병지정이 있어 오며가며 자기 소 보듯 그 집 소도 들여다보곤 했는데, 새끼 밴 소가 무려 세 마리다. 소가 새끼를 낳을 때쯤 소값이 올라가면 좋으련만 상황은 그리 희망적이지 않다. 정분은 그래서 더 외로울 것이다. 사람은 희망이 있으면 덜 외로운 것 아닌가. 저 소가 돈을 벌어준다면, 그러면 아들이 돌아올 것이고 아들이 장가도 갈 것이고 그러면 정분의 노후도 이리 황막하지는 않을 텐데 말이다.

"거석이라니요?"

"거석이."

"예, 거석이."

정분은 그만 입을 다물어버렸다. 말이 통하지 않는 사람하고 무슨 말을 하랴 싶었는지도 모른다. 정분은 혼잣소리로 말했다. 내가 오천원도 줬는디.

"오천원을 누구를 줘요?"

"황조씨."

"왜 황조씨한테 오천원을 줘요?"

정분은 얼굴을 붉혔다.

"거석이, 맛난 것도 사먹고 그러라고. 콩 팔아 돈 산 것 좀 있어서 내가……"

아내는 정분이 황조를 정말로, 진실로 사랑한다는 걸 느꼈다. 정분의 진실은 오직 '사랑'임을. 아내는 정분을 위로했다.

"황영감님도 언젠간 할머니 진심을 알아줄 거예요. 언젠가는요."

정분은 아내를 향해 웃었다.

"언젠가는?"

"예, 언젠가는."

남편도 언젠가는 아내가 지금, 얼마나 두렵고 막막해하는지를, 알게 될 날이 올까. 두렵고 막막하여 가슴속에 날마다 정체를 알 수 없는 흉물이 한 자씩이나 자라고 있음을. 아내는 위로를 해주는 것으로 자신이 정분에게 해줄 수 있는 것은 다 해줬다고 생각하고 그만 자리에서 일어났다. 사실, 아내가 정분의 사랑을 도울 방법이 무엇이 있겠는가.

눈은 삼태기로 퍼붓듯이 내린다. 오늘밤 무슨 일이 있어도 기화네 집으로 가볼 것이다. 가서, 언제 당신이 월악산에 간 적이 있느냐고 물을까. 간 적이 있다고 하면 또 어찌할 것인가. 뭘 어찌하겠다는 것 보다도 우선 가보리라. 가서 뭔가를 확인하게 된다면, 어떻게 할 것인 지는 그때 가서 생각하자.

"할머니, 내가 어디 가볼 데가 있거든요."

"눈 오는디?"

"예, 눈 와도요."

눈이 오니까 더,라는 말이 입 안을 간질이고 있었다. 아내는 기화가 좋아하는 쑥차 한봉지를 챙겼다. 정분이 아내가 좋아하는 쌀과자를 들고 왔듯이, 누구 집을 가더라도 그 집 사람이 좋아하는 것을 가지고 가는 것이 손님의 예의가 아니겠는가. 그러나 어쩔 수 없이 쑥차 봉지 를 집어드는 손에 경련이 일었다. 흉중의 흉포한 기운은 이제 시도때 도없이 아내를 경련하게 한다. 아내는 쑥차를 만들기 위해 지난봄 내 내 온 산야를 그야말로 미친년처럼 헤매고 다녔다. 생쑥이 가득한 포 대를 토방에 부려놓고 마루 위에 걸린 거울을 봤더니, 흙 묻은 옷은 너덜거리고 머리는 산발이고 황사가루가 켜켜이 내려앉은 얼굴은 마 치 미라 같았다. 그 며칠 전에 아내가 쑥을 한바구니 캐가지고 왔을 때, 남편이 지나가면서 한마디 툭 내뱉었다.

"왜 쑥차 만들려고?"

웬 쑥차란 말인가. 만약에 남편이 그때 그 말만 안했어도 아내는 쑥 차 같은 것은 만들 생각도 하지 않았을지도 모른다. 쑥이란 건 그저 칼 한 자루, 바구니 하나 끼고 집 앞 아무데나 골라잡고 앉아 쑥국 한 냄비 끓일 만큼만 캐면 그만이었다. 그런데 아내는 남편의 그 말이 있 고 난 후 마치 미친년처럼 온 들판, 온 산야를 헤매고 다니기 시작했 던 것이다. 그것은 도대체 어떤 마음이었을까.

'기화가 좋아하는 쑥차 좀 만들어달라는 소리를 왜 아예 내놓고 말하지 못하니……'

흉중에서조차 차마 만들어지지 못하는 말들은 어쩌면 욕설이었는지도 모른다. 그것도 아주 노골적이며 황폐하기 그지없는 욕설 말이다.

아내는 봄 내내 쑥을 캐느라고 정작 엄마 손길이 필요한 아이들을 버려두었다. 이제 갓 초등학교에 입학한 큰아이와 유치원생인 둘째아이는 황사바람을 뚫고서 쑥 캐는 아내에게로 달려왔다.

"엄마, 쑥 캐서 돈 만들려고 그러지?"

그렇게 묻는 큰아이 눈은 슬펐다.

"쑥 많이 캐면 돈 많이 만들 수 있어?"

그렇게 묻는 둘째아이 눈은 기대에 들떴다.

약초 캐는 마을 노인에게 아내가 물은 적이 있었다.

"할머니, 약초 캐서 약 만들려고 그래요?"

"약은 무슨, 돈 만들려고 그러지."

산에서 까치밥나무 꺾는 동네 아저씨에게 물었다.

"아저씨, 까치밥으로 장식하게요?"

"장식은 무슨, 돈 만들려고 그러지요."

아내는 무엇 하러 쑥을 캐나. 돈이 없어서 아내도 돈 만들려고 쑥을 캐나. 아내는 황사바람 속에서 두 아이를 부둥켜안았다.

"쑥을 캐도 돈이 안된단다. 촌에 살면 아무것도 돈이 안된단다. 촌에 살면."

"엄마, 울지 마. 나중에 우리가 돈 많이 벌게요."

촌에 살아서 슬픈 게 아니라, 촌에 살면 어떤 것도 돈을 만들 수가 없어서 슬프다는 말은 틀리지 않았다. 정분네가 그렇고 아내의 집도 희망 없기는 마찬가지 아닌가. 무엇을 해도 돈이 안되는 촌에 살면서 무슨 수로 이 어린것들을 거둘 것인가. 두 아이 머리통에서 사내아이들 특유의 머릿내가 났다. 그것은 살아 있는 인간의 새끼들에게서 나는 냄새다. 새끼들이 어깨를 들썩인다. 도대체 눈에 보이는 그 무엇도 돈이 안되는 촌에 사는 게 아이들도 무섭다. 생명의 본능으로 무섭다. 아내는 아이들의 뺨으로 흘러내리는 눈물을 어미 소가 그러하듯이 따스한 혀로 핥아주었다. 찝찔한 눈물이 먼지와 함께 아내의 혀에 달라붙었다. 아내 또한 사는 게 무서워서 거칠게 침을 뱉어냈다. 황사바람 거친 봄들판에서.

눈 오는 밤길은 험했다. 아내는 정분을 감싸안다시피 하고 정분의 집 앞까지 왔다. 아내는 정분이 미끄러지지 않고 집으로 잘 들어갈지 염려스러워 정분이 안으로 들어가는 것까지 보고서 기화네 집으로 가는 언덕을 넘었다. 아내가 언덕에 막 올라섰을 때, 정분이 불도 켜지 않은 마루에 서서 외쳤다. 그러나 정분의 말소리는 어둠과 눈보라에 금방 묻혀버렸다. 어쩌면 기화네 집으로 가는 아내의 어떤 열기와 격정으로 정분의 말소리 따위는 귀에 닿기도 전에 절로 녹아없어질 수밖에 없는 것인지도 몰랐다.

기화는 집에 있었다. 기화네 집은 어지러웠다. 짐을 싸고 있는 듯했다.

"이삿짐 싸요?"

"네."

기화는 짧게 대답했다. 기화네 이삿짐이라야 한눈에도 별것 없어 보였다. 그림도구와 옷가지와 식기와 냄비와 주전자 정도가 다였다.

기화에게는 가구라는 것이 아예 없었다. 기화는 언제나 당장이라도 널려 있는 물건들 가방에 쓸어담아 떠나면 그만인 삶을 살고 있었다.

기화는 아내가 가지고 온 쑥차를 끓였다. 쑥찻잔을 손에 쥐고 있으려니, 눈 오는 밤이라서 그런지, 비록 어질러져 있긴 해도 살림이 단출한 기화의 방이 주는 편안함 때문인지 아내의 마음이 한결 차분해졌다. 그러나 또 아내는 알았다. 자신의 마음이 차분해진 진짜 이유는, 기화가 이삿짐을 싸고 있기 때문이라는 것을. 떠나는 사람한테 무슨 험한 말을 할 수 있겠는가. 자신이 험한 말을 할 필요가 없는 상황이 아내를 안정시켰다. 문득 기화가 말했다.

"어떤 기업의 상품전시장 일을 맡았어요. 그래서 서울에 있어야 해요."

"상품전시장요?"

"네, 상품이 돋보이도록 전시장을 꾸미는 일이죠."

"아."

아내의 입에서 탄성인지, 탄식인지 알 수 없는 짧은 단말마가 흘러나왔다. 아내는 문득, 자신이 이곳에 오기 전, 그리고 오는 내내 어떤 격정에 열기에 휩싸였던 것을 기억했다. 그리고 그 비정상적인 격정과 열기에 휩싸이게 된 처음이란, 다름아닌, 남편이 한 말, 농촌에 거주하면서 당대 농촌 현실을 가장 예술적으로 치열하게 표현하는 작가 운운하던 때부터임을 기억했다.

"우린 살기가 점점 나빠지고 있어요."

그래서 뭐가 어쨌다는 것인가. 살기 나빠진 게 어찌 어제오늘 일인가.

"네."

그렇다는 것을 알고 있다는 것인지, 그러냐고 그러는 것인지 알 수 없는 짧은 대답이었다. 기화 손가락이 찻잔을 안으로 오그려 들고 있는 것을 아내는 보았다. 그러자 갑자기 어떤 쾌감 같은 게 생겨났다. 결코 순수하지 않은, 어떤 악랄성마저 띤 쾌감이다.

"그런데도 남편은 아무런 대책이 없죠."

"………"

"난 어떻게 살아야 할지 모르겠어요. 우리 애들이 날마다 너무 불쌍해져요. 대책없는 아빠, 능력없는 엄마 밑에 태어난 우리 애들이…… 남편을 보면 분노가, 아이들을 보면 슬픔이, 내 마음을 바라보면 한도 끝도 없는 불안이 엄습해오죠. 그리고……"

말을 하다보니까, 정말로 아내는 속이 상해왔다. 마음은 더없이 안정적인데 말투는 점점 격렬해지고 있었다. 아니, 마음이 안정적이니까, 말들이 따복따복 잘도 새어나왔다.

"그 분노, 그 슬픔, 그 불안의 한가운데 당신이 있죠, 당신이. 오늘 사실 그 얘기를 하려고 왔어요."

"알고 있었어요, 그래서 떠나려고 하잖아요."

"네, 떠, 떠나주세요."

떠나주라니, 맹세컨대, 마지막 말은 정말 엉겁결에 튀어나온 말이었다. 더 앉아 있다가는 자신이 무슨 말을 하게 될지 몰라 아내는 겁이 났다. 아내는 그만 서둘러 일어서고 말았다. 돌아오는 길에 아내는 어떤 수치심 때문에 푹푹 쌓이는 저 눈밭 어디에 그냥 콱 고꾸라지고 싶었다.

몇날 며칠 눈이 왔다. 눈 오는 몇날 며칠을 아내는 앓아누웠다. 딱히 어디가 어떻게 아프다는 느낌보다는 견딜 수 없는 무게의 슬픔이 아내의 가슴을 압박해왔다. 먹고사는 문제의 어려움이 아무리 컸기로서니, 그렇다고 그렇게 발작적으로, 무슨 억하심정으로 그 여자 기화에게 퍼부어댈 건 또 뭐란 말인가. 아, 그리고 또 그렇게도 내가 먹고사는 문제에 짓눌려 있었단 말인가. 아내가 앓아누운 덕분에 남편이 작업실도 안 가고 살림한다고 집 안을 왔다갔다한다.

눈 그친 날 아침, 아내의 눈언저리에 아침놀이 스며들 때쯤, 남편의 기척에 아내는 눈을 떴다.

"할머니가 돌아가셨어."

"당신 할머니 돌아가신 지는 옛날이잖아."

"그게 아니라, 정분할머니 말이야."

그러고 보니 어디선가 울음소리가 들려왔다. 그것은 유자나무집 노인 황조의 울음소리였다.

"왜애?"

"몰라…… 아무래도…… 너무 외로웠던 모양이야."

정분의 집으로 가는 길은 발목까지 눈 속에 푹푹 빠져들었다. 정분은 방 안에 흰 천을 쓰고 누워 있었다. 정분의 머리맡에서 황조가 방바닥을 치며 울고 있었다. 황조는 정분을 사랑했던가.

……콩 팔아 맛난 것 사먹으라고 오천원을 줬단 말여 이…… 나한테 맛난 것 사먹으라고 천원짜리 한장 주는 사람 없는 세상에서 말여 이……

황조의 넋두리가 이제 막 퍼지고 있는 아침햇빛 속으로 스며들었다. 아내는 정분을 덮고 있는 흰 천을 들추었다. 정분은 잠자듯 누워 있었다. 쌀과자를 들고 정분이 아내를 찾아왔던 밤이 아득한 옛일 같왔다. 아내의 입에서 가느다란 흐느낌이 새어나왔다.
"미안해요…… 미안해요오…… 조금 더 잘해주지 못해서 너무너무 미안해요오……"
울면서 아내는 문득, 기화가 떠올랐다. 기화는 어찌 지내고 있을까. 아내는 남편을 쳐다보았다.
"기화씨는?"
"글쎄."
남편이 애매하게 대답했다. 기화 집으로 가는 길은 사람 발자국이 나 있지 않았다. 아내는 자꾸만 불길해져서 기화 집으로 가는 언덕길을 달려올라갔다. 가면서 부르짖었다.
"가지 마요, 기화씨. 미안해요, 떠나라고 했던 건 진심이 아니었어요."
아내가 올라가고 있는 언덕 너머에서 또다시 검은 눈구름이 아침햇살을 덮으며 몰려왔다.

비 오는 달밤

명절이라고 일찍 퇴근하긴 했지만 몸은 언제나 그렇듯이 파김치다. 만성피로에 누군가 명절증후군이라고 한 병이 도진 때문인지도 모른다.

"빨리빨리 준비해."

나만 악을 쓴다. 그러잖아도 몸이 굼뜬 남편은 소파에 누워 텔레비전 리모컨만 돌리고 있다. 그는 내 직장인 학교 동료교사이기도 하다. 학교에서의 그는 성실한 고삼 담임이지만 최근에 부쩍 나온 배 때문인지, 무언지 하여간 언제나 얼굴에 만사가 다 귀찮다는 표시를 달고 다닌다. 그와 내가 잠자리를 가진 지가 언제인지도 기억이 가물가물하다. 그가 아직 노총각 교사이던 시절에 노처녀 교사인 내게 말했다.

"나는 평범하게 사는 게 싫어요. 나는 가난하고 떠돌아다니는 사람들의 이야기를 글로 쓰고 싶습니다. 또는 바닷가에서 어부가 되어 글을 쓰고 살고 싶습니다. 말하자면 나는 리얼리즘을 추구하고 싶어요. 또한 아무도 관심없는 역사적 사실을 찾아보고 그것을 글로 쓰는 것은 얼마나 재미있겠습니까."

 그는 모든 말의 말미를 '글'로 마무리지었다. 그에게는 그것이 어떤 글이든 굳이 문학이 아니더라도, 아니 오히려 시나 소설이 아닌 '어떤 사실적 글쓰기'에의 열망이 있었던 것이다. 바닷가에서 어부로 살면서 어부들의 모든 생태를 몸으로 익힌 다음에 그것을 글로 쓰는 것 따위. 그리고 또 말하자면 그렇게 '리얼리즘적 글쓰기'를 하는 자신의 삶에 내가 동참해줄 것을 바라는 열망이 있었다. 왜 그 순간 아무 일도 일어나지 않는 나 자신의 평범한 삶에 대한 회오의 염이 그다지도 격렬하게 치받쳐올라왔는지 모를 일이었다. 그런 마음이 든다는 것은 그와 결혼하고 싶은 또하나의 마음인 게라고 나는 단정지었다. 나는 말했다.

 "평범하게 살고 싶어하지 않는 당신의 삶에 기꺼이 동참하겠어요."
 평범하게 살지는 않겠다는 굳은 의지를 가지고 결혼한 그와 나는 그러나 여태 평범하기 그지없는 맞벌이 부부교사의 길을 걷고 있다. 평범하다 못해 지나치게 평범하게도 아이도 둘을 낳았다. 아들 하나, 딸 하나가 아니라 아들만 둘인 것이 그나마 평범을 벗어난 것인가. 그 정도를 평범하지 않은 것이라고 하느냐고 누군가가 힐난한다면 나는 이제 남편의 몸에 이상이 생긴 것 정도를 들 수 있을 것이다. 그는 요즈음 부쩍 말끝마다, 골치가 아파 죽겠다는 말을 두고 쓰기 시작했다. 그의 가족 중에 그래도 유일하게 마음을 터놓고 사는 누나한테서 온 전화에 대고 그는 말했다. 사는 게 골치아파 죽겠어요. 그뒤부터, 툭 하면 그 소리를 내뱉었다. 손에 들고 있던 리모컨이 소파 밑에 떨어졌을 때도 골치아파 정말, 집에 오면 양말이라도 벗으라는 말에 골치아파 정말, 거울 앞에서 흰머리를 뽑아대면서도 골치아파 정말. 그러고 보니 그가 나와 잠자리를 갖지 않는 것도 그 골치아픈 것과 연관이 있을지도 모를 일이다. 그런 그의 모습에서 평범하게 살지는 않겠다고, 리얼리즘적 글쓰기를 하며 살겠다고 눈을 반짝이던 사람의 흔적은 보이지 않았다.

아이들은 컴퓨터게임에 몰두하느라고 내 말은 뉘 집 개가 짖느냐는 식이다.

"안 가면 안돼?"

내가 생각해도 지겨운 재촉 소리에 큰아이도 짜증을 낸다.

"가야지, 그래도 명절인데."

내가 해놓고도 내 말의 공허함에 소름이 끼친다.

"엄마 혼자 가."

나는 남편을 바라본다. 남편은 그제야 외출복으로 갈아입는다. 최대한 천천히, 골치아파 죽겠는 표정으로.

"맞아, 명절인데, 할머니 보러 가야지."

남편이 사태수습용으로 겨우 한 한마디다. 그는 늘 골치가 아픈 사람이므로 나는 그의 말없음에 대해, 무관심에 대해 이해해야만 하리라. 끝없는 아량으로 골치아파 죽겠는 사람을 이해하지 않으면 어쩔 것인가. 나는 그를 이해해야만 한다는 끝없는 다짐을 통해 저 속에서부터 치받쳐오는 울화의 기운을 잠재운다.

"할머니는 맨날 보잖아."

"맨날 봐도 명절때는 꼭 봐야 돼. 그리고 큰집 가면 송편 먹을 수 있잖아."

"송편이 뭐가 맛있다고. 나는 피자가 맛있는데."
"피자는 맨날 먹지만 송편은 추석때만 먹을 수 있잖아."
"추석때만 먹을 수 있는 건 꼭 추석에 먹어야 하는 거야?"
"그렇지, 절대적으로 먹어야 해. 설에 먹을 수 있는 건 꼭 설에 먹어야 하듯이 말이야."

말도 안되는 말을 나는 잘도 주워삼킨다.
"안 먹으면 죽어?"

아홉살이 된 뒤부터 큰아이는 대화를 통해 '상대방 궁지에 빠뜨리기 놀이'에 재미를 붙였다.
"그만 해라아."

나도 내가 왜 으르렁대는지 알 수 없다. 사실을 말하면 나야말로 명절이 싫은 사람이다. 나야말로 남편처럼 지금 당장이라도 옷도 벗지 않고 씻지도 않고 그저 소파에 눕고만 싶은 사람이다. 그러나, 명절이다. 민족의 명절 추석이다.

시댁, 엄밀히 말하면 남편의 큰형 집에 도착하자마자 아이들은 또다시 사촌들이 몰려 있는 컴퓨터 앞으로 달려간다. 남편은 또다시 소파로 직행한다. 그리고 나는 언제나와 마찬가지로 큰동서와 시어머니가 오물거리는 부엌으로 간다. 내 집에서의 풍경이 그대로, 확대재생산되는 순간. 내 집의 풍경과 하나도 다를 것 없는, 아파트에서 아파트로의 이동.

여자들은 부엌으로, 남자들은 텔레비전 앞으로, 아이들은 컴퓨터 앞으로 각기 흩어지고 나면, 작년에도, 재작년에도 그랬듯이, 부엌 가득 요리해야 할 음식재료들이 산더미처럼 쌓여 있다.

시댁에 와서 내가 맨먼저 해야 할 일은 시어머니가 담가놓은 떡쌀을 방앗간에 가서 빻아오는 일이다. 떡쌀을 빻는 동안 나는 혼자 된 친정아버지를 생각한다. 아버지도 떡쌀을 빻았을까. 떡쌀 빻아놓고 어머니도 없는 빈집에서 어떤 자식이 올까, 가냘픈 기대로 하루종일 문밖을 서성일지도 모른다. 떡쌀을 빻아서 돌아오는데, 큰시숙이 술에 잔뜩 취해 엘리베이터 앞에 서 있다. 시댁은 오층이다. 나는 본능적으로 몸을 숨겨 시숙이 엘리베이터에 오르기를 기다린다. 술에 취하지 않은 시숙과 단둘이 엘리베이터에 오르는 것도 민망할 일인데 술에 취했으니 더욱 어쩔 수 없다. 명절 앞두고 시숙이 왜 술을 먹었을까를 생각하니, 피식 웃음이 나온다. 작년 같은 일이 올해도 벌어질까봐 겁이 났는지도 모른다. 그는 아무래도 장남의식이 좀 지나친 것 같다. 실질적으로 그가 장남으로서 뭘 어떻게 하고 있는지는 몰라도 그는 동생들 앞에서, 내가 장남으로서 하는 말인데,라는 말을 두고 썼던 것이다. 딩동, 엘리베이터 문 열리는 소리가 난다. 시숙이 사라진다. 명절 앞두고부터 큰아들이 술에 취해 있으니 시어머니 표정이 어떨지는 안 봐도 훤하다. 엘리베이터가 다시 내려오기를 기다리며 서 있는데, 내가 서방님이라고 부르는 시동생네 가족이 온다. 시동생은 아이 하나 낳고 여자와 헤어진 후 몇해 전 아이가 하나 딸린 여자와 재혼하여 또 아이를 낳았다. 그 여자는 늘 시댁사람들이 자기 가족에게 경제적 도움을 주지 않는 것에 불만을 가지고 있다. 그 여자는 자기 가족이 시댁사람들로부터 도움을 받지 못하는 것은 자기가 데리고 들어온 아이 때문이 아니냐고 시숙한테 노골적으로 묻기도 했다. 시댁 셈법으로 내 손아랫사람이긴 하지만 그 여자는 나보다 나이가 많다. 그래서인지 그 여자는 내가 동서,라고 부르면 언제나 눈초리가 살짝 올라가는 것 같다. 나이도 어린 게 자기한테 동서라고 낮춰 부르는 게 기분나쁘다는 거겠지. 그래도 할 수 없다. 내가 시댁에서 그 여자를 부를 수 있는 이름은 동서밖에는 없다. 작년 추석에 그 여자는 내가 형님이라고 부르는 큰동서와 대판 싸웠다. 큰동서가 자기 남편한테 도련님이라고 했대서다. 시동생의 여자는 큰동서가 자기 남편한테 자꾸 도련님이라고 부르는 것은 큰동서의 마음에 틀림없이 자기의 존재를 인정하지 않으려는 심보가 도사리고 있기 때문이라며 큰동서에게 대들었던 것이다. 추석에 그렇게 싸우고 나니 설 명절에 시동생은 첫번째 여자에게서 난 아이만 데리고 시댁에 왔다. 여자는 정월보름께 있는 시아버지 제사에도 오지 않았다. 여자를 향한 시댁식구들의 미움증은 자꾸 커져만 갔다. 시댁식구들을 향한 그 여자의 불만도 점점 높아만 갔다. 나는 여자를 보고 동서라고 부르지는 않고 웃어 보였다. 그랬더니 동서가 먼저 인사했다.

"안녕하세요?"

나는 일부러 큰아이도 아니고 막내도 아닌 둘째아이, 그러니까 그 여자가 데리고 온 아이에게 인사했다.

"잘 있었어?"

아이는 멀뚱하게 나를 쳐다보았다. 그새 나를 잊은 모양이었다. 민망해진 시동생이 아이에게 나를 소개했다.

"작은 큰엄마야."

엘리베이터에 올라타면서 아이가 대뜸 물었다.

"작으면 작고 크면 크지 왜 작은 큰엄마야?"

"작은 큰엄마니까 작은 큰엄마지, 쇅꺄."

일순 엘리베이터 안에 묘한 정적이 감돌았다.

나는 빻아가지고 온 떡쌀을 고요히 치대었다. 내가 고요할 수밖에 없는 것은 좁은 부엌에 드디어 전운이 감돌고 있음이 감지된 때문이었다. 부엌에서 빤히 바라보이는 거실의 풍경은 언뜻 보면 방만하지만, 그쪽 사람들도 이곳 부엌 쪽에 신경이 곤두서 있다는 것을 부엌 사람들도 잘 알고 있을 터였다. 일종의 폭풍전야 같다고나 할까. 남편이 틀어놓은 텔레비전 소리가 점점 커져가는 것을 눈치챈 사람은 나 말고는 없는 것 같았다. 텔레비전은 민족의 명절 추석을 겨냥해서 연예인들 불러다놓고 미리 제작해놓은 오락프로로 거의 자지러질 듯했다. 내 보기에 추석이 즐거운 건 텔레비전 사람들뿐인 듯했다. 민족까지 들먹일 것도 없이 어떤 가족에게도 즐겁지 않은 추석을 그들만이 재밌지, 재밌지, 하면서 추석은 언제나 재밌어야 할 의무가 있고 명랑해야 할 의무가 있고 즐거워해야 할 의무가 있다고 종주먹을 들이미는 것 같았다. 여자들에게 명절은 먹거나 말거나, 맛있거나 말거나, 즐겁거나 말거나, 괴롭거나 말거나 음식을 만들어야 할 의무가 주어지는 것처럼. 텔레비전 소리가 거의 정점에 다다랐다고 여겨진 것과 동시에 큰동서와 동서 간의 전쟁은 시작되었다. 큰동서와 여자의 싸움은 처음에는 기싸움으로 시작되었다. 큰동서가 수돗물을 조금만 틀어놓고 설거지를 하라고 했다. 여자는 당신이 뭔데, 나한테 이래라저래라 하는 거냐는 투로 중간만큼 틀었던 수도꼭지를 도리어 끝까지 틀었다. 마침 시어머니조차 여자의 뒤통수에서 슬슬 부채질을 해대었다. 아야, 느이 애들은 어째 가만히 있지를 못하고 저리 초랭이방정이라냐? 내가 손주를 여럿 봤어도 아직 느이 애들같이 수선스런 애들은 첨 본다 야. 느이 큰집 애들은 서커스 마당에 내놔도 저보다는 얌전했다 야.

나는 아이들은 풀잎이라고 생각했다. 그래서 지난 설에 문학적 표현을 좋아하는 큰동서 앞에서 그런 얘기를 했겠지. 애들은 제가 사랑받고 있는지, 아닌지 금방 아는 것 같아요. 바람보다 먼저 눕고 바람보다 먼저 일어난다는 김수영 시인의 풀잎처럼요. 저 눈 퀭한 러닝 바람의 시인이 굳이 명명하지 않았더라도 동서의 아이들은 이미 풀잎이었다. 그 집 아이들은 제 어미를 향한 큰엄마와 할머니의 공격이 개시되었음을 누구보다 먼저 감지하여 진작부터 불안에 치떨었음에 틀림없다. 그리하여 큰집 형제들이 치고받고 풋빛이 난무하는 게임을 할 때도 저희는 한쪽에 조용히 나앉아 있었던 것이다. 막연한 공포가 드디어 현실화되는 것을 기다리며. 그러나 아이들은 납작 엎드린 만큼 누구보다 먼저 발딱 일어날 수밖에 없는 존재들이었던 것이다. 그애들이 납작 엎드려 있을 때는 아무 말도 않다가 그애들이 생명 달린 것들의 본능으로 발딱 일어났을 때를 겨냥한 독재자 시어머니의 일갈은 여자에게 치명타가 될 수밖에 없었으리라.

  시동생네 아이들 셋 중에 하나가 주류인 큰집 아이들 속에 끼지 못한 비주류로서의 설움이 문득 치받쳐올라온 모양이었다. 그런데 그 울분을 터뜨릴 대상이 하필이면 같은 비주류인 제 형제들인 것이 문제였다. 카드빚에 몰려 컴퓨터가 포함된 살림살이가 경매에 넘어간 지 일년이 넘도록 시동생네는 새 컴퓨터를 장만할 수 없었던 것이 시동생네 아이들을 컴퓨터 앞에서의 비주류로 만든 요인이었을 것이다. 그 집 아이들은 컴퓨터를 안 만지고 산 지 일년도 넘어서 큰집 형제들이 하는 최신판 게임의 내용을 이해할 수 없었던 것이다. 셋 중의 한 아이가, 그것도 하필이면 여자가 데리고 온 아이가 주류에 끼지 못한 울분을 제 형제에게 터뜨렸다. 엄밀히 말하면 제 형제에게 터뜨린 것이 아니고 울분을 터뜨리느라고 소파에 놓여 있던 쿠션을 공중으로 내던진 것이 하필이면 제 형제의 얼굴에 정면으로 날아간 것이었다. 만약에 주류인 아이들이 똑같은 짓을 했다면 그것은 틀림없이 하나의 재미있는 놀이로 전환될 수도 있는 종류의 소동이었다. 그러나 이미 설움으로, 그리고 뭔지 알 수 없는 불안감으로 가득 차 있던 아이들인지라, 제 형제에게 느닷없는 쿠션세례를 받은 아이가 괴성을 지르며 자기를 공격한 의붓형제에게 달려들었던 것이다.

"야, 이 괴쇡꺄."

아이들은 제 아비의 어법을 그대로 전수받았다.

'괴쇡끼'가 좀더 세게 응수했다.

"야 이 쉽쇡꺄."

'쉽쇡끼'와 '괴쇡끼'가 엉겨붙었다.

이제 두 '쇡끼'의 아비가 나설 때가 다가왔다. 그는 이 집에 들어오자마자 술취한 큰형님의 '장남으로서의 한마디'를 억지로 들어줘야 하는 것도 지금 견딜 수 없이 열나고 있는 상황이었다. 상고 출신 큰형은 공고 출신 동생에게 '장남으로서 간곡한 그러나 동생으로서는 짜증나는 연설'을 하고 있었다. 그것은 끝없는 동어반복이었다. 내가 너를 도와주고 싶지 않아서 도와주지 못하는 것이 아니란 걸 너는 알아야 한다. 요즘 서민경제는 물론이거니와 나라경제가 어렵다. 이런 난국을 어떻게 타개해가야 하느냐. 그것은 반목이 아닌 일치단결, 네 탓이 아닌 내 탓이오, 할 수 있는 자기책임의 문화가 확립되어야만이……

말하자면 시숙은 자신의 말이 되지 않는 말발을 즐기고 있음에 틀림없었다.

도무지 요지가 없는 '장남의 한말씀'은 그래서 차남이 틀어놓은 텔레비전 소리, 아이들의 컴퓨터 소리, 부엌의 도마질 소리와 범벅이 되어 삼십평 아파트 내부를 윙윙거리며 떠다녔다.

세 '쐑끼' 중에 그래도 누구보다 제 아빠와의 역사가 깊은 큰 '쐑끼'가 이제 곧 제 아빠가 폭발할 것임을 재빠르게 감지하고서 선수를 치고 나왔다. 그러나 그것은 대단한 오발탄이었다.

"야, 좆죄선이 너 내 동생 그렇게 괴롭힐 거면 너희 아빠한테 가!"

'좆죄선', 제 엄마를 따라 들어온 아이 조재선이 즉시 반격했다.

"쉽쌍도 너나 니 엄마한테 가라, 쉽쐑꺄."

내 아이의 필살기가 말로 상대방 궁지에 빠뜨리기라면 조재선의 필살기는 항상 '쉽쐑끼'인 모양이었다. 그애가 작은 입을 오무려, 쉽 쉽 할 때마다 작고 예리한 칼이 사방으로 흩어지는 것 같았다. 다시 말하면 그것은 신씨 집안에서 조씨가 살기 위한 조재선 나름의 작지만 예리한 무기일 터였다. 두 아이가 내뿜는 상대방을 향한 적의의 기운은 사뭇 일촉즉발의 전운을 방불케 하는 바가 있었다. 바로 그때, 제 아비의 '쉽쐑끼' 소리가 우지끈 공중을 갈랐다. 평생 쇠만 만지고 산 공고 출신 시동생의 굵은 손아귀에 두 아이가 매달린 것은 순식간이었다. 여차하면 두 아이를 내던져버릴 기세로 시동생은 베란다로 저벅저벅 걸어나갔다. 아이들이 처절하게 발버둥쳤다.

"잘못했어요, 아빠."

"한번만 기회를 주세요, 아빠."

아이들의 얼굴에 눈물이 강을 이루었다. 두 아이는 아비의 손아귀를 벗어나기 위해 필사적인 노력을 경주하였다. 남편이나 아들들 때문에 속이 상하면 언제나 시어머니가 외우곤 하는 주문이 시작된 것도 바로 그 순간이었다. 옴 하로다야 사바하 옴 바아라 뇌가닥 사바하…… 덜덜 떨려나오는 시어머니의 주문소리는 그래도 아들의 치솟는 울화를 진정시키는 데는 효과를 발휘하였다. 시동생은 아이들을 슬그머니 베란다에 떨어뜨려놓고 현관문을 박차고 나가버렸다.

　혼절 직전까지 갈 뻔했던 두 아이는 그새 서로를 끌어안고 서럽게 울었다. 차라리 그것은 정적이었다. 그 틈을 타 그릇 부시는 소리가 날카롭게 울음소리만이 떠도는 정적을 깼다. 여자의 설거지 소리가 요란해지는 것은 자기감정을 역력하게 드러내는 것이었다. 급기야 큰동서가 여자를 밀쳐내고 콸콸 흐르던 수도꼭지 물을 짤짤 흐르게 해놓고 여자의 일거리를 빼앗다시피 개수대에 완강하게 버티고 섰다. 설거지는 이미 여자가 절반 이상 해놓은 참이었다. 여자가 내부 저 깊숙이에서부터 올라오는 분노를 참고 있다는 것을 큰동서나 시어머니나 나나 모두 알고 있었다. 나는 송편을 빚으며 조용히 기다렸다. 이윽고 터져나올 여자의 비명을.

　"내가 이 집에 와서 뭘 잘못했나요? 엄마 없는 애 거둬서 키우지, 능력없고 재주없는 남자 먹여살리지, 내가 더이상 뭘 어떻게 해야 당신들이 만족을 할 건가요?"

　"그만 해, 동서. 명절이야."

　"형님이야말로 그만 하세요. 제가 그렇게 미우면 이혼시키고 형님 도련님 다시 새장가들이시면 되잖아요?"

　"동서, 나는 단지, 수돗물 아까워서 한마디 한 것뿐이야. 자네도 보소. 나는 이 살림 이루고 사는 동안 자네처럼 수돗물 한번을 콸콸 틀어본 적이 없다네. 낭비는 죄악이야. 나는 그렇게 생각해."

　"형님 생각을 저에게 강요하지 마세요. 그리고 내가 지금 이러는 게 수돗물 때문이 아니라는 건 형님이 더 잘 아시잖아요?"

"언젯적 일을 말하고 싶은 거야? 작년 추석 일이야? 서방님한테 도련님이라고 한 거? 그건 내가 잘못했다고 했잖아. 근데도 동서가 발딱 끊고 살다가 일년 만에 와서 지나간 일 따지자는 거야, 뭐야?"

"전 도무지 형님을 이해 못해요. 우리 부부가 싸울 때마다 애아빠가 형님한테 와서 하소연한다는 거 다 알아요. 그러면 형님은 마치 애아빠 엄마나 누나나 되는 것처럼 시시콜콜 카운슬링하시잖아요. 같은 여자로서 역겨워요, 정말."

"아니, 근데 듣자듣자 하니까 동서 이젠 별소리를 다 하네. 나는 단지 어렵게 결혼한 동서네가 어떡하든지 싸우지 말고 화합해서 살았으면 좋겠다는 충심으로다가……"

"충심이요? 마음에 없는 소릴랑은 하지 마시라고요."

옥신각신하면서도 두 여자는 끊임없이 음식을 만지고 주무르고 볶고 지졌다. 피가 벌건 쇠고기를 도마에 꽝꽝 내리치고 비늘이 험악하게 곤두선 생선의 내장을 시퍼렇게 날선 생선칼로 긁어냈다. 피가 튀고 비늘이 튀었다. 기름이 끓고 뜨거운 김이 맹렬하게 솟아났다.

시숙은 두 아이가 부둥켜안고 울고 있는 베란다로 나가 연방 담배를 피우고 남편은 이 모든 사태 속에서도 완강한 포즈로 텔레비전만 응시하고 있다. 아니, 숫제 노려보고 있다.

……한편 인천상륙작전 55주년인 이날 미의회 의원들은 노무현 대통령에게 보낸 서신에서 맥아더 동상 철거 움직임에 대해 유감을 표시하고 동상 반환을 요구했습니다. 중국 뻬이징에서 열리고 있는 6자 회담이 고비를 맞고 있습니다. 의장국인 중국은 16일 합의문 수정안을 제시했고 수정안은 경수로를 포함 북한의 평화적 핵이용권을 포함

하고 있는 것으로 전해졌습니다. 한편 우리측 송민순 수석대표는 이 날 밤 기자들과 만나 회담이 중대한 고비에 들어가 있으며 추가협의 보다는 수정안을 선택하느냐, 마느냐의 시점에 와 있다고 말했습니다. 현학봉 북한 대표단 대변인도 이날 기자회견에서 미국이 경수로를 주지 않겠다고 계속 주장한다면 북한도 평화적 핵활동을 멈출 수 없게 될 것이라고 말했습니다. 추석 연휴 첫날인 오늘과 내일은 전국적으로 비가 내리겠습니다. 기상청은 기압골의 영향으로 서울 경기 등에 최고 백 밀리미터가 넘는 비가 내릴 것으로 예보했습니다. 중부지방 일부에서는 천둥 번개를 동반한 돌풍도 예상됩니다⋯⋯

그래도 쉼없는 텔레비전 소리가 평화를 가져다주었다. 잠시 멈추었던 컴퓨터게임 소리도 다시 개시되었다. 나는 삐뽀삐뽀 뿌르릉, 지익 직 하는 게임 소리에 맞추어 열심히 송편만 빚을 뿐이다. 송편, 그렇다. 6자회담의 주인공들에게 경수로 제공 여부, 핵이용권의 확보가 관건이듯이, 내게는 지금 송편, 송편만이 유일무이한, 절체절명의 과제인 것이다. 나는 입 속으로 소리 안 나게 아, 송편!을 한번 부르짖었다. 내가 시댁에서 할 수 있는 일은 그저 조용히 입다물고 송편을 빚고 송편을 찌고 송편을 접시에 담아내는 일뿐이다. 고기 버섯 파를 이쑤시개에 꿰고 또 꿰어 밀가루 입히고 계란옷 입혀 지지고 또 지져 내는 것뿐이다. 그것은 말하자면 무의식의 의식이었던 것이다. 끝없이 이어질 것 같던 주문을 뚝 멈추고 시어머니가 문득 물었다.

"아야, 매가더 동상이 어데 있다고?"

남편이 느릿느릿하게 대꾸했다.

"인천에 있답니다."

"매가더가 미국 안 있고 어째 인천 있다냐?"

"내가 압니까?"

남편이 심드렁하게 대꾸했다. 송편을 빚어놓고 산적을 부치는 도중에 계란이 떨어졌다. 계란 떨어진 김에 그만 부쳐버릴까 하다가, 그래도 이왕 하던 건데 싶어 내키지는 않지만 계란을 더 사오기로 했다. 심부름을 시키려고 아이들을 불렀지만 어느 하나 대꾸하는 놈이 없다. 지끈거리는 머리도 식힐 겸 내가 나갔다. 아파트 현관을 나서는데 경비원들이 우두두거리며 계단을 올라가고 있다.

"무슨 일 났어요?"

"옥상에 웬 수상한 놈이 출몰했다는 신고가 들어왔어요."

"도둑이요?"

"밤을 기다리고 있는 명절기간 빈집털이범이 틀림없다구요."

어떤 예감이 들어 나는 경비들을 따라 옥상으로 올라갔다. 옥상 입구에서 한 경비가 대열을 정비했다.

"내가 이래뵈도 월남전 참전용사야. 유격전이라면 내가 경험이 있다구."

모든 경비들이 참전용사의 지시를 받으려고 심각하게 머리를 맞대었다. 내가 문을 열면 1동 경비는 왼쪽을 공략해 들어가시고 3동 경비는 2동과 한조를 이뤄서 오른쪽으로, 5동은 바로 내 뒤를 바짝 따라붙어 내가 놈의 멱살을 잡는 순간 다리 쪽을 집중타격하여…… 그 순간 5동 경비가 제동을 걸어왔다.

"4동 자네가 참전용사라면 나는 해병대 전우회야."

작전지휘권은 참전용사에서 바로 해병대 전우회로 넘어갔다.

"4동은 좀 치사한 면이 있다구. 우리가 어쨌든 대한민국 재향군인회 소속 백전노장들 아닌가. 굳이 유격전을 벌일 필요가 없다구. 그건 힘의 낭비야. 일단은 좋은 말로 타이르면서 유화적으로 접근하여 상대방을 안심시킨 다음 작전은 그다음에 써도 늦지 않다구."

작전계획에 대한 논의로 범인포획의 시간이 약간 지체되었다. 그사이, 뭔가 이상한 낌새를 눈치챈 그가, 시동생일지도 모른다는 강력한 예감이 드는 '명절기간 빈집털이범'이 도망을 치는 불상사가 일어나지 않기를 나는 바랐다. 아직은 밤을 기다리고 있는 빈집털이범으로 지목된 그가 만약 시동생이라면, 도망의 달인인 그가 도망침으로 해서 문제는 더욱더 복잡한 양상으로 전개될 공산이 크기 때문이었다.

시동생은 음주운전을 하다가 차를 버리고 도망친 전력이 있었다. 술집에서 술을 마시고 술값을 내지 않고 도망친 전력이 있으며, 밤길에서 여자를 건드리는 사람들을 구경하다가 그들이 도망치자 자기도 덩달아 도망친 전력이 있었다. 첫째인 신상도 건만 해도 그렇다. 그는 스무살 나이에 연애를 하여 상도를 낳았다. 아이가 태어나자 겁이 난 그는 상도와 상도엄마를 버리고서 저만 살겠다고 도망을 쳤다. 나중에 상도엄마는 도망친 상도아빠를 죽고살기로 붙잡아서 상도를 넘겨주고 천리나 만리나 도망을 가버렸다. 그것은 말 그대로 완벽한 복수극이었다.

옥상 문이 벌커덕 열렸다. 예감은 적중해서 시동생이 옥상 물탱크 옆에 쭈그리고 앉아 담배를 피우고 있었다. 추석 전야에 옥상에서 담배를 피우고 있는 시동생의 모습은 처연했다. 그는 삼백만에서 사백만 사이를 오르내리는 신용불량자 중의 한 명이었다. 말 그대로 돈이 지배하는 시대에는 그 인간의 인간성이 어떠하든간에 돈 없으면 불량한 인간이 될 수밖에 없는 상황이 어찌 처연하지 않을 수 있는가. 대번에 보기에도 불량해 보이기는 했는지 내가 제지할 새도 없이 경비들은 부채꼴로 원을 그리며 시동생을 향해 접근해갔고 눈빛이 잠깐 반짝하는 것 같더니 시동생은 순식간에 경비들의 포위망을 뚫고 비상문을 향해 질주하였다. 내가 가장 바라지 않던 상황은 그렇게 순식간에 벌어진 것이다. 내가 불러도 시동생은 뒤도 돌아보지 않고 아파트 계단을 달려내려갔다. 경비들의 총력전과 주민들의 협력으로 시동생은 가까스로 '체포'되었다.

그가 내 시동생이라고 아무리 해명을 해도 경비들은 어디서 들은 바는 있었는지, 그가 현장에서 도주를 한 '현행범'이라는 것이다. 시동생은 경찰이 출동할 때까지 일단 관리사무소로 끌려갔다. 시동생은 이미 술에 취해 있었다. 어디 가서 술을 한잔 하고 옥상으로 올라간 모양이었다. 술취한 시동생은 악을 썼다.

"쓰파, 이것이 명절이야? 이것이 명절이냐구우. 당신들, 명절 있어? 명절 있으면 나와봐, 쓰파. 나 명절 없어. 명절 없는 놈은 막 이래도 되는 거야? 추석? 설? 내 인생에 명절은 그거 아니야. 갈쳐줘? 쓰파, 내가 그걸 아냐? 쇳가루 먹는 놈이 걸 어떻게 아냐, 너나 나나 모르잖아아아아아아……"

동생의 신병이 시숙에게 인도되었을 때, 시숙은 경비들을 전부 감옥에 처넣어버리지 않으면 이 아파트 전체에 불을 질러버리겠다고 관리소장의 멱살을 휘어잡고 악을 썼다. 경찰이 출동하자 시숙은 다시 '장남으로서의 위엄'을 회복하였다. 그는 도망을 치지 않으면 문제될 것이 없는데도 도망을 쳐서 문제가 되는 인생을 산 막내동생과 아무리 데모를 했어도 도망을 쳐버리면 문제될 것이 없는데 꼭 도망을 치지 않아서 문제인생을 산 전력이 있는 첫째동생 건으로 여러번 경찰서를 들락거린 바가 있어서 제복 입은 자들 앞에서 어떠어떠하게 행

비오는 딜밤 189

동해야 하는지를 누구보다 잘 알고 있었다.

　무고한 시민을 '범인'으로 지목하여 소란을 일으키고 한 집안의 성실한 가장의 명예를 실추시킨 것은 분명히 당 아파트 경비직원들이다. 나는 당 아파트 1동 옥상에서 옴싸바싸바 좀 했기로서니 도주할 우려도 없는 한 선량한 시민의 신체를 구속할 아무런 권리도 명분도 없는 일개 경비들이 집단으로 출동하여 불안감을 조성하고 한 인간의 존엄성을 실추시킨 데 대해 경악을 금치 못한다. 어떠한 경우에도 인간의 신체의 자유는 보장받을 권리가 대한민국 헌법 제1조 1항에 명시되어 있다는 것은 삼척동자도 다 아는 사실이다. 헌법은 남녀노소, 지위고하를 막론하고 대한민국 국민이라면 누구나 지켜야 할 권리와 의무가 있다. 이 나라는 명실상부 자유민주주의, 시장경제, 법치주의 국가다……

　도주할 우려가 없다는 대목과 대한민국 헌법 제1조 1항 대목에서 잠깐 한 경비가 제동을 걸려고 시도했다가 시숙의 열변에 그만 시부저기 뒤로 물러나고 말았다. 시숙은 사법고시에 세 번 응시했다가 세 번 다 낙방한 경험이 있다. 비록 낙방은 했어도 한때 법조인의 꿈을 안고 매진한 경험을 만족스럽게 써먹은 셈은 되었다.

　여고시절에 오 헨리의 「마지막 잎새」에 감동하여 작가의 꿈을 꾸기도 했다는, 지금도 그 꿈을 버리지 못하여 「여성시대」 같은 라디오프로에 작문을 적어보내 당첨되어 텔레비전, 전자레인지 같은 살림살이들을 장만한 경험이 있는 큰동서는 참전용사와 해병대 경비가 자기 남편 앞에서 '쪽'을 펴지 못하고 경찰들이 아, 형님 할 정도로 굽실거린 오늘의 일을 라디오에 써보내면 틀림없이 김치냉장고감이라고 흥분했다.

동서가 또다시 큰동서에게 찍자를 놓았다.
"형님은 제 남편 우세당한 일이 그렇게 즐거우세요?"
"내가 언제 자네 남편 쓰겠다고 했나, 자네 시숙 쓰겠다고 했지."
"그게 그거잖아요."
"내가 잘해서 김치냉장고 타면 자네 주면 되잖아."
"남편 팔아서 탄 김치냉장고 김치 뭐가 맛있을까요?"
"그만 하세, 그만 해."

한때 변호사가 되어 가난하고 소외된 자들을 위하여 이 한몸 바치리라는 굳은 각오로 밤을 낮 삼고 낮을 밤 삼아 일하고 공부하여 사법시험에 도전했지만 끝내 꿈을 이루지 못하고 어느새 평생직장인 은행에서 퇴출당하여 실의에 빠져 있는 상고 출신 시숙은 시동생을 구출하여 돌아온 기념으로, 자기 인생이 늘 꼬이는 것은 다름아닌 자신이 도망을 잘 못 쳐서 그렇다라고 철석같이 믿고 있는, 그러나 실은 도망의 귀재인, 술이 덜 깬 공고 출신 시동생을 앞에 두고 또다시 술을 마시고, 한때 자신은 절대로 평범하게는 살지 않겠다고, 가난하고 떠돌아다니는 사람들의 이야기를 글로 쓰며 살겠다고 눈을 반짝이던 이 집안의 유일한 대졸 출신 남편은 이 모든 상황이 골치아파 죽겠다는 표정으로 영원한 자기 자리로 짱박아둔 소파로 가 또다시 텔레비전을 노려보고 앉았다. 이러구러 그 모든 악조건 속에서 추석음식들은 차근차근 오색찬란하게 만들어져갔다. 송편에는 누군가가 악쓸 때 튀어나온 침이 몇방울은 튀겨들어갔을 것이다. 침 좀 들어가면 어떠랴. 하하 호호 웃어서 튄 침방울이라면, 한말이 들어간들, 대수랴. 정작 음식이 쌓여가도 하루종일 굶다시피 한 아이들이 그제야 부엌 쪽으로 오물오물 모여들었다. 조재선이 송편을 한입 베어물다가 문득 한마디 뇌까린다.

"추석이는 진짜 좨수없따아."

시어머니가 얼른 재선이 말을 받았다.

"다아, 내가 쥑일년이다 다아 내가 뵉이 없어서 그려, 좨선이 말짝시나 좨수가 없어서어…… 뇌가닥 사바하 휘유우."

시어머니의 탄식소리는 자동테이프다. 쥑일년과 뵉없는 년과 좨수없는 년이 번갈아 출몰하다가 뇌가닥 사바하가 세 번, 휘유우가 한번이다. 그 사이사이를 한때 소설을 쓰고자 했으나 끝내 꿈을 이루지 못하고 암으로 한쪽 유방까지 도려낸 뒤 찾아온 우울증을 앓고 있는 큰동서와 그래도 어쨌든 행복하게 살겠다는 굳은 각오로 재혼했지만 그 꿈을 이루지 못하고 사는 동서 간의 옥신각신이 양념처럼 끼어들었다. 시어머니의 한번 터진 탄식소리는 급기야 호곡소리로 바뀌었다. 호곡소리로 추석 전야의 대미를 장식하고 있는 셈이다. 그것은 사뭇 장엄한 바가 있었다.

으으이 으으이으으이 이으이 으으이 이으이 이으이 으으이 으이이 으으으으이 으으으으이이이이이이 아이고 세상사람들아 내 말 좀 들어보소소오오오오오오오오소오오오오오오오오오소오.

사아아아아아아라아아아아아아아아람으으으으으으으으으으로오오오오오오 태어어어어어어어엉나아아아아아아아아아서 어느으으으으 이인생인들으으으으으으을 부우우우기영화를 마다할쏘냐. 부기영화 누리고 산들 불로장생은 꿈인 듯하노라 사는 것은 죽어야 하는 것이니 죽어야 할 것이 죽지를 않는구나아아……

앞치마 호주머니에 넣어둔 휴대폰이 부르르 떤다. 나는 베란다로 나가서 전화를 받았다. 아버지였다. 추석인데도 어느 자식한테서도 온다는 기별이 없었던가. 아버지는 지금, 하던 사업 망해먹고 이혼한 작은오빠의 아이를 기르고 있다.

"아부지?"

"그려, 나다. 무슨 소리냐?"

아버지 목소리를 들으니, 나도 모르게 왈칵 눈물이 솟는다.

"몰라아아아 아부지, 몰라아아…… 영석이는 잘 커요? 오빠한테서는 소식 안 와? 내가 갈까?"

"우냐? 울지 마라 악아, 울지 마. 애비 혼자도 추석 잘 쇤다. 울지 마. 시어른도 잘 계시지 야? 악아, 울지 마, 아이고 내 새끼야, 울지 마라. 악아, 시방 달 뜬다. 울지 말고 달 보거라 이. 달 보고 울지 마라, 악아. 영석이도 하루종일 울다가 이제 달 보고 안 운다. 너도 달 보거라. 달 보고 울지 마라."

아내 죽고 자식들 떠난 빈집에서 달 보고 울고 있을 내 아버지가 나 보고 울지 말고 달을 보란다. 오빠 아들 영석이도 달 보고 울지 않는다 했겠다. 그 어린것의 울음도 뚝 그치게 한 달이라니, 나는 베란다 창문을 열고 한껏 고개를 내밀었다. 하늘은 잔뜩 찌푸려 있다. 남편이 뭔가 심상치 않음을 느꼈는지 텔레비전 앞을 떠나 내게 다가와 묻는다.

"뭘 봐?"

"달."

"오늘은 달 없을걸. 비온다더라."

송편을 한움큼 들고 나오던 큰아이가 제 아빠 말을 받는다.

"아니야, 아빠. 비와도 달은 있어요."

"비오는데 달이 어딨냐?"

"달은 그대로 있는데 비가 올 뿐인데. 달은 빗속에 숨어 있는데. 그치이?"

이번만은 확실히 말로 상대방 궁지에 빠뜨리기는 아닌 것 같다. 후드득, 빗방울이 떨어지기 시작했다. 그래, 말 그대로 비오는 달밤이 되겠구나. 나는 빗속에 숨어 있을 달을 보려고 베란다 밖으로 한껏 고개를 내밀었다. 아파트 사이로 추석 전야의 바람이 비릿하게 불어오고 있었다.

79년의 아이

가을바람이 소소하게 불어온다. 얇은 스웨터 안으로 선득선득한 한기가 스며든다. 나는 아파트 입구에서 아이를 기다린다. 승합차 한대가 멈춘다. 아이가 차에서 내린다. 가느다란 다리가 땅에 착지하는 모습이 한마리 작은 새 같다.
"엄마."
언제 들어도 가슴 울컥해지는 엄마, 소리다. 엄마. 한번을 들어도, 백번을 들어도 가슴 한쪽이 서늘해지는 엄마,라는 말. 야간자율학습을 끝내고 나면 집으로 오는 버스가 끊긴다. 저를 데리러 오는 차가 없는 아이가 늦은밤의 귀가를 위해 생각해낸 고육지책이 바로 독서실에 다니는 것이었다. 소위 '야자'가 끝나면 아이는 독서실에 간다. 그래서 이렇게 늦은 시간에 아이는 독서실 차를 타고 집에 오는 것이다. 다른 아이들처럼 학원에 다녀본 적이 없는 아이다. 어디 한군데라도 다녀보라고 해도 아이는 공부는 스스로 하고 싶다고 했다.
"학원이 저하고는 안 맞는 것 같더라구요."
한번도 다녀보지 않은 학원이 어떻게 저하고 안 맞는다는 것은 알까. 그러나 나는 안다. 아이는 저한테 들어가는 돈을 최소화함으로써 엄마인 내 마음을 조금이라도 편하게 해주고 싶어서 그런다는 것을. 아이가 그렇게 말할 때 나는 아팠다. 아파도 나 혼자 아프다는 사실 앞에서 나는 비져나오는 울음을 꼭꼭 눌러삼켰고 그 마음속 울음에 단련되었다. 나는 이를 악물었고 그렇게 한번씩 이를 악물 때마다 뱃속 저 밑바닥쯤에서 가늠할 수 없는 두께의 뱃심이 생겨나는 것을 느꼈다. 아이도 그렇다는 것을 나는 안다. 나는 그렇다 쳐도 아이가 무슨 죄가 있어 속울음을 울어야 하는가, 싶어 가슴이 먹먹해진다.
남편은 오늘도 늦는다. 그의 늦은 귀가의 사유를 물은 적이 있다. 일이 많아서이기도 할 것이다. 그러나 그는 말했다.
"너희들 먹여살리려고 그런다."
그 너희 중에는 그와의 사이에 낳은 아들뿐만 아니라, 내가 데리고 온 딸도 포함되어 있다는 것을, 그래서 그가 다분히 의도적으로 너희들이라고 했을 수도 있다는 것을, 그러나, 나는 다만 짐작만 할 뿐이다.

아침에 식구들이 나가고 설거지를 끝내고 나는 쌀통 안에 숨겨뒀던 소주를 꺼낸다. 아무 감정 없이 아침드라마를 보면서 나는 소주를 마신다. 아침햇살이 부드럽게 거실 안으로 스미는 그 시간에 소주는 내 가슴 안으로 스미는 것이다. 알코올의 기운이 핏줄을 타고 서서히 퍼져나갈 때 나는 중얼거린다. 그래, 다 용서하자. 다 용서할 테니, 너희도 나를 용서해다오. 그런데 텔레비전에서 펼쳐지는 드라마는 두 여자가 용서라고는 없이 싸우고 있다. 내 남편의 아이이니 내가 데려가겠다. 그게 무슨 말이냐, 그 아이는 당신 남편의 아이이기도 하지만 내 아이이기도 하다. 아내 있는 남자를 꼬셔놓고 처녀가 애를 낳았는데도 부끄러운 줄 모르는 계집애구나. 내가 왜 부끄러워해야 하느냐, 그 남자는 당신 남편이기도 하지만 내 사랑이기도 하다. 짝. 본처가 남편의 연인을 후려갈기는 것으로 대미를 장식한다. 두 여자에게 남편이요, 연인이기도 한 남자는 끝내 나타나지 않았다.

첫남편은 내게 말했다.

"너를 용서할 수 없어."

'부끄러운 고아수출국'이라는 제목의 신문기사를 읽고 있던 첫남편이 말했다. 야, 육이오도 아닌데 진짜 너무했다, 해외입양아가 아직도 이렇게 많다니, 우리나라 반성해야 돼. 나는 반사적으로 대꾸했다. 미혼모를 보호해주지 않으니깐. 남편이 갑자기 언성을 높였다. 야, 그런 막돼먹은 여자를 누가 보호하냐. 미혼모는 막돼먹었어? 나도 지지 않고 핏대를 올렸다. 그럼 막돼먹었으니 시집도 안 간 처녀가 애를 낳지. 그럼 장가도 안 간 총각이 시집도 안 간 처녀한테 애를 배게 했으니 미혼부도 막돼먹은 거네? 하기야 1979년도의 나 그 남자아이는 막돼먹기는 했었다. 그 아이가 모는 고물오토바이를 타고 번잡한 시장통을 가로지르면 시장상인들이 막돼먹은 것들이라고 삿대질을 했다. 말이 오토바이지, 괴상한 소리가 나고 생긴 것도 이상하고 녹이 있는 대로 슬어서 무슨 철제조립품 같았다. 그 남자아이는 휴일이면 그것을 타고 와서 내가 일하는 공장 문앞에서 나를 기다렸다. 휴일에 내 유일한 기쁨은 그 아이의 그 희한하게 생긴 오토바이를 타고 강변

길을 달리는 것이었다. 사람에게는 생의 어느 한때 자신이 완전 부정하고 싶은 모습으로 사는 시절이 한번쯤은 있게 마련이라면 바로 그 녹이 탱탱 슨 고물오토바이를 타고 강변길을 달리던 때가 바로 내게는 그런 시절이 아니었을까. 사람에게는 선량한 시절만 존재하는 게 아니지 않을까. 불량한 시절은 누구에게나 있지 않을까. 그도, 틀림없이 그런 시절 한자락쯤 생의 어느 한 페이지에 접혀 있을지도 모를 첫 남편이 눈에 쌍심지를 켜고 나를 노려보았다. 야, 남자는 그럴 수 있지. 남편의 목소리가 떨려나오고 있다는 것을 나는 알아챘다. 그는 무언가를 겁내고 있음이 분명했다. 그리고 나는 그가 겁내는 그 무언가가 무엇인지 알았다. 자기가 겁내고 있음을 감추기 위해서인 듯 남편이 예의 끝이 갈라진 목소리로 덧붙였다. 임신하는 거는 여자니까 지 몸 지가 알아서 해야지 그걸 남자한테 바라냐? 여세를 몰아 남편이 숨도 쉬지 않고 빠르고 낮게 부르짖었다.

"너 미혼모였지?"

나는 고개를 돌렸다. 그가 언성을 높인 건 일종의 연기였다. 바로 묻기가 뭣하여 뜸을 들였던 것이다. 예감이었을 수도, 직감이었을 수도, 느낌이거나, 추측이었을 수도 있다. 남편이 무서웠다기보다, 모멸감과 환멸감 때문에 서툰 연기는 그만 관람하고 싶다고 내가 말하려는 찰나에 그가 본론을 꺼내준 건 다행이었다. 그 또한 연기를 해야만 하는 상황이 고통스러웠을 것이다. 연기를 멈춘 남편의 목소리는 놀랍도록 차분했다. 차분해진 그 앞에서 나 또한 어깨힘을 빼고 나의 진실을 확인시켜줘야 할 때가 왔다고 느꼈다. 나는 조용히 고개를 끄덕였다. 애는? 낳은 날 바로 버렸어. 그가 으르렁거리듯이 입술을 비틀어서 비통하게 외쳤다. 너를 용서할 수 없어.

나는 처음에 내가 아이를 버린 것을 용서할 수 없다고 한 줄 알았다. 그래서 나는 얼른 말했다.

"그때는 내가 너무 어렸어. 용서해줘."

"야, 그런 일을 내가 어떻게 용서하냐? 넌 날 속인 거잖아."

남편은 내가 애를 낳자마자 어디론가 입양시킨 것을 용서할 수 없는 것이 아니라 결혼 전에 애 낳은 일을 용서하지 못했다. 내가 그에게 애를 낳은 적이 있고 그 아이를 입양시킬 수밖에 없었노라는 말을 하지 않은 것이 남편을 속인 것이 되었다. 나는 그가 내 남편이므로, 우리가 서로 사랑하는 사이므로, 우린 사랑하는 가족이므로 다른 사람들은 나를 비난해도 그만은 나를 위로해주기 바랐다. 그러나 그는 내가 그를 만나기 전에 애를 낳은 것과 애 낳은 것을 말하지 않은 것 때문에 괴로워서 못 살겠다고 했다.

그와의 결혼에서 내가 챙긴 건 딸아이 하나뿐이다. 그래도 그게 어딘가. 79년의 그 아이는 단지 내가 결혼하지 않고 낳았다는 이유만으로 나와 헤어졌다. 결혼은 그래서 참 좋은 것이었다. 여차하여 남자와 헤어지더라도 애는 챙길 수 있으니. 결혼하지 않은 여자가 애를 키우는 것은 죄악이지만 이혼녀가 애 키우는 건 미덕이므로. 결혼하지 않은 남자가 애를 키우는 건 희귀한 예라 훌륭한 일이 되지만 결혼하지 않은 여자가 애를 키우는 건 왜 죄악이 되는가. 나는 왜 그런가를 알기도 전에, 알려고 하지도 않고, 그렇다는 사실조차도 인지하지 못한 채로, 당연한 것처럼, 아니 당연히 79년의 아이를 버렸다. 아이를 키우면 죄인이고 아이를 버리면 '정상인'이었다. 딸과 단둘이 살던 어느 적막한 날에 딸이 엄마는 왜 이혼했느냐고 물었다.

"내가 죄인이니까."

"엄마가 무슨 죄졌어?"
"애 낳은 죄."
"애 낳는 게 죄야?"
"결혼하지 않고 애 낳는 게 죄야."
"애는 결혼해서만 낳아야 해?"
"그렇대."
"엄만 결혼하지 않고 애 낳어?"
"응."
"그앤 어딨어?"
"몰라."
"그애 있으면 좋겠다."
"그앤 그애가 아니라 니 오빠야."
"엄마, 또 오빠 한명 낳아주세요."

적막한 속에서 아직 어린 딸이 간절한 눈빛으로 나를 빤히 바라보았다.

나는 그애가 아들이란 사실만은 안다. 간호사가 와서 슬쩍 일러주었다. 무슨 특별한 배려라도 되는 것처럼. 아들이었어요. '아들이' 아니고 '아들이었'다고.

아침햇살이 베란다 가득 부챗살처럼 퍼진다. 습관처럼 쌀통에 손을 넣었으나 술병이 잡히지 않는다. 지난번 다 마시고 아직 채워넣지 않은 모양이다. 나는 술 대신 담배를 찾는다. 베란다에 나가 남편이 피우다 구겨놓은 꽁초통을 뒤진다. 남편 있는 데서는 여느 마누라쟁이들처럼 나 또한 담배를 피우지 않고 담배와 무슨 철천지원수나 진 것처럼 담배 피우는 남편에게 잔소리를 한다. 그러다가 남편이 없으면 이렇게 나 또한 담배에 손을 대는 것이다. 남편더러 말로는 담배를 끊으라 하지만 맘속으로는 남편이 담배 끊으면 어쩌나 싶어진다. 남편은 건강을 끔찍이도 생각해 중간까지만 피우고 담배를 끄곤 했는데 요즘은 필터 있는 데까지 완전 연소를 시킨다. '우리들 먹여살리느라' 고생이 많다는 증좌인가. 아니면 혹 다른 고민이 있는가. 아무리 뒤져도 내가 피울 만한 꽁초는 나오지 않는다. 에라이 썅, 나는 가족들 앞에서는 평소에 하지도 않는 욕설을 아무렇게나 씨부렁거려본다. 거실에서는 「그 사람이 보고 싶다」라는 아침프로가 방송되고 있다. 나는 그 시간만 되면 텔레비전을 틀어놓고 베란다를 서성거린다. 보는 것도 아니고 안 보는 것도 아니다. 하지만 나는 본다. 오늘은 해외 입양인이 한명 나왔다. 청년은 네덜란드에서 왔다. 네덜란드 암스테르담.

"저는 어머니를 찾기 위해 왔습니다. 어머니 이름은 박소정입니다. 어머니는 1960년생이고 나는 스물일곱입니다. 나는 한살 때 네덜란드로 입양이 됐습니다."

청년의 사연을 통역이 전해준다. 나는 베란다를 서성이면서 뒷짐을 지고 노래를 부른다. 마치 나는 아무것도 듣지 못했다고 자신에게 최면을 거는 것처럼. 그러나 최면은 걸어지지 않는다. 내 눈에서는 벌써부터 눈물이 줄줄이 흘러내리고 있었기 때문이다. 매번 그렇다. 애초에 사람 찾는 프로를 보지 말았어야 했다. 그러나 내게 아무에게도 말할 수 없는 은밀하고도 막연한 기대감이 있는 것은 분명했다. 그리고 그 기대감은 공포감과 함께 내 속에서 소용돌이쳤다. 기대감과 공포감과 그리고 내가 박소정이 아닌 데서 오는 안도감과 저 청년이 내가 낳은 아이가 아니라는 데서 오는 허탈감. 그런 것들이 범벅되어 나오는 것은 다만, 눈물이다. 내가 남쪽 도시 후미진 골목 안 낙태전문 산부인과에서 불결한 가운을 입은 의사의 능멸기 다분한 타박을 들으며, 심지어는 이따금 누군지 모를 사람이 침을 뱉듯이 내뱉는 야유 섞인 욕설도 귓가로 들으며, 극심한 진통으로 의식이 희미해갈 때쯤 의도적인 것이 분명한 간호사의 손때 매서운 따귀를 맞으며 애를 낳고 있을 때 박소정도 그랬을까. 누구의 보호도 받지 못한 채, 누구의 인정도 받지 못한 채 욕설 같은 임신을 하여 누구의 보호도, 누구의 인정도 받지 못할 아이를 낳느라, 그녀도 나만큼이나 아팠을 것이다. 박소정은 79년 언제 애를 낳았는지 모르겠다. 나처럼 바로 그날, 애를 낳았다면 박소정도 알 것이다. 그날, 대통령이 죽었는데 겨우 애비없는 애나 낳는 요런 가시내들 땜에 집에도 못 간다고, 문밖에서 아무렇게나 떠들어대던 사람들에게 그날 '애비 없는 애 낳는' 여자들은 구박깨나 당해야 했다는 것을. 애비 없는 애 낳는 것이 미안하고 죄스러워 나는 대통령이 죽었다는데 제대로 울지도 못했다.

박소정은 지금 어디서 무얼 하고 있을까. 이십칠년 만에 제 아들이, 79년도의 그 남자를 쏙 빼닮은 아들이 나타났는데. 때맞춰 초인종 소리가 난다. 박소정인가? 박소정이 또다른 박소정을 위로하러 이 아침에 내 집에 왔는가? 제 아들이 나타났다고 좋아서 그 사실을 알려주려고 왔는가, 아니면 이십칠년 만에 얼굴도 처음 보는 아들이 나타난 것이 무서워 낯모르는 우리집으로 도망쳐왔는가?

"언니이, 나야아."

초인종을 울린 사람은 박소정이 아니라 고혜선이다. 요즘 두번째 임신을 하여 신이 나 있는 옆집 여자 고혜선. 고혜선은 내 학교 후배이기도 하다. 이웃이 되어 서로 인사하다가 말투가 비슷하여 고향을 묻다가 결국 학교 이야기까지 나오고 나와 그녀가 같은 학교를 나온 사실을 알게 된 후로 그녀는 내게 턱하니 반말을 쓴다. 그녀가 내게 친밀함을 보일수록 나는 불안해진다는 사실을 그러나 그녀는 모를 것이다. 나는 정해진 수순으로 아이를 낳은 당일로 아이를 포기했다. 내가 임신한 사실을 안 즉시 나를 포기한 아이아빠만큼이나 신속하게. 내 주변의 모든 사람들이 그렇게 말했다. 어차피 키우지 못할 아이, 얼굴 보면 더 힘들다고. 얼굴 보면 안아보고 싶고 안으면 키우고 싶은데, 그럴 수는 없는 것 아니냐고. 내 부모는 병원에도 오지 않았고 고모가, 친구가, 병원사람들이 그랬다. 나는 그때 그 사람들 말이 정답인 줄로만 알았다. 그리고, 아이는 지금 어디에 있는가.

"잠깐 기다려."

나는 급히 세수를 한 다음 문을 연다. 혜선은 늘 그렇듯이 얄밉게도 건강한 얼굴을 들이밀며 생글거린다. 혜선은 딸 둘 딸린 남자와 결혼하여 아들을 하나 낳고 지금 또 임신중이다. 그러니까 우리집과는 반대다. 그 집은 처녀가 우리집은 총각이 각각 그렇게 했으므로. 혜선의 얼굴은 윤기가 자르르 흐른다. 큰 눈에 유달리 붉은 입술을 가진 그녀의 '윤기'가 얄밉다고 느껴지는 건 내 푸석함 때문일 것이다.

"언니, 뭐 맛있는 것 좀 없어?"

혜선은 시쳇말로 확실히 '싸가지'가 좀 없다. 그녀는 나와 십년 차이가 난다. 나는 그 세대의 인사법이 우리 때완 다른 모양이라고 치부하려 애쓴다. 그래야만 뜨악한 기분을 누그러뜨릴 수 있으므로.

"왜, 아침 안 먹었어?"

"아침에 일어나보니까 자기들끼리 뭘 해먹고 나갔는데 나는 맛없어 못 먹겠더라구."

자기들끼리라 함은 남편과 남편의 딸들일 것이다.

"니가 안해?"

"아휴, 임신한 사람이 뭘 해?"

"애는?"

애는 혜선이 낳은 아들을 말함이다.

"시어머니가 데리고 갔어. 자기 집 장손이라고 얼마나 끔찍이 위하는지 애가 나보다 지 할머니를 더 좋아해."

혜선의 붉은 입술 양끝에 야릇한 미소가 번들거린다. 저 번들거리는 웃음은 딸이 둘이 아니라, '둘씩이나' 딸린 남자한테 시집온 처녀의 양양함인가?

"밥 주까?"

"무슨 반찬이야?"

"우리도 별거 없어. 그냥 김칫국이야."

"줘."

나는 몇가지 밑반찬에 데운 국을 차려준다. 혜선은 맛있게 먹는다. 나도 임신했을 때마다 내가 차린 밥보다 남이 차려준 밥이, 우리집 밥보다 남의 집 밥이 더 맛있었다. 79년의 그 아이 때도, 89년의 딸 때도, 99년의 아들 때도. 별것도 아닌 찬인데도 혜선은 후지럭후지럭 열심히 밥을 먹는다. 애 가진 여자가 밥 먹는 모습은 짠하다. 새끼 밴 어미가 먹는 것을 저 뱃속의 또 한 생명이 기다리고 있다. 애 가진 여자들한테는 뭐든지, 누구든지 먹을 것을 퍼주어야 한다. 그것이 생명에 대한 도리다. 그러나 내게는 누구도 밥을 주지 않았다. 나는 세 번의 출산을 하는 동안 두 번을 내 손으로 끓인 미역국을 먹었다. 79년에는 자취방에서, 89년에는 산동네 단칸방에서. 그리고 99년의 출산

때 나는 처음으로 병원에서 끓여준 미역국을 먹었고 곧바로 집으로 와서는 내 손으로 끓인 미역국을 먹었다. 친정이나 시댁이나 애 딸린 여자인 나를 부끄러워했고 남편은 자기에게는 첫아이인데도 내가 데려온 딸 때문에 첫아이를 안는 기쁨이 반감되는 것이 짜증난다고 돌섞인 미역국을 한번 끓여주고는 말았다. 제 동생이 태어난 날 딸은 죄인이 되었다. 요리경험이 전무한 남편이 끓인 미역국은 산모가 아니어도 먹기에는 좀 곤란한 그냥 흉내만 낸 국이었으므로 나는 남편 몰래 남편이 끓인 국을 한번만 먹고 버렸다. 새 국을 끓이기 위해 미역 가닥을 찬물에 집어넣는데 손발이 후들후들 떨렸다.

열심히 밥을 먹던 혜선이 문득 식탁에 숟가락을 탁 소리가 나게 놓으며 입술을 옹그려문다. 옹그려문 동그란 입술이 말한다.

"나는 알아."

나는 긴장한다. 그래서 기다린다.

"우리 남편 말이야."

긴장감이 풀린다. 그래서 묻는다.

"니 남편이?"

"응, 그 남자가 나랑 결혼 왜 했는지 알아."

"니가 좋아서 했겠지."

"좋아서가 아니고 편해서, 부려먹기 좋을 것 같아서 했어."

"부려먹히지도 않잖아."

"그래서 남편이 지금 화가 잔뜩 나 있어."

"그러게 아무리 힘들어도 아침에 일어나서 딸들 밥도 좀 챙기고 그래. 못해도 시늉이라도. 그러면 남편이 얼마나 고마워하겠니."

"내가 왜? 딸들은 내 딸들 아니고 남편 딸인데. 난 걔들이 미워죽겠어. 언니, 생각해봐. 내가 사랑하는 남편이, 옛날에 지금 나랑 하는 것과 똑같이, 아니다, 그때는 지금보다 젊었으니 더 좋았을 수도 있어. 젊은 만큼 더 순수하게 사랑했을 거 아냐. 으휴, 내가 그 생각만 하면 미쳐버릴 것 같아. 남편은 말해, 그 여자완 우발적인 거였다고. 근데 그 말도 웃긴 게, 어떻게 우발적인 게 두 번이나 일어나? 아니, 애가 둘이면 그 사이엔 또 얼마나 많은 우발을 범했겠냐구우…… 아, 짜증나 증말. 짜증나는 것만 빼면 나는 지금 행복 만땅꼬야. 세상에 남편이 뭐라는 줄 알아? 내가 자기 옆에 자고 있는 것만 봐도 눈물이 날려고 한대. 그동안 너무 외로워가지고."

밥 한그릇을 뚝딱 해치우고 나서 한결 생기가 도는 얼굴로 머리를 쓸어올리는 혜선에게서 행복한 임신을 한 임산부만의 요염한 자태를 본다.

"언니도 임신했을 때 좋았어?"

나는 모른 척 설거지만 한다. 혜선이 깔깔거린다.

"맞다. 언니 처지가 꼭 우리 남편 처지였겠구나아."

대단히 중대한 사실이라도 발견한 듯 혜선은 고개까지 주억거린다.

"그런 것 같다."

"근데, 조금 달라. 우리 남편은 남자고 언닌 여자잖아. 애 딸린 남자보다 애 딸린 여자가 훨씬 불리하지. 그러니까 여잔 대접받고 살려면 처녀……"

혜선이 실수를 하고 있는 게 아니라 폭력을 쓰고 있다는 것을 그러나 혜선 본인은 모른다. 그녀가 자신이 지금 폭력을 쓰고 있다는 것을 모른다는 사실을 그러나 나는 굳이 일깨우려 하지 않는다. 내가 그럴 수 있는 것은 확실히 두둑해진 뱃심 덕분이다. 내가 그녀에게 모질게

굴 수 있는 것도.

"담에는 할말 있을 때만 와, 알았지? 이제 그만 나가줘."

서울 외곽 어디쯤, 적막감이 감도는 고아원 뜰에 청년이 나타났다. 청년 또래의 여자가 청년의 손을 꼭 잡고 있다. 둘 다 겉모습은 한국 사람들이다. 텔레비전 하단에 '○○보육원'이라는 자막이 뜬다. 청년과 여자가 오래된 건물 안으로 들어간다. 창고다. 낡은 유모차, 보행기, 장난감 등속이 잔뜩 쌓여 있다. 청년이 말한다. 청년의 말이 자막으로 뜬다.

"이 보행기는 어쩌면 내가 탄 것일 수도 있어."

여자의 눈에 눈물이 고인다. 청년이 그 눈에 얼른 키스한다. 둘은 사무실로 들어간다. 직원이 그야말로 사무적으로 묻는다.

"무슨 일로 오셨습니까?"

"나에 대한 기록을 보러 왔습니다."

화면에는 보이지 않는 사람이 통역한다.

"저에 관한 서류를 볼 수 있을까요?"

직원은 영어로 말한다.

"보여드릴 수 없습니다."

"왜죠?"

"보육원 규칙입니다."

"저에 관한 문서입니다."

"당신에 관한 문서이기도 하지만 당신 어머니에 관한 문서이기도 합니다."

"제가 안 태어났으면 그 문서도 세상에 없는 거잖아요. 그러니 그 문서는 제 것입니다."

"당신 말도 맞지만, 당신이 당신에 대해 알고 싶은 것만큼이나 저희는 당신 어머니도 보호해야 합니다."

"나는 나를 알고 싶을 뿐입니다. 나를 낳아준 내 어머니의 사생활을 침해하려고 온 것이 아닙니다."

직원은 오래 망설였다. 그사이 두 젊은이는 분노와 슬픔으로 금방이라도 터져버릴 것 같다고 자기들 말로 말했다.

"가슴이 터져버릴 것 같아."

"난 머리야."

직원과 둘은 다시 협상에 들어갔다.

"그럼 이렇게 합시다. 당신 어머니의 이름과 생일 중에 한가지만 선택하십시오."

청년이 연인의 얼굴을 바라보았다. 청년의 연인이 청년의 뺨을 따뜻하게 어루만졌다. 용기를 얻은 듯 청년이 드디어 말했다.

"당신들이 당신들 스스로 쳐놓은 억압감의 그물에서 벗어날 때까지 기다리겠습니다."

통역을 통해 청년의 말을 전달받은 직원이 날카롭게 외친다.

"어디서 누구를 가르치려 들어요? 누가 누구를 억압했다고?"

장면은 바뀌어 둘은 보육원 놀이터 그네에 각각 한뼘쯤 떨어져 앉아 있다. 파란 하늘 아래 시들어가는 과꽃 몇송이가 하늘거린다. 청년이 그네에 몸을 실은 채 고개를 양 다리 사이에 푹 파묻고 있다. 청년의 어깨가 들썩인다. 뭉툭한 코에 가는 눈을 가진 그의 연인이 청년에게 다가간다. 청년의 머리가 연인의 품속에 안긴다. 둘은 오래 그렇게 흔들리면서 운다. 과꽃이 바람에 흔들리듯 그렇게.

대로변. '광화문'이라는 자막이 뜬다.
"엄마가 지금 여기에 살아."
과정을 보여주지 않아 어떤 경로를 통했는지는 모르겠지만 청년은 드디어 생모에 대한 정보를 알아낸 모양이다. 하늘은 잔뜩 찌푸려 있다. 버스와 택시와 택배오토바이의 소음으로 가득한 대로변에 주질러 앉은 두 사람.
"나를 낳은 사람이 지금 나와 똑같은 하늘 아래 살고 있다는 게 믿기지가 않아. 이쪽일까? 저긴가?"
청년은 바라보이는 아무 곳이나 가리켜본다. 청년의 손끝을 따라 화면이 흔들린다. 둘은 한참 동안 그렇게 매연과 소음의 한가운데 주질러앉아 한국을, 서울을 주시한다. 청년이 가슴을 주먹으로 치는 시늉을 한다.
"한국은 정말 답답해. 억압감에 잔뜩 휩싸여 있어. 그뿐인 줄 아니? 수치심으로 똘똘 뭉쳐 있는 것 같아. 나는 한국이 너무 싫어졌어. 그녀를 찾고 싶은 마음도 사라졌어. 나를 낳은 내 엄마 말이야."
두 사람이 앉아 있는 곳에서 맞은편 광장에 확성기를 든 사람들이 데모를 하고 있다. 깃발을 앞세우고 조끼를 입고 머리끈을 질끈 동여맨 사람들은 손을 절도있게 뻗으며 외치고 있다.
자막에 '한미 FTA 반대집회'라고 뜬다.
"나는 한국이 싫지만 한국을 싫어할 수가 없어."
여자가 청년의 뺨을 어루만진다. 너의 그 말을 존중해,라고 하는 듯.
"내가 한국을 떠나던 해에도 한국은 극도의 정치적 혼란기였어."
"내가 한국을 떠나던 해의 한국이 궁금해서 한국의 남쪽 도시 광주에서 사람들이 죽고 다치고 하는 비디오를 봤어. 우린 그런 한국을 뒤로하고 다른 나라로 떠났지."

"지금도 그 비디오를 보면, 마음이 이상해."

"맞아, 한없이 슬퍼져. 한없이 슬퍼서 한국을 미워할 수가 없어. 우리나라 네덜란드를 사랑하지만, 이런 느낌은 아니야."

점점 불어나는 시위대의 함성에 두 사람의 대화가 묻힌다.

청년이 전화를 건다. 네덜란드의 양부다.

"아버지, 생모를 찾지 못했어요."

"너무 실망하지 마라. 곧 행운이 있을 거야."

"기쁜 소식을 전해드리지 못해서 미안해요."

"우린 너의 행복만을 바랄 뿐이다."

"고마워요, 아버지."

"그래, 사랑한다."

암스테르담의 청년의 집. 집 안에서 분주하게 움직이고 있는 청년에게 전화가 온다. 한국에서 온 전화다. 청년의 얼굴이 순식간에 활짝 펴진다. 그러다 점점점 오므라든다.

"네, 고맙습니다. 네, 알겠습니다. 그러나 난 그녀를 미워하지 않습니다. 나는 한국과 그녀를 이해하기로 했습니다. 나는 편안합니다."

청년이 그를 카메라에 담고 있는 사람에게 말한다.

"나의 어머니가 만나고 싶어하지 않는다는 소식입니다."

"실망했나요?"

"조금요. 그러나 나는 나를 만나고 싶어하지 않는 그녀의 의사를 존중해야 합니다."

암스테르담 시내를 흐르는 강가. 그림엽서에서 본 것 같은 풍경 한가운데 두 연인이 어깨를 감싸고 앉아 있다. 평화로운 일상의 향기가 화면 밖으로 금방이라도 묻어나올 것만 같다. 두 사람이 강바람을 맞으며 하염없이 뭔가를 속삭인다. 아마 사랑일 것이다. 두 사람의 사랑이 화면 가득 화초처럼 피어나는 중이다. 나는 텔레비전에서 피어나는 두 '한국 입양아들의 사랑' 앞에서 시린 가슴을 어쩌지 못하고 질끈 눈을 감는다.

"야, 그놈의 텔레비전만 보지 말고 책도 좀 봐라."

언제 들어온지도 모르게 불쑥 들어선 남편이 신발을 벗으며 핀잔을 준다. 나는 흠칫 놀라 후다닥 텔레비전을 끈다. 남편은 오늘도 우리를 먹여살리느라 지쳐 있다. 딸아이가 올 시간이다. 나는 스웨터를 껴입고 문을 나선다.

"신랑 올 때는 쳐다도 안 보더니 새끼는 마중까지 가냐?"

남편이 잠들어 있는 아들 방으로 들어가며 투덜거린다. 나는 못 들은 척 서둘러 문을 닫는다. 깊은 가을밤이다. 깊은 가을밤의 저쪽에서 아이가 엄마아를 부르며 성큼 길을 건너온다. 길을 건너오는 89년의 아이 너머 어둠속에서 79년의 아이가 나를 바라본다. 아이가 말한다. 당신은 아직도 수치심으로 똘똘 뭉쳐 있군요. 수치심으로 수치심으로……

"엄마, 뭐 해요?"

"너 기다리고 있지."

나는 아이 손을 잡고 걷는다. 아이는 언제나처럼 내 팔에 찰싹 붙어서 참새처럼 조잘거린다.

"엄마, 오늘 학교에서 뭐 했는지 알아요? 내 참 웃겨서. 순결교육. 심지어, 순결서약서까지 썼다니까. 근데, 지금이 이십일세기 아냐. 이십일세기에 이게 무슨 야만이냐구우. 근데 애들이 더 재수없어. 아주 눈을 착 내리깔고 나는 결혼할 때까지 순결을 지킬 것을 맹세합니다. 국기에 대한 맹세가 그보다 낫겠다."

"순결 잃으면 여자들은 죄인 되니까."

"엄마아!"

아이가 꽥 소리를 지른다.

"뭐? 순결? 정말 웃겨. 그딴 거 땜에 괜한 여자들이 죄인 된다는 거 몰라? 나빠, 진짜. 아, 짱나."

아이가 성큼 앞질러 달려가버린다. 가로등 불빛 아래로 달려가는 아이를 나는 어둠속에서 가만히 지켜본다.

혜선이 자주 방문하는 바람에 내 아침의 음주습관도 어느날부턴가 중단되었다. 이즈음 들어 부쩍 몸이 안 좋아졌는데 차라리 잘된 일이다. 혜선은 오늘 두 가지 소식을 가지고 내 집을 양양하게 방문했다. 부른 배를 가지고도 나보다 더 정보수집을 잘한다. 내가 할말 없으면 오지 말라고 조금 모질게 굴었던 게 주효하게 작용한 듯하다.

"언니도 봤지?"

나는 표정으로 뭐냐고 묻는다.

"공지사항 게시판 말이야. 우리 아파트 옆 성당에서 납골당 짓는데 데모해야 한다는 거. 한 집당 한 사람씩 나가야 한다는데."

"납골당이 어때서?"

"언니, 어디 가서 그런 말 하면 큰일나. 여기서 쫓겨나. 납골당이란 데가 말하자면 현대판 공동묘지인데, 언닌 그게 좋냐?"

"난 어렸을 때 공동묘지 바로 옆에서 살았는데, 아무렇지도 않았어. 공동묘지가 우리 아이들 놀이터가 되고 어른들 휴식처가 되기도 했는걸."

"하여간 놀이터니, 휴식처 소리 어디 가서 하지 말고 내일 나가. 안 나가면 벌금 문대."

"벌금을 물고 말지. 난 안 나간다."

"또 한가지 소식. 앞동 육층에서 엊그제 대판 싸우는 소리 언니도 들었지?"

나는 듣지 못했다. 하여간 나는 어서 할말을 하라고 눈빛으로 말한다.

"그 사람들이 왜 싸웠는지 알아. 하여간 언니 집도 그렇고 우리집도 그렇고 요새는 왜 이렇게 재혼가정이 많냐? 그 집도 재혼가정인데 애들 문제로 부부가 그렇게 사생결단으로 쌈박질을 했다네. 우리야, 모두 이씨 성이지만 그 집은 애들 성이 두 패로 갈라졌나봐 언니네처럼. 애들 싸움이 결국 어른싸움 된 거지. 아이고 그놈의 핏줄이 뭔지. 그 집에 조씨 성 가지고 엄마 따라 굴러온 돌들이 박씨 성 가지고 박혀 있던 돌들한테 뭐라고 했나보지? 박씨 성들이 가만있나. 냅다 그냥 우두둑 쥐어뜯고 난리가 난 거지. 그러니까 역시 여자들은 재혼을 해도 애는 남자한테 주고 하는 게 백번 현명한 거야. 그야 나처럼 처녀면 더 좋고. 안 그래? 오, 미안, 언니. 내가 또 실수했나봐. 그래도 언니 집은 행복한 거야. 어떤 집은."

"어떤 집은?"

"아냐, 언니."

"나도 한가지 소식 정도는 알려줄 수 있는데."

"해봐."

"뒷동 칠백오호 얘기야. 얼마 전 애를 입양했단다."

"어머, 애를 못 낳나봐?"

"아니, 자기 애들은 셋이나 돼. 다 컸어."

"애가 무슨 애완견이야? 자기 애들 다 키워놓고 남의 애 입양하게?"

"그게 아니고 장애아를 입양했어."

"근데 그 사람들 정말 큰 실수 했다. 애 입양한 사실을 언니가 알 정도면 온 동네 사람들이 다 알 텐데. 내가 아는 사람도 애를 입양했어. 물론 그 집은 결혼한 지 십년 넘도록 애가 없었지. 그 집 애 입양한 사실은 나만 알고 아무도 몰라."

"이젠 나도 알잖아. 니가 말해서."

"그건 그렇네, 호호호."

혜선이 웃자 복부가 출렁거린다. 아이가 뛰노는 모양이다. 산모가 간지럽다고 진저리를 친다. 행복은 혜선에게 지금 그녀가 자주 하는 말로 '만땅꼬'다. 혜선이 자꾸 끼어드는 통에 무슨 말을 하려 했는지 잊어버렸다. 요새는 그렇다. 금방 한 말도 잊어버린다. 그러니까 내가 혜선에게 하고 싶었던 말은, 나도, 내가 더 많이 더 자주 뭔가를 잊어버리는 나이가 되기 전에 705호처럼 아이를 입양하겠다는 말이었다. 그러나 혜선은 입양 얘기는 골치아프다며 진저리를 쳤다.

"거기다 장애아라구? 아휴, 쌩쌩한 내 자식도 지겨운데 남의 자식에 장애아라구? 남의 집 일이지만 상상만 해도 골치아파, 그딴 얘기 하지 마 언니."

나는 혜선에게 하지 못한 입양 얘기를 남편에게 하고 싶었다. 막내를 재워놓고 텔레비전 대신 책을 보며 남편을 기다렸다. 여느 때와 마찬가지로 늦은 귀가를 한 남편은 술에 몹시 취해 있었다. 나는 남편의 양말을 벗기며 말했다.

"여보, 칠백오호 말이에요."

"오늘 지수가 칠백으로 마감했다는 걸 당신이 어떻게 알지?"

"아, 그랬구나. 칠백오호가 말이야, 입양을 했어."

"누가 입영했다구?"

"뒷동 칠백오호."

"그 집에 아들 있었어? 남자는 군대가야 해. 암, 아, 우리의 젊음을 위하여 잔을 들어라. 입영 전야, 좋을 때다 자식들."

내가 윗도리를 벗기고 와이셔츠 단추를 끄를 때쯤 남편은 완전히 잠이 들어버렸다. 남편을 버려둔 채 나는 딸아이를 맞으러 대문을 나섰다. 99년의 아이를 재워두고 89년의 아이를 맞으러 나가서 79년의 아이를 만나기 위하여. 그날 밤도 바람은 찼다.

지독한 우정

어머니는 틀림없이 또 내 물건을 버렸을 것이다. 어려서부터 내가 모아온 것들, 중학교, 고등학교 때의 교복, 교과서, 가방, 편지, 그때 그때 유행하는 가수들의 사진들, 하다못해 차표들까지 나는 무엇이든 버리지를 못했다. 내 버리지 못하는 습관은 어쩌면 어머니 때문에 생긴 것일 수도 있다. 늘 버리기만 하는 어머니에 대한 일종의 거부반응, 반항, 또 생활이 바뀌는 데서 오는 불안감의 호소. 내 버리지 못하는 습관이 간절히 말하고 있는 것들일 게다. 그러나 어머니는 한번도 내가 습관으로, 그러니까 몸으로 말하고 있는 것들에 귀기울여보려고 하지 않았던 것 같다. 왜냐하면 그 소리들에 귀기울이다보면 어머니 자신이 더 아플 것이기에. 나는 그렇게 믿고 있다.

내일은 그와 강릉엘 가기로 했다. 강릉에 가서 허난설헌 생가랑 오죽헌이랑 경포대랑 그리고 주문진엘 갈 것이다. 큼직한 자루를 가져가서 주문진 그 푸른 바닷가에 널려 있던 비리고 짜고 쓰고도 달콤한 미역을 가득 담아올 것이다. 미역은 물기가 많아 아무리 자루를 단단히 묶는다 해도 물이 잘 새지 않는 방수가방이 필요할 것이다. 이왕이면 등에다 멜 수 있는 방수가방이. 그런 가방이라면 고등학교 때의 책가방이 제격일 것이다.

지난여름에 어머니와 주문진 바닷가에 갔다. 어머니의 남자친구도 함께였다. 처음엔 어머니와 단둘이 가는 여행인 줄 알았다. 그런데 어머니와 내가 간단한 여행복 차림으로 아파트 엘리베이터에서 내리자 머리카락이 온통 새하얗게 센 어떤 중년의 남자가 옷은 양복을 입었는데 신발은 운동화에 차양 모자를 쓰고서 우리를 향해 수줍은 듯, 어벙벙하게 웃고 서 있는 것이었다.

"내 친구야. 차 때문에 부른 거야. 그냥 아저씨라고 불러."

어머니가 낮고 빠르게, 읊조리듯이 말했다. 어머니가 낮고 빠르게, 읊조리듯이 말할 때는 뭔가 말로는 설명하기 어렵지만, 분명한 것은 수줍음을 타고 있다는 것이다. 세상에서 어머니의 몸짓과 말투를 온전히 볼 수 있고 알아들을 수 있는 사람은 오직 나뿐이다. 나는 감정의 변화에 따라 달라지는 어머니의 목소리, 말의 결, 떨림 같은 것들을 얼마든지 구별해낼 수 있지만 다른 사람들에게는 어머니의 슬픔 가득한 목소리나 기쁨에 겨운 목소리나 그저 '뇌성마비를 앓는 환자'의 '알아듣기 어려운' 말, 혹은 단순한 소리일 뿐이다. 좀더 심하게는 그것을 바보의 말로 치부해버리기도 한다. 그런 사람들 앞에서 바보가 아닌 어머니는 순식간에 바보가 될 수밖에 없다. 그러니, 그런 세상의 사람들이 지금같이 수줍어할 때 내는 내 어머니의 말투를 어떻게 구별해낼 수 있겠는가.

어쨌든 참으로 난감하지 않을 수 없는 순간이었다. 나는 사전에 어머니의 남자친구에 대한 정보를 전혀 전달받지 못한 상황이었다. 나는 어머니가, 차 때문에 아저씨를 불렀다는 말을 믿지 않았다. 어머니는 결코 우리가 차가 없어서 그래서 불편하다고 누구를 부르거나 할 사람이 아니다. 그와는 반대되는 사람이 내 어머니이다. 어머니는 당장에 그것이 없으면 생활이 불편해질 걸 뻔히 알면서도 누군가 필요하다는 사람이 있으면 줘버리는 사람이다. 남에게 폐를 끼치기보다는 내가 불편한 것을 기꺼이 감수하는 사람이 단지 차가 없다고, 오직 그 이유 때문에 불렀다니, 왜 어머니는 그렇게 뻔한 거짓말을 하는 것일까. 나는 어머니가 좀더 솔직해지기를, 무엇보다 자신의 감정에 솔직해지기를 누구보다 바라는 사람이다. 설령 어머니가 나쁜 짓을 한다 해도 나는 그 나쁜 짓에 화가 난다기보다 어머니가 나쁜 짓을 솔직히 털어놓지 않는 것에 화가 날 것 같다. 혹시 어머니가 내 눈치를 보고 있는가?

"전 그냥 빠질래요."

아저씨가 있으니까, 굳이 내가 동행하지 않아도 불편한 몸을 가진 어머니를 도와줄 사람이 있으므로 빠지겠다는 것은 결코 아님을 어머니도 알 것이었다. 그러나 어머니는 이미 아저씨가 열어둔 차 안으로 쏙 들어가버린 후였다. 아저씨가 휠체어에 앉은 어머니를 업어다 차 안에 들여앉혀버린 것이다. 어머니는 휠체어를 타야 할 정도로 심하게 불편하진 않지만, 장거리여행을 할 때면 만일을 대비해서 휠체어도 가지고 간다. 어머니는 어쩌면 아저씨가 업어줄 것을 노리고서 휠체어에 턱하니 앉아 있었던 것은 아닐까? 어머니를 업고 차로 이동할 때 아저씨는 심하게 절뚝거렸고 절뚝거림 때문인지 한쪽 어깨가 심하게 기울어져 있었다. 그래도 그가 어머니를 차로 이동시킬 때의 손길은 의외로 섬세한 바가 있어 보였다. 어머니를 그래놓고는 이제 다음 차례는 나라고 말하듯, 아저씨가 차문을 잡고 특유의 어벙벙한 웃음을 웃고 서 있었다. 그 모습을 바라보고 있자니 나 또한 쿡 하고 웃음이 터져나왔다. 나는 별수없이 꾸역꾸역 차 안으로 기어들어갔다.

아저씨 옆에 앉은 어머니는 뒷자리에서 내가 보고 있는 것을 의식해서 그러는지 알 수 없게 말 한마디 없이 꼿꼿하게 앞만 보고 있었다. 그것은 아저씨도 마찬가지였다. 하다못해 음악도 틀지 않았다. 차는 십년도 넘은 고물차임이 분명했다. 에어컨은 작동되지 않았고 엔진소리는 귀를 먹먹하게 했다. 내가 불편해하는 기색이 느껴졌는지 아저씨가 라디오를 틀었다.

이 시간 전국 고속도로 상황 알아보겠습니다. 서울 톨게이트에 나가 있는 김진원 통신원 나와주세요. 김진원 통신원, 지금 그곳 도로사정은 어떻습니까? 아, 김진원 통신원과 전화 연결이 되지 않고 있습니다. 영동고속도로 상황 알아보겠습니다. 이경호 통신원? 네, 이경호 통신원입니다. 지금 이 시간 영동고속도로 주말 피서 차량으로 극심한 정체현상 빚고 있습니다. 횡성 대관령 구간, 차들이 가다 서다를 반복하고 있고……

라디오는 오래전부터 오직 교통방송 한곳에만 주파수가 맞추어져 있었는지도 몰랐다.

"에잇, 꺼버리자."

교통체증이 마치 교통방송 탓이라도 된다는 듯 어머니는 발작적으로 라디오를 껐다.

구리 톨게이트를 벗어날 무렵부터 차들은 이미 거북이걸음을 하고 있었다.

"심심해요?"

아저씨가 나를 돌아보고 물었다.

"네."

나는 솔직하게 대답했다.

"껌통 안에 껌 있을 거예요."

심심하면 껌이라도 씹으라는 것인가. 껌통은 먼지가 부옇게 앉아 있었다. 나는 껌통을 열어 바닥에 서너 개 남은 자일리톨껌을 모두 입속으로 털어넣었다. 껌에서 단물이 다 빠져나와 더이상 씹는 것이 번거롭게 느껴질 때까지도 앞의 두 연인은 말이 없었다. 나는 껌을 뱉어 손가락으로 풍선을 만들어 딱딱거리다가 그나마도 창밖으로 버리고 나서는 앞의 연인들이 연출하는 나로서는 기괴하게만 느껴지는 분위기를 감당할 자신이 없어 그만 눈을 감아버렸다.

자연만 놓고 말한다면 나는 그곳 바다가 생각보다 좋았지만 어머니는 강릉에 사는 어머니의 친구 집에서 하룻밤을 묵고 그 다음날 바닷가에서 하루 더 놀려고 했던 계획을 취소하고 친구와 함께 밥만 먹고 곧 주문진을 떠났다. 아저씨가 몸이 좋지 않았기 때문이다. 강릉까지 올 때도 휴게소에서, 국도변에서 몇번을 쉬었는지 모른다. 운전을 하기가 어려울 정도로 몸이 안 좋은 사람을 단지 차를 가졌다는 이유로 부른 어머니나, 그런 몸으로 두 여자를 데리고 여행을 하겠다고 나선 아저씨나 내가 보기엔 그저 한숨이 절로 나오는 사람들이기는 마찬가지였다. 바다가 보이는 횟집에서 다른 사람들은 이제 겨우 밥을 반나마 먹고 있는 참인데 아저씨는 물회에 국수를 후딱 말아먹고는 갑자기 벌떡 일어나 밖으로 나갔다. 의아해하는 사람들을 위해 어머니가 친절하게 설명했다.

"젊어서 교통사고를 당했어. 원래 의자에 앉아야 하는데 오늘 바닥에 앉아서 순환이 안돼서 그러는 거야."

"그럼 여기 눕잖고."

어머니 친구, 경희아줌마가 말했다. 경희아줌마와 어머니는 같은 뇌성마비 친구다. 나 말고 어머니와 가장 잘 통하는 사람이기도 하다. 두 사람이 온몸을 흔들면서 때로는 자지러지게 웃으며 이야기하는 모습을 사람들은 되게 신기해하거나 아주 나쁠 때는 못 볼 걸 보았다는 투로 고개를 돌리기도 한다. 그러거나 말거나 두 사람은 만나면 명랑하다.

"자기 차 안에서 눕는 게 편해서일 거야."

"니 팔자도 차암, 그렇다 이? 어떻게 만나는 사람마다……"

"애 보는 앞에서 별소릴 다 한다."

경희아줌마가 어머니의 핀잔에 움찔해서 내게로 고개를 돌렸다.

"니 엄마는 만나는 남자마다 꼭 어디서 그런 남자만 골라 만나는지 원. 넌 절대 그러지 마라. 남자는 그저 신체 건강하고 사상 건전하고 직업 확실한 남자라야만 해. 수정이 너도 이제 스무살이잖니. 아줌마 말 명심해라?"

이럴 땐 경희아줌마 말을 제대로 알아먹는 사람이 나뿐이라는 사실이 다행이라는 생각이 든다. 경희아줌마의 남편은 다른 건 몰라도 정말 신체는 건강해 보이는 사람이었다.

경희아줌마 말이 채 끝나기도 전에 어머니는 이미 식당 밖으로 나가고 있었다. 경희아줌마 말에 토라져서 나가는 건 아니라는 걸 나도,

경희아줌마도 알고 있었다.
　어머니는 아저씨한테 가 있었다. 아저씨는 차 의자를 뒤로 젖혀놓고 누운 상태였고 어머니는 아저씨의 다리를 열심히 주무르고 있었다. 나는 바닷가 모랫벌로 갔다. 며칠 전의 태풍 때문인가. 백사장엔 미역줄기가 지천이었다. 나는 미역줄기를 그러모았다. 금방 한아름이 되었다. 그러나 그뿐, 가져갈 방도는 없었다. 나는 미역잎을 찢어서 물에 씻어 씹었다. 생미역은 몹시 비렸다. 비리고 쓰고 짜고 그러고는 끝내는 달콤한 듯도 했다. 어머니는 나를 낳아놓고 미역국 한그릇도 먹지 못했다고 했다. 내 열다섯살 생일에 미역국을 끓여놓고 어머니가 한 그 말을 나는 아직 잊지 않고 있다.
　"나는 너 낳고 미역국도 한그릇 먹지 못했다."
　그뿐이었다. 왜 미역국 한그릇도 못 먹는 산모가 될 수밖에 없었는지, 그런 상황에서 왜, 어떻게 나를 낳을 생각을 하게 되었는지, 내 출생의 앞뒤에 얽힌 이야기는 도통 하려 들지 않았다.
　나는 뒤를 돌아보았다. 어머니는 이제 아저씨의 머리를 감싸안다시피 하고서 지압을 하고 있었다. 나는 잠깐 아버지를 생각했다. 그러나 나는 아버지에 대해서 그 누구에게도 들은 바가 없으므로 그 어떤 기억도 없다. 내 생애 중 기억이 시작되는 처음의 풍경에도 어머니와 나 둘뿐이다.
　"엄마아, 엄마아."
　나는 마루에 앉아 어머니를 불렀다. 사위는 적막했다. 나는 벌에 손가락을 쏘였던 것 같다. 천지사방이 온통 꽃나무였다. 꽃나무가 많으니 또 천지사방이 벌이었다. 꽃과 벌 들 속에서 놀다보니 내 몸 사방도 벌에 쏘여 부풀어올랐다. 벌에 쏘이면 나는 울지도 않고 어머니에게 달려갔다. 그러면 어머니는 어떤 날은 호오 한번 불어주기만 하고 어떤 날은 침을 발라주기도 하고 또 어떤 날은 된장을 바르고 비닐로 처매주기도 했다. 그날은 손가락이 된통 쏘였는데 지금도 된장 냄새가 코끝을 간질이면 이상하게 손가락의 통증이 느껴진다. 열이 나면서 욱신거리는 통증, 어쩌면 된장으로 인해서 더 아팠을 통증. 그러나 어머니가 처매준 것만이 좋아서 아픈 것도 행복했던 내 기억의 첫날.

 아픈 왼쪽 가운뎃손가락을 불편하게 쳐들고서 어머니를 애타게 불렀으나 대답이 없었다. 그곳은 외갓집이었다. 며칠 전까지 함께 살던 외할머니도 보이지 않았다. 언젠가 내가 문득 생각났다는 듯이 무심을 가장하며 그날을 말했더니, 어머니는, 그 며칠 전에 외할머니가 돌아가셔서 그렇지,라고만 말했다. 그렇지만 내 기억에 외할머니의 죽음이나 장례 풍경 같은 것은 없다. 단지 그 며칠 전의 일이었다는데도. 다만 그날, 그 적막한 저녁 무렵의 풍경만이 내 기억의 시작일 뿐이다. 나는 사방으로 어머니를 찾아헤맸다. 먼저 부엌문을 열었다. 외가는 아직 부엌 개량이 안된 구식 부엌이었다. 부엌은 캄캄했다. 옛날 부엌 특유의 그을음 냄새와 시큼한 개숫물 냄새가 어둠과 적막과 함께 뒤섞인 부엌내가 어린 나를 진저리치게 했다. 나는 진저리를 꾹 참으며 어둠에 눈이 익기를 기다렸다. 그러면 거기 어둠속에서 어머니가 보일 것을 기대하면서. 어둠에 눈이 다 익도록 어머니는 보이지 않았다. 나는 침착하게 부엌문을 닫고 그리고 다시 엄마아, 엄마아를 주문처럼 외우며 대문 옆 화장실 문을 열었다. 어머니가 측간이라고 불렀던 외갓집 화장실에서는 시골 화장실 특유의 푸근한 냄새가 났다. 부엌 냄새가 늘 낯설고 때로 공포스럽기조차 했던 반면에 화장실 냄새는 아직도 내 기억에 푸근하게 남아 있다. 그것은 말하자면 짚벼늘 냄새였다. 건실한 농부였던 외할아버지는 화장실을 창고 겸 헛간 겸으로 지어놓았다. 여타의 시골 화장실이 어린아이에게는 그 구조만으로 '똥통에 빠질 것만 같은 공포심'을 불러일으키기에 충분하건만 어쩌자고 우리 외할아버지는 그토록 정답고 푸근한 화장실을 만들어놓았는지 모른다. 화장실 안에는 소와 돼지와 염소와 닭과 강아지와 고양이와 쥐가 함께 살았다. 그 짐승들이 모두 짚벼늘을 자기들 몸만큼씩 차지하고서 살았다. 지금 생각해도 믿어지지 않는 풍경이다. 내가 어둡기는 부엌이나 한가지인 그 속으로 들어간 것은 순전히 그 안에 사는 짐승들에게 내 외로움을 위로받고 싶어서였는지도 모른다. 지금은 내가 그런 능력을 잃어버린 지 오래되었지만 자연 속에서 오래 산 어린아이들이 흔히 그렇듯이 말 못하는 짐승이라고 어른들이 흔히 말하는 그 짐승들하고 얼마든지 말을 나눌 수가 있었다. 짚벼늘 속에 몸을 파묻고 염소 등허리를 문지르며 염소처럼 엄마아, 몇번쯤 했을 때였을까. 내 머리 위 짚벼늘 위에서 어머니 목소리가 들렸다.

"악아, 엄마, 여깄다."

그 목소리는 너무나 가늘어서 조심하지 않으면 금방이라도 툭 끊겨 나가 다시는 이 세상에 존재할 수 없을 것만 같이 불안한 목소리였다. 어머니는 짚벼늘 위 닭둥우리가 매달린 시렁 밑에 있었다. 어머니 머리 위에 하얀 무명끈이 시렁 밑에서 둥글게 대롱거리고 있었다. 나는 그때 그것이 무엇인지 몰랐다. 내가 한참 커서 나 또한 아파트 화장실에 그런 무명끈을 매달기 전까지는.

어머니는 짚벼늘을 데구루루 굴러내려와 나를 끌어안았다. 어머니 몸은 신 내린 무당이 잡고 있는 깃대가 떨듯이 떨고 있었다. 어머니는 이를 딱딱 부딪칠 정도로 떨면서 중얼거렸다. 사랑, 그까짓 게 다 뭐야, 사랑 없으면 어때…… 나는 다만, 어머니 품에 안겨서도 습관처럼 염소 울음 같은 엄마아 소리만 연발했을 뿐이다. 그 순간에도 구수한 짚벼늘 냄새는 내 코끝을 간질이고 있었다. 나는 그래서 나중에도 자꾸만 그런 생각이 들었던 것이다. 혹시 어머니가 죽을 결심을 그만둔 것은 나 때문이 아니고 그 푸근하고도 구수한 짚벼늘 냄새 때문이 아니었을까, 하는.

외할머니가 돌아가시고 없는 외갓집은 적막했다. 특히 어둠이 짙어지면 그 적막을 가로질러오는 발걸음소리들이 있었다. 그럴 때마다 어머니는 나를 꼭 끌어안고 고슴도치처럼 몸을 웅크렸다. 어느날, 저벅거리며 다가오던 발걸음소리가 문앞에서 딱 멈추었다.

"낼 우시장에 소 팔아줄게."

소장수는 소를 팔아서 소값을 주지 않았다. 얼마 후에 돼지장수가 왔다. 돼지장수 또한 돼지값을 주지 않았다. 염소도, 닭도, 강아지도, 고양이도 누군가들이 가져갔다. 이제 어머니와 내게 남은 것은 빈집과 빈집 텃밭에 심은 고구마와 고추뿐이었다. 고구마를 윗집 사람이 캐갔다. 고추는 병이 들어 그랬는지 아무도 따가지 않았다. 어머니는 병든 빨간 고추와 늦게 달려서 파란 채로 시들어가는 풋고추와 고춧잎을 따로따로 따서 세 개의 비닐봉지에 담았다. 그것을 가지고 읍내 시장으로 가서 하루종일 시장터 한쪽에 앉아 있었다. 시장도 파하고 사람들도 지나다니지 않았다. 그때 어둠속에서 어떤 남자가 나타났다. 그가 어머니에게 돈을 주었다.

"이걸 가지고 아무데나 가거라. 다시는 이런 데서 병든 고추 같은 것 팔지 말고 눈에 안 보이는 먼 곳으로 가거라."

무서리가 하얗게 내리는 깊은 겨울밤이었다.

나는 그가 내 아버지였느냐고 묻지 않았다. 다만 어머니로부터 그 적막한 시절의 이야기를 듣고 난 후 여러날 동안 몹시 앓았을 뿐이다. 그리고 어머니는 다시는 그 시절 이야기를 하지 않았다. 어머니와 내가 어딘가로, 어딘가 아주 먼 곳으로 가려고 터벅터벅 걷고 있는데 어둠속에서 이번에는 수녀가 나타났다고 했다. 수녀는 우리 모녀를 수녀원으로 데리고 갔다. 수녀원에서 모자원으로 모자원에서 복지원으로 복지원에서 영구임대 아파트로 옮겨다니며 우린 살았다. 그렇게 옮겨다니며 살았으므로 우리에겐 옛날을 추억할 만한 물건들이 남아나지 않았다. 어머니는 말했다.

"잊어버려, 잊는 게 좋아, 그래야 살 수 있어."

그러나 나는 내가 목격하지 못한 나의 과거가 잊혀지지 않아 살 수가 없었다.

"나는 너 낳고 미역국 한그릇도 먹지 못했다."

왜 어머니는 하필 그날 생전에 하지 않던 그 말을 했을까. 이젠 내가 그런 말을 들어도 괜찮을 정도로 다 컸다고 생각한 것일까. 아니면 비록 영구임대 아파트지만 이제야말로 남의 눈치 안 보고 오직 어머니와 나 둘이서 다리 뻗고 살아갈 수 있는 '우리집'이 생겨났다는 편안함이 그런 말을 무심코 내뱉을 만큼 어머니 마음을 풀어지게 했던 것일까. 열다섯살 생일에, 나는 어머니가 나 낳고도 먹지 못한 미역국을 생일이라고 먹을 수가 없었다. 나는 어머니가 나를 낳고서 미역국도 못 먹고 벌벌 떨고 있었을 십오년 전의 어느날을 잊을 수가 없었다. 내가 기억하는 날들은 무섭지 않았다. 내가 기억하지 못하는 날들이 나는 무서웠다.

내가 무섭지 않을 수 있는 유일한 길은 하나밖에 없는 것 같았다.

나는 화장실 문을 잠갔다. 그리고 십여년 전 어느날, 어머니가 외갓집 화장실 시렁에 매달았던 그 무명끈과 똑같은 끈으로 수건걸이에 둥근 고리를 만들었다.

"악아아, 악아아……"

어머니는 나를 꼭 악아,라고 불렀다. 내 이름은 수녀원에 들어가서야 지어졌다. 어머니가 짓지 않은 이름을 부르는 게 어머니는 쉽지 않은 모양이었다. 딴은 막달레나는 어머니가 부르기에는 결코 쉽지 않은 이름이기는 할 것이다.

"악아아, 악아아……"

어머니가 나를 부르는 소리가 아득하게 들려왔다.

나는 지금도 생각한다. 어머니가 죽지 않은 이유는 나 때문이 아니고 짚벼늘의 푸근한 냄새 때문인 것 같았듯이, 내가 무명끈의 고리를 잡아당기지 않은 이유는 오직 엄마 때문이라고. 엄마의 악아아, 소리 때문이라고.

그러니, 내게 어머니의 '악아'는 어머니의 짚벼늘인지도 모른다. 짚벼늘과 악아를 그러나, 어머니와 나 말고 세상사람들 누가 알 것인가. 어머니와 나, 두 사람만이 알고 있는 것들이 어머니와 나를 살리는 것이라고 나는 믿었다.

그런데 이제, 어머니와 나를 살리는 것은 무엇인가. 어머니에게 아저씨인가? 나를 살리는 것은 그리고 내가 생각하듯이.

귀로는 생각보다 험난했다. 가장 첫째는 아저씨의 몸이 짙은 어둠 속에서의 길찾기를 감내해도 되는 상태가 아니었다. 지도가 있는데 어둠속이라고 길을 못 찾을 리는 없었다. 아니, 굳이 지도를 찾을 것도 없이 낮에 왔던 길을 거슬러가기만 해도 될 것이었다. 그러나 모든 것이 아저씨의 건강하지 못한 몸 때문에 불가능하다는 게 문제였다. 아저씨는 지금 당장 휴식이 필요했던 것이다. 휴식을 위해 어딘가 쉴 자리를 찾아야만 했다. 쉴 자리란 말하자면, 아저씨에게는 찜질방이었다. 돌아가는 길 찾는 게 문제가 아니라 찜질방을 찾는 게 문제였다. 나는 그것을 나중에야 알았다. 두 사람이 눈에 불을 켜고, 특히 어머니가 거의 혈안이 되다시피 하여 찾은 것이 결국 찜질방이었다는 사실을 나는 찜질방에 들어오고 나서야 알았다.

하여간 우리는 찜질방을 찾아 어두운 밤길을 헤맸다. 낮에는 그리도 눈에 잘 띄던 게 찜질방 간판이더니 어인 일인지, 목욕탕 간판은 보여도 찜질방 간판은 보이지 않았다. 그 며칠 전에 영동지방이 수해를 입어 도로 사정도 좋지 않았다. 차는 어느 순간 울퉁불퉁한 비포장도로를 달리기도 하고 한참 달려가다보니 도로가 뚝, 끊겨 있기도 했다.

어머니는 거의 울음이 터질 것 같은 얼굴이었다. 정작 아픈 사람보다 어머니가 더 아파 보였다. 찜질방을 찾느라 헤매는 동안 우리는 어느새 속초까지 와 있었다. 속초 시내를 헤매다 우리가 찾아간 곳은 환락가를 방불케 하는 바닷가 피서지였다.

우리는 그날 밤, 드디어, 마침내 속초 바닷가의 한 찜질방에서 잤다. 물론 찜질방 입실료는 아저씨가 치렀다. 근사한 호텔은 못 되어도 찜질방값 치를 정도는 된다는 거겠지, 하는 심사를 가질 수도 있었겠으나, 어머니나 아저씨나 내 앞에서 호텔 대신 찜질방 가는 것에 대해 그다지 주눅들어하는 태도는 아니었다. 두 나이든 연인들이 보이는 자연스럽고 정직한 태도에 비틀려지려던 내 심중의 어느 곳이 오히려 스스로 무안해졌다고나 할까. 하기야 어쩌다 남아 있는 방이 있어 막상 호텔에 간다 해도 비용도 비용이려니와 난감하기는 세 사람 다 마찬가지일 터였다. 비용절감 차원에서 한가족인 척 한방을 쓰자니 그렇고 비용은 생각하지 말자 하고서 두 방을 잡자니 '그것도 그럴 것이기' 때문이다.

한여름 한밤중 휴가철의 찜질방이라니. 나는 그냥 그때 그 순간의 풍경을 참혹하다는 정직한 수사 대신에 '장관'이었다고 해두고 싶다. 여름휴가철 휴가지의 한밤중 찜질방은 참 대단한 풍경을 연출하고 있었다.

일단 드넓은 광장이라고 해두자. 그 광장에 말 그대로 입추의 여지 없이 들어찬 사람, 사람들이라니. 더구나 그 사람들이 모두 똑같이 하얀 티셔츠에 하얀 반바지를 입고서 한치의 빈공간도 없이 드러누워 있는 광경이라니. 어머니는 그 광경에 기겁을 했다. 나로 말할 것 같으면, 어지럼증이 일었다. 어머니와 나는 동시에 아저씨를 바라보았다. 그러나 그는 한눈에 봐도 병색이 완연했다. 어머니나 나나 운전을 할 줄 모른다. 운전을 할 줄 아는 사람은 병자뿐이다. 그 병자는 지금 당장 교통사고 후유증으로 순환이 안되는 몸을 찜질로나마 풀어주어야 한다. 그러지 않으면 그는 곧 쓰러져버리고 말지도 모른다. 어머니와 나는 그날 밤의 이동은 더이상 불가능하다는 것을 인정해야 했다. 어머니와 나는 절망으로 후들후들 떨리는 심정으로 여탕으로 들어가고 그는 남탕으로 들어갔다. 우리는 한시간 뒤, 찜질방 내 게르마늄 방 앞에서 만나기로 했다. 그때 이미 시간은 새벽 한시를 넘어가고 있었다.

어머니와 나는 목욕탕 구석자리로 갔다. 어머니는 언제나 어디를 가도 구석을 찾아들어가는 게 습관이 되어 있었다. 어머니가 사람들 한가운데로 들어가면 그 자리는 금방 어머니 혼자 남겨지기 십상이었다. 전염병 환자가 아닌데도. 그런 일이 일어나지 않도록 되도록 사람들 눈에 띄지 않는 구석으로, 구석으로 어머니는 들어갔다.
"엄마, 아저씨 어디가 좋아요?"
"안 좋아."
어머니는 놀랍게도 안 좋다면서도 깔깔거렸다. 어머니 몸 어딘가를 누가 지금 막 간지럼을 태우고 있기라도 한 것처럼.
"말도 없고 몸도 아프고 멋도 없고 돈도 없고, 뭐가 좋다고."
어머니는 슬며시 딴 곳을 바라보았다. 어머니 마음을 설명할 수 없을 때면 늘 그러듯이.
아저씨와 우리가 찜질방 안에서도 가장 귀퉁이 자리인 게르마늄방 앞에서 만난 것은 새벽 두시. 찜질방 안은 한시간 전보다 더 고요해졌다. 일부 쪽은 불도 꺼졌다. 게르마늄방 앞에서 만나긴 했지만 이제부터는 우리가 몸을 누일 만한 공간을 찾는 게 급선무였다. 목욕탕하고는 달라서 이상하게 찜질방은 구석자리가 인기인 모양이었다. 우리가 마음편하게 있을 만한 자리는 다른 자리보다 누워 있는 사람들의 밀도가 더 촘촘했다. 간신히 좀 헐겁다 싶은 공간을 찾긴 했지만 그곳은 헐거울 만한 이유가 충분했다. 찜질방 안에서도 가장 밝은 매점 앞이자 화장실 옆이었기 때문이다. 두 사람은 하는 수 없다는 듯 그곳에 자리를 잡으려는 눈치였다.
"전 다른 곳을 알아봐야겠어요."
어머니는 굳이 말리지도 않았다. 나는 두 사람의 눈을 피해 되도록 아주 먼 곳으로 갔다. 세 바퀴를 돌았는데도 자리는 나지 않았다. 나는 이따금 두 사람이 있는 쪽을 돌아보았다. 아무리 멀리 있어도 그쪽이 유독 환해서 두 사람의 일거수일투족은 환히 보였다. 처음에는 그럴 마음이 없었는데 그쪽이 워낙 환해서 두 사람을 관찰하고픈 묘한 호기심이 발동했다. 마침 두 사람과 정확히 대각선 쪽의 자리 하나가 비어 있는 것이 포착되었다. 방금 조그만 여자아이가 잠에서 깨어나 울상을 짓다가 어디론가로 떠났던 것이다. 아이의 엄마와 아빠도 지금 저 환한 곳의 두 사람처럼 아이를 버려두고 이 찜질방 어느 구석에선가 두 사람만의 즐거운 시간을 갖고 있는 것일까. 나는 아이가 떠난 자리에 잽싸게 기어들어갔다. 아저씨가 매점에서 달걀과 사이다를 사고 있었다. 두 사람은 잠시 나를 찾는 시늉을 하다가 포기하고 음식을 먹기 시작했다. 나는 두 사람을 오래 바라보았다. 보기는 좋았다. 그런데도 알 수 없는 상실감이 스멀스멀 피어오르는 것도 어쩔 수 없었다. 나는 그만 자리에 누워 눈을 감았다. 막 잠이 들려는 순간, 어디선가 여자의 비명소리가 들려왔다. 아니 그것은 비명이라기보다 거의 욕설에 가까운 고함소리였다. 고요하던 찜질방이 순식간에 와글거리는 시장통이 되었다.

"왜 그래?"

"무슨 일이야?"

"어디서 그래?"

누군가 악을 쓴 여자가 있는 곳으로 재빠르게 갔다 와서 말했다.

"응, 웬 병신들이 지들도 사람이라고 육갑을 하고 있대나 뭐래나. 나 원 참, 둘이 보듬고 와들와들 떨고 있드만."

"징그럽구만."

가슴이 쿵 하고 내려앉았다. 나는 반사적으로 환한 곳을 바라보았다. 두 사람이 보이지 않았다. 견딜 수 없는 불안감이 엄습했다. 찜질방에서 남녀가 부둥켜안고 있는 모습은 예사 풍경이었다. 그러나 그런 풍경도 장애인이 하면 징그러운 것이 된다. 남자 품안에서 와들와들 떨고 있던 여자가 결국 울음을 터뜨렸다. 흔히 왜소증이라고 불리는, 어린아이처럼 작은 몸을 가진 여자였다. 그런데 정작 내가 찾는 두 사람은 어디를 갔을까.

"어…… 엄마아."

엄마아를 발음하는 바로 그 순간에 내 눈에서 갑자기 눈물이 비오듯 쏟아져내리기 시작했다.

"엄마아, 엄마아."

게르마늄방 문이 열리며 어머니가 나왔다.

"악아, 나 여깄다."

어머니는 아저씨와 함께 게르마늄방에 있었다. 어머니는 적어도 '육갑'은 하지 않고 찜질을 하고 있었던 것이다.

새벽에 화장실 가려고 일어났는데 어머니 방에서 속닥이는 소리가 들려왔다. 어머니가 전화에 대고 경희아줌마에게 속삭이고 있었다. 나는 소변을 보고 나서 어머니 놀랄까봐 물을 내리지 않았다. 어머니는 경희아줌마하고든 누구하고든 통화를 할 때 한번도 속닥이는 법이 없었다. 더구나 새벽시간에 누구와 통화를 한 적도 없었던 것 같다.

"경희야, 난 어떡하면 좋니. 그 사람이 애와 자기 중 선택하래."

나는 침을 한번 꿀꺽 삼켰다. 드디어 올 것이 온 모양이다. 나는 소리 안 나게 조심조심 소변을 보았다. 엄마, 걱정 마세요. 저도 이제 스무살이에요. 저도 이제 엄마 곁을 떠날 때가 됐죠. 근데 어디로 떠난

다지? 그는 그의 집에서 아직 애 취급을 받는 막내아들이다. 집은커녕 그만의 방도 없다.

"경희야, 내 나이 마흔다섯이야. 이번이 마지막일지도 몰라."

그럴지도 모른다. 아저씨는 어머니의 처음이자 마지막 사랑일지도 모를 일이다. 어머니 나이가 꼭 마흔다섯이 아니라도 말이다.

"그럼 나보고 어떡하란 말이야."

어머니 목소리가 걱정으로 떨려나오고 있었다. 마흔다섯이라도 사랑을 하면 걱정이 치밀어오르기도 할 것이다. 스무살인 나의 사랑에는 없는 걱정 말이다.

"그 사람은 영영 건강하지 않을지도 몰라. 그래도 난 포기할 수 없어."

최악의 조건에서 최선의 사랑을 하고 있는 사람들은 그러나, 자신들의 상황이 최악임을 알지 못한다. 왜냐하면 사랑하고 있으므로. 사랑이 그 모든 최악의 조건들을 덮어버리므로.

"난 다른 건 다 버리고 살아왔어. 수정인 버리려야 버릴 수 없었을 뿐이야. 수정이 빼놓고 버릴 수 있는 건 다 버렸어. 그치만 이번만큼은 안돼. 내가 바보라는 건 나도 알지. 그치만 바보라도 그것만은 알 거야. 무엇이 진짜고 무엇이 가짠지를 말이야. 무엇이 사랑이고 무엇이 사랑이 아닌지를 말이야."

난 이제 어머니에게서 그 어떤 모진 말을 듣는다 해도 열다섯살 생일날 같은 일은 벌이지 않을 만큼 컸다. 어머니가 아저씨를 버리지 않기를, 혹은 놓치지 않기를 나는 바랐다.

나는 화장실에서 나와 내 방으로 조심조심 옮겨갔다.

"그 사람이 그랬어. 자기를 놓치지 않으려면 애를 지우라고 말이야."

방문을 열려는 순간이었다. 나는 그 자리에 얼어붙어버렸다.

"수정이한테도 창피하니까, 그냥 몰래 가서 지울래. 돈은 그 사람이 준댔어."

애란 말하자면 내가 아니라, 어머니 뱃속의 아이였던 것이다.

"그 사람이 그랬어. 우리 나이가 몇인데 새삼스럽게 애한테 코를 꿰냐고. 즐기기만 하고 살기에도 모자랄 나이라고 말이야."

내 손이 부르르 떨려왔다.

"그치만, 경희야, 난 어떻게 해야 할지 모르겠어. 이번 임신이 마지막 임신이 될 수도 있잖아. 앞으로는 다시는 이런 식으로 애기 가질 기회가 없을지도 모르잖아, 내 나이가 그렇잖아."

"엄마, 내 가방 어디다 두셨어요?"

"무슨 가방?"

"왜 있잖아요, 내가 고등학교 때 썼던 책가방요."

"야야, 니 고등학교 졸업한 지가 언젠데 아직도 그 가방을 찾고 있냐 야."

"그 가방 좋은 거잖아요. 엄마가 옛다, 메이커 가방이다, 하면서 입학선물로 사주셨잖아요."

"야야, 널린 게 메이커인 세상이다 야. 메이커 같은 소리 하지도 마라."

"꼭 메이커라서가 아니고, 그냥 그 가방이 맞춤할 것 같아서, 왜 작년 여름에 강릉 갈 때도 그 가방 가지고 갔잖아요."

"어디 가니?"

"강릉이요."

"강릉은 왜?"

"그때, 난 되게 좋았는데, 아저씨 땜에 제대로 놀지도 못하고 와버렸잖아요. 그래서 올핸 꼭 실컷 놀다오려고 친구들하고 약속했단 말예요."

나는 어머니 얼굴을 바라보고 말했지만 어머니는 얼른 딴 곳으로 고개를 돌렸다.

"가방은 말이야, 나도 모르겠어."

"할 수 없죠 뭐. 그냥 아무거나 메고 가죠 뭐."

사실 가방이 무슨 대수란 말인가. 나는 내가 쓴 쪽지가 어머니 눈에 잘 띄도록 전화기 옆에 놓고 집을 나섰다.

'엄마, 제 동생 낳아주세요. 그래도 이번 아이는 사랑해서 생긴 아이잖아요. 제가 보기에 이젠 사랑이 아닌 것이 확실하지만요.'

나는 그에게 전화를 걸었다.

"나야, 오늘 강릉 못 가."

그가 팩 악을 썼다.

"왜?"

"안 가고 싶어."

"너 마음이 변했구나?"

그와 오늘 강릉에 간다면 나는 오늘중으로 귀가하지 못할 것이다. 귀가하지 못한다면 나는 그와 함께 밤을 나야 하리라. 그가 기대하는 것이 바로 그것임을 나는 알고 있다.

"그럼 뭐 하나 물어봐도 돼?"

"뭔데?"

"나 애기 가져도 되니?"

"뭐, 뭐라구? 야, 우리 나이가 몇살인데, 애를 갖냐? 그냥, 즐기기에도 모자랄 나이에 애 가지고 누구 코 꿸 일 있어?"

전화를 끊었다. 나는 시장으로 갔다. 주문진 앞바다의 싱싱한 자연산 미역을 자루 가득 담아오면 좋겠으나, 우선 시장 건어물가게에서 두툼한 산모용 미역 한다발이라도 살 요량이었다. 나는 어머니가 내가 두고 온 쪽지를 발견할 수 있도록 집에 전화를 걸었다.

"엄마, 전화기 옆에 쪽지……"

"이미 봤어."

"미역 사가지고 갈게."

"벌써?"

"나 낳아놓고 못 먹었던 미역국, 이번에는 실컷 먹어보지 뭐."

전화를 끊고 나서 나는 한참 동안 시장통 한가운데 서 있었다. 장사하는 사람들이 외치는 소리, 손뼉소리, 물건 흥정하는 소리 틈에서 문득, 악아, 하는 소리가 들려왔다. 나는 마른미역이 주렁주렁 걸려 있는 건어물가게로 들어갔다. 비리고 짜고 쓰고 그러고도 달콤한 듯한 냄새가 확 끼쳐왔다. 그것은 바로 어머니와 내가 살아오면서 맺은 우정의 냄새인지도 몰랐다. 왜 말이 있지 않은가. 사랑은 가도 우정은 변치 않는다고. 하지만 변치 않는 우정의 맛이란 그렇듯 비리고 짜고 쓰고 그러고도 달콤하기까지 한, 지독한 것임에는 틀림없었다.

폐경 전야

식탁에 밥을 차렸다. 혼자 먹는 밥상은 고적하다. 고적함을 핑계삼아, 반주로 딱 한잔만 하자고 단단히 결심하고서 지난주에 마시다 남긴 소주병 마개를 연다. 어제는 맥주를 마셨더니, 잠자는 내내 요의(尿意) 때문에 잠이 편하지 못했다. 음식이 들어가기 전 빈속에 먼저 들어간 술기운은 끝내 밥생각 같은 건 잊어버리게 만들기 십상이다. 특히 소주가 그렇다. 나는 어쩌면 내심 그러기를 바라서 소주를 선택했는지도 모른다. 반찬은 결국 안주가 되었다. 소주맛은 달다. 혼자 사는 사람에게 텔레비전은 종종 유용한 친구가 된다. 친구를 불러내듯 텔레비전을 켠다. 지역주의를 극복하자는 모토로 만들어진 집권여당이 내가 마시는 소주 이름처럼 처음으로 돌아가자고, 하면서 창당 삼주년 기념행사를 했다는 보도가 나온다. 그러나 박수를 치는 면면들이 잔뜩 굳어 있는 게, 지지율 바닥인 그 정당이 처음으로 돌아가기는 술기운 오른 내 눈에도 요원해 보인다. 처음처럼, 처음으로 돌아가면, 그러면 현재까지의 모든 오류들, 시행착오들, 실수들, 그로 인한 참담함, 무참함 들까지도 모두 지워지는 것인가. 정녕 그러한가. 아니, 처음으로 돌아가자고 한들, 돌아갈 수나 있는 것일까.

며칠 전 사다놓고 아직 보지 않은 『태백산맥』의 작가가 오랜만에 쓴 한 권짜리 장편 『인간 연습』을 펼쳐본다. 때로 소설은, 문학은 적당히 술기운 오른 기분으로 읽을 때 종종 색다른 느낌을 받는다. 83년인가, 『현대문학』에, 그때만 해도 젊어 뵈던 작가가 쓴 「한의 모닥불」은 지금도 잊혀지지 않는다. 이제 생각해보니, 이 작가가 쓴 글을 읽고 나서 나는 언제나 술을 마셨던 것 같다. 「한의 모닥불」을 읽기 전까지 나는 『현대문학』을 끼고 다니던 내 친구 경자와 그때까지의 관계보다 더 가까워지는 걸 경계한답시고 진땀깨나 흘렸다는 것을 아직도 경자한테 말하지 못하고 있다. 고등학교 동창인 연탄집 딸 경자는 고등학교 시절부터 단짝이던 내가 대학에 들어가더니 저를 피해다니는 것이 서러웠던지 어느날 내 앞을 딱 가로막고 서서 말했다.

"야, 기집애야, 우리 오늘 술 한잔 하자."

그애가 딱 그렇게 나오는 데에는 나도 어쩔 도리가 없었다. 나는 그렇게 해서 생애 처음으로 술을 입에 댔다. 그 시절의 여학생들에게 처음 술을 마시게 되는 계기를 보편적으로 제공했던 남학생도 아닌, 선배도 아닌, 동지도 아닌, 경자한테 술을 배웠다. 술잔을 만지작거리기만 하는 내게 경자가 일갈했다.

"술도 못 마시는 게 무슨 운동은 한다고 지랄이냐?"

나중에, 술 마시고 싶을 땐 목숨 걸어라, 운운하는 노래가 나왔을 때 그날 경자가 했던 말이 생각났다. 문학 쪽에 관한 한은 비우호적이

거나 심지어 적대적이기까지 한 분위기가 분명히 있었던 당시에 '용기있게도' 문학을 지망한 경자는 그날, 술값이 충분하지 않았던가보다. 경자는 책가방을 주점주인에게 맡겼다. 돈 대신 책가방이든, 입고 있던 외투든, 차고 있던 시계든 물건을 맡기는 것은 주로 남학생들이 하던 짓이었다. 곱상하게 생긴 여학생이 가방을 맡기자, 주점 아줌마가 남학생들이 물건 맡길 때와는 다르게 큰 소리로 핀잔을 줬다. 그것이 상처가 됐는지 경자는 가방 찾아오는 심부름을 내게 시켰다. 가방을 찾으러 갔다가 주점에 있던 써클 선배에게 붙잡혀 나는 이번에는 정말로 일말의 주저함도 없이 술잔을 비웠다. 내가 안고 있는 경자 책가방 안에는 『문학개론』과 함께 『현대문학』이 들어 있었다. 나는 주점의 흐린 불빛 아래서 「한의 모닥불」을 읽었다.

그리고 세월이 많이 흐른 뒤 『태백산맥』에서 「한의 모닥불」의 등장인물을 다시 만나게 됐을 때, 마치 오래전에 잊었던 지인을 만난 듯한 기분이 들었다. 새 책을 사면 언제나 그러듯이 본문보다 책 맨 뒷장에 쓰인 작가의 말부터 읽는다.

'인간은 기나긴 세월에 걸쳐서 그 무엇인가를 모색하고 시도해서, 더러 성공도 하고, 많이는 실패하면서 또 새롭게 모색하고 시도하고…… 그 끝없는 되풀이는 인간이 인간답게 살고자 한 '연습'이 아닐까 싶다. 그 고단한 반복을 끊임없이 계속하는 것, 그것이 인간 특유의 아름다움인지도 모른다.'

인간이 인간답게 살고자 한 연습, 고단한 반복, 인간 특유의 아름다움. 술기운 때문인가? 나는 작가의 말에서부터 벌써 가슴이 먹먹해지고 만다.

"선생님, 거기 비와요?"

"누구니? 아, 영원이구나. 영원아, 거긴 비오니?"

적당하게 오른 취기를 수면제 삼아 깊은 잠을 잤던가보다. 머리는 무겁지 않다.

"네, 선생님, 여긴 비와요. 비가 많이 와요."

"응, 그렇구나. 영원아, 영원아?"

"선생님, 비가 와서, 선생님 생각나서 전화했어요, 그냥 생각나서요. 선생님, 주무시고 계셨다면 죄송해요."

"죄송하긴, 무슨 일 있는 건 아니지?"

영원에게서 전화가 오면 나는 늘 영원에게 무슨 일이 있는 것만 같다.

"아니요, 괜찮아요, 선생님 생각나서요, 그냥. 그럼 끊을게요."

비가 와서인가. 영원의 목소리는 잔뜩 젖어 있다. 생각난다. 내가 오영원, 하고 출석을 부를 때면 영원이는 언제나 화들짝 놀라며, 옛? 했다. 언제나 딴짓을 하던 영원이. 딴짓을 즐겨하던 영원이. 그때부터 이미 결정된 것인지도 모른다. 뭔가를 시작하다가 곧잘 중간에 다른 길로 새어버리기를 반복하는 무슨 일이든지 영원하지 않은 영원의 인생이. 십여년 전, 연세대 점거농성 사태에 연루되어 연행된 영원이를 경찰서로 면회간 적이 있었다. 그때도 느닷없이 온 전화 때문이었다. 시장통을 방불케 하는 경찰서 안 풍경이란, 86년의 소위 '건대사태' 때의 풍경과도 흡사한 바가 있었다. 조금 놀라고 긴장해서 달려간 내게 영원은 뜬금없이 "선생님, 제가 왜 여기에 있는 줄 아세요? 바로 선생님 때문이에요" 하며 싱글거리는 것이었다.

"선생님이 옛날에, 우리에게 가르치셨잖아요. 불의 앞에 분노하고 저항하지 않는 젊음은 젊음이 아니라고. 닭장차에 실리는데 딱 선생님 생각이 나지 뭐예요."

내가 그 어린 중학생 아이들 앞에서 그런 말을 했던가? 나는 전혀 기억나지 않았다. 그렇게 많은 아이들을 다 구속시킬 수 없어서라도 곧 풀려나겠지, 풀려나면 연락하라고 해놓고 영원에게서 소식 오기를 기다렸지만 감감무소식이었다. 어쨌거나, 무소식이 희소식이라고 이젠 애도 졸업할 때가 됐겠다, 싶을 무렵 영원에게서 오늘처럼 이렇게 뜬금없이 전화가 왔다.

"선생님, 여기 남원이에요. 실상사 밑 마을요."

영원은 그러면 경찰서를 나와서 학교로 돌아가지 않고 남원 실상사 밑 마을로 갔던 것인가.

"거기서 뭐 하는데?"

"농사져요."

농사는 남자도 혼자 짓기 힘든 법, 당연히 결혼도 했단다. 남원에 한번 내려가야지, 가야지, 하면서도 이 녀석한테 웬일인지 전화할 엄두가 나지 않았다. 어떤 예감 같은 것의 작용 때문이었으리라. 그래도 내심 일말의 희망은 버리고 싶지 않은 완강함으로 영원의 초대전화가 오길 기다렸으나, 영원에게서는 소식이 없었다. 그리고 언제나 그렇듯이 어느날 갑자기 온 영원의 전화는 남원으로의 초대가 아니었다.

"선생님, 저 이혼했어요. 이혼사유는 묻지 마시구요, 저 지금 사는 곳은 공주예요. 마곡사라고 아세요? 그 절 아랫마을인데요, 선생님 언제 놀러 오세요."

영원의 절 아랫마을,이라는 말에 얼핏 김정한의 「사하촌」이 생각났다.

"야, 너는 절 밑에 사는 게 취미냐?"

"아니, 뭐 그냥 살다보니까…… 하여간 오세요, 선생님."

그래도 실상사 살 때는 오란 소리 안했는데 마곡사 살 땐 오라고 하니, 반갑기도 하고 얼떨떨하기도 해서 차마 이혼 건에 대해서는 묻지 못했다. 실상사나 마곡사나 내가 가보지 않은 곳이기는 마찬가지였다. 실상사에서 결혼하고 마곡사에서 이혼했나? 이혼하고, 어쩌면 애도 있을지도 모르는데 마곡사 아랫마을에서 뭘 해먹고 사는지 한번 가보기는 해야 할 것 같았다. 내 제자든 누구든, 그 사람이 뭘 해서 먹고사는지가 나는 왜 가장 궁금한지 모르겠다. 그런데도 가장 묻기 어려운 게 또 생계문제다.

시계를 본다. 열두시. 밤 열두시다. 아홉시 뉴스를 들으며 소파에서 잠들었다. 소파에서 잠들었다가 굴러떨어지면 방으로 들어가곤 한다. 소파에서 굴러떨어지느니, 오늘처럼 이렇게 한밤의 전화가 깨워주는 게 낫다. 어젯밤만 해도 오른쪽 어깨를 된통 찧었다. 잠들기 전 마셨던 맥주컵이 그러잖아도 시원찮은 어깻죽지를 강타했다. 맥주컵 입장에서야, 웬 육중한 몸피의 아줌마가 저한테 달려들어서 저 딴에는 정당방위를 하느라고 그랬다 할 테지만, 맥주컵은 금이 가 있었다. 아침에 컵을 쓰레기통에 버리면서 아깝다는 생각보다 문득, 미안하다는 생각이 더 들었다. 내 육중한 몸, 나라는 사람이 주는 육중한 무게의 정신적 타격을 받고 그 몸에, 그 마음에 금간 사람 어디 없는가. 나는 유독 습한 날이 지속되는 가을아침에 문득 그런 생각을 했던 것이다. 영원의 전화가 왜 끊어진 것일까. 나는 더이상 잠들지 못하고 전화벨 울리기를 기다린다. 내가 해볼 수도 있지만 그냥 기다리고 싶다. 영원에게는 왠지 그래주고 싶다. 영원이가 하고 싶어 한 전화였을 것이다.

이 밤중에 그래도 제가 전화 걸 수 있는 사람이 나였을 것이다. 이럴 때 그저 전화를, 그애의 호출을 기다려주면 된다. 그리고 받아주면 된다. 응답해주면 된다. 그러나, 영원에게서 전화는 오지 않는다. 베란다 밖 외등이 아파트 주차장에 동그랗게 떨어진다. 한밤중에 깨어나 베란다 밖 풍경을 내어다본 지는 오래되지 않는다. 그전에 나는 혹여 한밤중에 깨어나면 화장실에 갔으면 갔지 결코 베란다로 나오지는 않았다.

지난여름 그가 한밤중에 내게로 온 적이 있었다. 나는 그의 뜻밖의 방문이 신선하고 행복했다. 그뒤부터일 것이다. 밤이면 혹시 그날 밤처럼 문득 그가 오지 않을까, 싶은 막연한 기대감에 나도 모르게 베란다 밖을 주시하는 버릇이 생겼다. 그는 그러나 이후로 단 한번도 한밤중의 방문 같은 건 하지 않았다. 피로에 잔뜩 전 퇴근길에 잠깐 왔다 갈 뿐. 학교급식 재료 중 생선납품업을 하는 그의 몸에서는 늘 생선비린내가 났다. 그가 내가 근무하는 학교의 식당에 생선배달을 왔을 때, 우리는 이십년 만의 재회 앞에서 잠시 말을 잊었다. 그의 머리는 검은 머리보다 흰머리가 주였고 눈가의 주름은 굵고 깊었다. 그가 보는 나도 실은 그와 크게 다르지는 않을 것이다. 84년인가, 85년인가 학원안정법 반대투쟁 현장에서 나는 그에게 후방에서 제조한 꽃병을 건네주었고 그는 그것을 전방을 향해 날렵하고도 유연하게 투척했다. 그는 그러니까, 내가 경자 책가방을 찾으러 갔다가 붙잡혔던 써클 선배, 바로 그 사람이다. 그는 어느 늦은 겨울밤 나를 집까지 바래다주었고 그때 그는 연인도 아니면서 내 차가운 손을 잡아 자신의 호주머니로 가져다 녹여주었다. 그가 내 집에 올 때면 들고 오는 냉동생선처럼 그와의 기억들이 내 생애 어딘가에 냉동저장되어 있었다는 사실을 나는 까맣게 모르고 있었다. 그가 한밤중에 내 집에 왔을 때, 그와의 기억의 편린들이 해동되어 온밤을 흥건히 적시는 동안, 그러나, 그에게 딸린 목숨들은 불안과 알 수 없는 적의로 온 마음이 꽁꽁 얼어가고 있었다는 사실을 나는 나중에야 알았다. 그는 이제 내 집에서 밤을 새는 '사건' 따위를 다시는 벌이지 않을 것이다. 그날 밤의 방문으로 그가 치른 댓가는 혹독했으니까. 사춘기에 접어든 그의 세 딸들의 홀아버지 단속이란, 죽은 마누라도 아마 혀를 내두를 것이라고 그가 웃으며 말했다. 그 웃음의 앞은 유쾌한 것이었으나 뒤끝은 쓸쓸함이 묻어나고 있음을 그러나 나는 모르는 척했다. 내색하지 않는 것이 예의일 듯했다. 그는 아내를 졸경에 잃었다. 구조조정이라는 이름의 대량해직 사태가 봇물을 이루던 시기, 노조간부였던 그는 삭발을 하고 노조원들과 함께 무기한 연좌농성에 들어갔다. 회사는 인수합병되었고 구조조정은 단행되었고 고용승계는 이루어지지 않았고 그는 구속되었다. 그가 연행되었다는 소식을 들은 그의 아내는 남편의 옷가지를 싼 가방을 들고 새벽 찬바람 속에서 발을 동동 구르며 택시를 기다렸다. 새벽이라 차가 뜸했다. 급해진 그의 아내는 찻길로 내려섰고 멀리서 다가오는 택시를 향해 손을 휘젓던 그의 아내를 새벽 귀갓길에 나선 음주운전자의 차가 와서 덮쳤다. 나라는 한창 아이엠에프 구제금융 사태라는 생경한 이름의 재난을 맞아, 금모으기를 해야 한다고, 금모으기를 해서 애국자 되라고 연일 시끄러울 때, 또 누군가는 쑥쑥 올라가는 은행이자에 웃고 싶지만 차마 그 웃음을 웃지 못해 고도의 표정관리를 하느라 애깨나 써야 했던 때, 그는 아내를 잃었다.

고양이 한마리가 아파트 주차장에 세워둔 차의 바퀴 사이에서 기어나와 가로등 아래 쓰레기통 쪽으로 조심스레 접근한다. 뒤뚱거리는 걸음새다. 자세히 보니 다리 한쪽을 다친 모양이다.『인간 연습』첫머리를 읽는 중에 관리실에서 방송이 나왔다. 아파트단지 내에 부쩍 창궐하기 시작한 고양이로 인한 피해가 증가하고 있는 실정인바, 고양이의 서식환경을 차단하기 위해서는 음식물쓰레기를 배출하는 데 각별한 주의를 요망한다. 만약 음식물쓰레기를 음식물쓰레기통에 버리지 않고 비닐봉지에 싼 채로 쓰레기통 주변에 던져놓다가 발견될 시에는 당 아파트 입주자대표회의에서 의결한 바대로 범칙금을 물릴 것이다,라는 요지의 방송이었다.

고양이는 다른 날과는 다르게 말끔한 쓰레기통 주변을 맴돌다가 이내 어둠속으로 사라진다. 저녁에 남긴 냉장고 속 음식들이 생각난다. 냉장고 야채칸에는 한약봉지도 있다. 시집간 제자 성란이가 소개해준 한의원에서 거금 삼십만원을 주고 지은 약이다. 성란과 영원은 내 첫 부임지의 첫 제자들이다. 첫 제자들 중에서도 성란은 공부를 못한 축에 속했다. 아무리 첫 제자라 해도 공부 못하는 축들이 선생을 아는 체하는 예는 극히 드물다. 천성이 밝아서인가. 길에서 우연히 나를 봤을 때 그냥 지나쳐도 상관없었을 텐데 성란은 그러지 않았다. 내 기억속에서 이제 막 털갈이하는 약병아리처럼 밉상으로 남아 있던 성란을 우연히 조우한 건 92년 겨울이다. 대선에서 막 승리한 당선자는 '안정 속의 개혁'을 '반다시' 이루어서 '신한국'을 건설하겠다고 말했지만, 그 신한국건설 플랜에 해직교사 복직 카드는 없는 모양이었다. 양김씨 중에 '정권교체'를 이루지 못하고 패배한 한 김씨가 눈물을 흘리며 정계은퇴를 선언하던 날, 아동도서 방문판매원이던 나는 동료였던 한 해직교사를 조문하고 돌아오는 길이었다. 해직되고 나서 경제적으로 어려워진 많은 교사들이 나처럼 방문판매원이라든가, 막노동이라든가, 식당배달원 같은 일로 생업을 삼고 있었다. 연탄가스 중독으로 끝내 죽음을 맞은 그 교사도 사정은 비슷했다. 산동네 월셋집으로 이사 들어간 지 한달도 안됐다고 했다. 조문을 온 동료들이 산동네 씨멘트 블록집 좁은 마당에 화톳불을 피워놓고 둘러앉아 있었지만 다들 입을 굳게 다물고 눈시울만 붉힐 따름이었다. 집에서 아이가 기다린다는 핑계로 상갓집을 서둘러 나와서 산동네 가파른 계단 길을 내려오던 중, 저녁 어스름 속에서 웬 아가씨가 턱밑으로 고개를 쑥 디밀었다. 그렇게 재회하게 된 성란이 그해 봄 어느 주말 저녁 불쑥 집으로 찾아왔다.

"선생님, 돈 좀 빌려주세요."

"무슨 일 있어?"

"나쁜 놈이 돈을 안 주잖아요."

"어떤 나쁜 놈이?"

"나 임신시킨 놈 말이에요."

말하자면 애 지울 돈을 빌려달라는 것이었다. 나는 성란을 데리고 산부인과에 갔다. 스무살의 첫봄을 성란은 그렇게 맞았다. 그뒤에도 몇번 성란은 내게 돈을 빌리러 왔다. 물론 산부인과 비용은 아니었다. 영구임대 아파트에 입주하려고 하는데 보증금 백팔십만원이 없다고 했다. 나는 성란의 가족이 살고 있는 산동네 단칸 블록집을 안다. 그런 경우에는 늘 그렇듯이, 그러니까 식구들의 배역이 이미 정해져 있기나 한 것같이, 그 집에서 성란은 무능력자 아버지, 힘없는 어머니 그리고 아직 어린 동생들을 부양하는 처녀가장이었다. 물론 성란은 자기가 가장이라고만 말할 뿐 무슨 일을 하는지는 말해주지 않았다. 내가 왜 말하지 않느냐니까 성란이, 떳떳지 못한 직업이니까, 그렇죠,

말하며 눈을 내리깔았다. 나는 성란의 가족이 영구임대 아파트에 입주할 돈을 해줄 수가 없었다. 그때 백팔십만원은 내게 버거운 액수였다. 그래서인가. 성란은 나와의 연락을 뚝 끊었다. 나는 미안해서 그 애에게 전화하지 못했다. 성란은 그 당시 내가 학교에서 쫓겨난 상태였다는 걸 몰랐을까.

'조금많이보고싶다'

낯선 이로부터 온 문자였다. 휴대폰이라는 물건이 생겨나기 전, 사람들은 과연 어떻게 살았을까가 잘 생각나지 않을 만큼 이 새로운 통신수단은 얼마나 기막힌 물건이란 말인가. 그 편리한 물건 중에 문자 메씨지라는 의사전달 방식은 가히 그 물건이 수행할 수 있는 능력 중의 압권이다. 휴대폰으로 음악을 다운받고 영화를 보고 인터넷을 하는 시대라 하지만 내게는 아직 문자만큼 절실하게 와닿지 않는 기능들이다.

조금 많이 보고 싶다니. 조금이면 조금이고 많으면 많이지 조금 많이라니. 그러나 휴대폰 문자라는 게 말이 되고 안되고를 따질 것이 못 된다는 것쯤은 나도 알고 있다. 요지는 보고 싶다는 것 아닌가. 보고 싶다는 이로부터는 그 며칠 후 주말에 전화가 왔다.

"너는 나 안 보고 싶었냐?"

이제 중년이 된 남자가 대뜸 물었다. 내가 그를 보고 싶어한 적이 있었던가? 그제야 생각났다. 88년 5월인가, 명동성당에서 서울대학생 조성만이 양심수를 석방하라고 외치며 할복투신, 백병원으로 옮겼으나 끝내 사망했다는 소식을 나는 버스 안에서 들었다. 광산노동운동을 하겠다고 태백으로 간 그가 파업주동 혐의로 감옥에 들어갔다.

딱히 애인이라기도 친구라기도 애매한, 우리는 그런 관계였다. 그래도 나는 그에게 영치금을 넣어주고 면회도 갔다. 그날도 그를 면회하러 전주로 가던 길이었다. 거리에는 연일 화염병과 최루탄이 난무했다. 바깥세상 소식과 발령받은 지 이년째인 내 초임교사 생활 같은 것을 묻고 대답하고 난 어름쯤에 내가 슬쩍 물었다.
"기다릴까?"
그가 말했다.
"우린 그냥 동지일 뿐이잖아."
그를 면회하고 온 지 얼마 안돼 나는 내가 근무하는 학교 체육선생과 결혼을 했다. 그리고 나는 내 동지를 잊었다. 십팔년 전 일이다.
"니 전화번홀 오영원씨를 통해 알았지. 우리 의원님 자서전을 오영원씨가 썼잖아."
나는 그와 나 사이가 진짜 동지인지 뭔지, 뭘 두고 그가 날 동지라고 했는지 십팔년이 지난 지금도 알지 못한다. 다만 그가 동지라고 하니까, 동지이나보다, 여길 뿐이다. 십팔년 만에 나타난 내 동지가 집권여당 의원 보좌관이라는 것도, 영원이가 자서전 쓰는 일을 한다는 것도 그제야 알았다.
길을 걷다가 동지가 나를 데리고 들어간 곳은 고깃집이었다.
"오랜만에 만났는데 소주나 한잔 하자. 그리고 얘기는 천천히 하자."
동지가 옷을 벗어 옷걸이에 걸었다. 또래 남자들이 흔히 그러하듯 내 동지의 배도 적당하게 나와 있었다. 동지가 나를 은근히 건너다봤다.
"너는 하나도 안 늙은 것 같다. 여전히 예뻐."

뭔가 대꾸를 해야 할 것 같았으나, 별 할말이 없었다. 내 침묵이 어색했는지 동지가 메뉴판을 일별했다. 봐라, 뭘 먹을까, 야, 너 저기 먹어볼래, 차돌박이. 나는 차돌박이가 뭔지 그때까지도 몰랐다. 동지는 고깃집에서의 동작이 몸에 익은 듯했다. 그때 주문을 받으러 온 여자가 성란이었다. 나는 처음에 성란을 못 알아봤다. 몸이 어마어마하게 불어난 탓이다. 거기다 배부른 걸 보니 임산부인 듯했다. 예전에 오천평이라는 배우가 있었다. 성란은 오천평을 넘어 육천평은 족히 돼 보였다.

"선생님, 여기 사시는 줄 진짜 몰랐어요. 여보, 여기 나와봐요."

성란이 주방에 대고 외쳤다. 고기를 들고 나오는 남자는 삐쩍 말랐다.

"제 남편이에요. 이 남자가 나를 이렇게 살찌워놨지 뭐예요."

내 동지는 그날 술을 많이 마시지 못했다. '보고 싶은 여자'의 제자 때문에 신경이 쓰여 술맛이 나지 않았는지도 모를 일이다. 동지에게서는 더는 전화도 문자도 오지 않았다. 무슨 이유 때문인지는 알 수 없었다.

성란이 양념고기를 싸들고 내 집에 왔다. 성란은 결혼한 지 오년이 지나도록 임신이 안되다가 동네 미장원 아줌마가 소개해준 한의원 약을 지어먹고 임신을 했다 한다.

"성란아, 임신 축하해."

나는 진심으로 말했다. 성란의 눈에 눈물이 어렸다.

"선생님, 우린 비록 빚으로 이 장사 시작한 거거든요. 그래도 어쨌든 시작했으니까 잘해보려구요. 그래서 말인데요, 선생님, 옛날에 저와의 일은 잊어주셔요. 그인 내가 어떻게 살았는지 아무것도 모르거든요. 안되던 임신도 됐겠다, 전 정말 이제부터는 새롭게, 진정 새롭게 거듭나는 삶을 살고 싶거든요."

성란에 대해서 모르는 건 나도 마찬가지다. 산부인과 건은 나도 잊은 지 오래되었다. 성란이 싸들고 온 양념불고기는 양이 너무 많았다. 냉동칸에 보관했다가 그가 오면 줄까. 그는 내가 뭔가를 주는 걸 좋아할까. 프라이팬에 덜어내고 남은 불고기를 서툴게 비닐에 담는 내 모습을 보고 안되겠다 싶었는지 성란이 잽싸게 나를 밀쳤다.

"선생님, 혼자 사시면서 통 안 챙겨잡수시죠? 냉장고도 너무 믿지 마시고 그때그때 해드셔야죠."

냉동칸 문을 열어보고 정리상태가 엉망인 것을 보고 냉장칸까지 열어젖혀놓고 성란이 딸네 집 살림 살피러 온 친정엄마처럼 말했다.

"세진이는 미국 가서 공부 잘한대요?"

냉장고를 말끔히 정리해놓고 저와 나 사이가 조금은 긴밀해졌다고 느꼈는지 성란이 불쑥 아이의 안부를 물었다.

아이는 제 아빠 있는 플로리다로 갔다. 내가 체육선생과의 결혼을 그토록 서둘렀던 것을 보면 감옥에 있는 그 얄량한 '동지'로부터 받은 상처가 딴에는 꽤 컸던가보다. 서두른 결혼이 뭔가 중대한 실수임을 깨달은 건 입덧이 가라앉고 임산부로서의 자세가 본격적으로 만들어지기 시작하던 무렵이었다. 오월 저녁이었다. 열어둔 창문으로 라일락 향기가 바람에 실려와 코끝뿐 아니라 괜히 마음까지 간질이던 늦은 봄밤. 남편은 체육선생답게 단단한 근육질을 가진 건강한 '사나이'였다. 솔직히 말하자. 내 속의 가녀린 처녀는 바로 그의 그 '사나이'성에 확 끌려버린 것임에 틀림없다. 내가 다닌 대학의 대운동장만큼이나 넓은 그의 가슴을 밀쳐낼 마음을 먹기에는 상당한 의지가 필요했다. 그런 의지를 발휘하기엔 나는 그때 그야말로, '풀밭 같은 너의 가슴에 뛰어놀고 싶은' 마음이 더 간절했는지도 모른다. 본능이 내뿜는 들척지근하고도 음울하고도 활달하고도 거대한 기운을 무엇으로 이기랴. 나란히 퇴근하여 그는 목욕탕으로 나는 부엌으로 직행해야 하는 결혼의 현실에 대해서 내가 불만이 있었던 건 전혀 아니다. 나는 오히려 그가 목욕하는 소리를 들으며 음식 만드는 것이 즐거웠다. 이윽고 목욕탕에서 나온 그가 싱그러운 비누냄새를 풍기며, "보자, 뭘 만드시나" 하면서 내 등뒤로 밀착해 들어올 때의 짜릿한 순간이라니. 그러나 그날 나는, 목욕탕에서 나올 그의 싱그러운 수성을 기다리고 있지 않았다. 그날만큼은, 그가 집에 들어오자마자 켜놓은 텔레비전에서 때가 오월이니만큼, 광주 특집, 「어머니의 노래」라는 프로가 방영되고 있었다. 여느 날과 다름없이 목욕탕에서 나온 그가 내게 밀착해 들어왔지만, 나는 그 때문이 아니라, 「어머니의 노래」 때문에 내 팔뚝의 솜털들이 잔뜩 긴장되고 있음을 알았다. 내 팔뚝의 솜털이 일제히 곤두선 것이 순전히 자기 때문이라고 판단한 것이 틀림없는 그가 그토록 저돌적으로 돌진해 들어오지만 않았더라도, 그도 나와 같이 텔레비전 화면에 시선을 고정하고, 우리 시대의 고통에 대해 잠시 묵념의 염을 가지는 태도만 취했더라도 나는 그날 그에게 전혀 준비되지 않은 폭력성을 드러낼 마음은 추호도 없었으리라.

"당신, 저때 어디서 뭐 했어?"

나는 불쑥 물었다.

"언제?"

"팔십년 오월에."

"태권도 교관 했지."

"어디서?"

"군대서."

그는 너무나 당연히, 쉽게, 내 나이가 그때 딱 군대 있을 나이 아니냐? 알면서 왜 물어? 하는 태도로 가볍게 응수했다. 손은 여전히 내 몸 중의 어딘가를, 안정적으로 착지해서 오래 머무를 수 있는 장소를 찾아헤매느라 분주한 채로. 내 의지는 잠시 그 손의 움직임이 멈추기를 기다렸으나, 내 감정은 의지를 배반했다.

"오늘만이라도 좀 경건하면 안될까?"

드디어 남편의 손이 멈추었다. 그러고 나서 떨떠름하게 나를 바라보았다. 나는 손가락으로 텔레비전을 가리켰다. 그의 시선이 텔레비전으로 옮겨갔다. 우리는 내가 원한 바대로 잠시 그렇게 경건함을 유지했다. 어머니가 아들의 묘지에 엎드려 통곡하는 장면에서 나는 그만 가슴이 울컥했다. 그가 문득 물었다.

"당신은 그때 뭐 했어?"

"나? 고등학생."

그러고 나서 우리는 침묵했다. 「어머니의 노래」도 끝났다. 고등학교 졸업하고 뭐 했느냐고 그는 묻지 않았다. 나 또한 군대서 제대하고 뭐 했느냐고 묻지 않았다. 둘 다 대학생이라는 사실을 알아서 묻지 않은 건 아니리라. 라일락이 지고 장미가 한창이던 유월 어느날, 저녁 밥상머리에서 그가 불현듯 말했다.

"많이 생각해봤거든. 결론은 딱 하나야. 각자가 애국하는 방법이 달랐다는 것."

순간, 뒷덜미에 뭔가 둔중한 물체가 쿵 내려앉은 듯 얼얼해졌다. 그가 쐐기를 박듯, 입매에 힘을 주고 말했다.

"나라와 민족을 위해서 애국하는 방법이 달랐다고 해서 부부관계가 깨질 수는 없어. 북한이 왜 욕을 먹는 줄 알아? 사상검증에 따른 인민재판 때문이지. 당신 혹시 운동권 중에 있다는 그 뭐냐, 김일성을 따르는 사람들, 주체사상파 아냐? 만약 그렇다면 나를 위해 전향하도록 해."

이번에는 미세한 벌레가 기어가는 듯한 느낌이 배꼽 언저리로부터 온몸으로 스멀스멀 퍼져가고 있었다. 말을 마친 남편의 이마에 지그시 땀이 배어나고 있었다. 그 말을 하기까지 그가 얼마나 노심초사했는가를 나는 알았다. 내게 전향할 것이 있느냐, 없느냐는 중요하지 않았다. 그건 그도 마찬가지였을 것이다. 내가 노동조합에 가입하고 가입의사를 철회하지 않아 해직통지를 받던 날 그가 구청에서 가지고 온 서류를 내밀었다.

"우린 이상이 서로 달라."

남편이 내게 마지막으로 한 말이다. 이혼을 하고 나서 남편은 월남전 참전용사 출신인 그의 맏형이 태권도 도장을 하고 있는 플로리다로 갔다. 내 밑에서 자란 아이는 실업계 고등학교를 일년 다니다 제가 사는 이곳이 공부 못하는 사람에게는 희망이 없는 곳이라는 결론을 내리고 제 아빠에게로 갔다. 아이는 말했다.

"내가 공부를 못한 건 엄마아빠가 이혼했기 때문이야."

떠난 세진에게서는 이따금 지나치게 건강한 소식이 날아왔다. 그동안 키워준 엄마께 고마운 마음을 갖고 있다. 자신은 태권도인으로서의 자부심을 가지고 매일매일의 삶을 충실히 보내고 있다. 태권도 종주국 한국의 아들로서 한치의 부끄럼 없이 살기 위해 노력하겠다…… 엄마아빠 이혼이 어쩌고 하면서 제 딴에는 대못이다 하고 내게 서슬 퍼런 악다구니를 퍼붓고 간 깐에는 그래도 잘되어 있는 것이 분명하다. 그것이 안심이면서도 또 나는 휑했다. 내 속에서 나와서 내 품에서 자란 아이지만 나보다 제 아빠의 유전인자만을 뒤집어쓰고 나온 듯한 아이. 나는 내 아이가 그렇다는 사실을 몰랐다. 사사건건 내게 찍자를 붙이고 짜증을 내고 내 속을 긁는 것이 유일한 제 취미 운운했던 것이 어쩌면 애초부터 나와는 맞지 않는 존재라서 그랬는지도 몰랐다. 세진은 제 아빠하고 잘 맞았다. 나하고 있는 것보다 제 아빠하고 있는 것이 아이도 편한가보다. 중요한 것은 그러니까, 우리가 어떤 관계냐가 아니라, 함께 있을 때 서로가 어떤 사람이 되느냐일 것이다. 나는 내 아이와 좋은 관계 맺기에 실패한 것이 분명하다.

"선생님, 왜 아무 말도 안해요? 선생님, 술 많이 드시지 마세요. 선생님도 이제 나이를 생각하실 때가 됐잖아요. 이제 보니 선생님 얼굴도 영 안 좋으세요. 몸 안 좋으시면 거기 저 약 먹었던 덴데 그 약 먹음 직방일 텐데."

성란이 볶아낸 불고기는 포도주 안주엔 제격이었다.

"성란아."

"네, 선생님."

"이제 가봐야지."

"네, 선생님, 언제라도 심심하시면 전화하시고 또 놀러 오세요. 혼자 밥 먹기 싫음 저희 집에 오셔서 드시구요."

성란을 보내고 나서야, 나의 음주는 본격적으로 시작되었다.

성란이 충고한 대로 나이를 생각할 때가 된 나이에 나는 나이 같은 건 무시하기로 단단히 결심하고서 성란이 임신하는 데 결정적 역할을 했다고 믿고 있는 한의원으로 갔다. 의사가 어디가 안 좋아서 왔느냐고 물었다.

"사실은, 그게, 위도 좀 안 좋은 것 같고…… 변비도 좀 있고…… 늘 기운이 없고 졸음이 와서…… 약간의 우울증 증세도 좀……"

"가끔 열나고 가슴 두근거리고 그러지는 않습니까?"

"그럴 때도 있고……"

"생리는 어때요?"

나는 웬일인지 가슴이 뜨끔했다.

"괜찮아요."

"혹시 생리주기가 빨라졌거나 그러진 않습니까?"

그러고 보니, 그런 것도 같다. 28일 주기였던 것이 언제부턴가 25일 주기, 지지난달부터는 23일 주기가 되었다.

"맞는 것 같아요."

"전체적으로 갱년기 증세인 것 같네요. 체질적으로 빨리 오는 사람은 사십대부터 오기도 하거든요. 약을 지어드릴까요?"

나는 그때, 단호하게 아니라고 했어야 했다. 그러나 노골적으로 약 얘기를 하는 의사 앞에서 약 짓지 않겠다는 말을 할 용기가 없었다. 용기를 말하자면 사실 애초부터 없었던 것이 아닌가.

'임신이 하고 싶어서 왔다'는 그 말을 할 용기가. 그래서 지금 냉장고엔 '임신을 도와줄 수도 있는' 약이 아니라, '갱년기 증세를 완화해줄' 봉지 한약이 야채칸에 그득한 것이다.

만나기로 한 대학로 마로니에공원 화단가에 그가 앉아 있었다. 나는 잠깐, 나무둥치 뒤에 몸을 숨겼다. 그가 나를 기다릴 때 어떻게 하고 있는지를 보고 싶었다. 그는 어깨를 구부리고 다리를 벌린 특유의 자세로 앉아 있었다. 토요일 오후의 대학로는 무슨 잔칫집처럼 흥청거리는 기운이 넘쳐났다. 그는 그런 잔칫집에 초대받지 못한 손님처럼 사람이 뜸한 구석자리에 홀로 앉아 있었다. 우리가 약속한 시간은 아직 오분쯤 남아 있었다. 그 오분을 나는 나무둥치 뒤에서 다 채울 요량이었다. 그가 발치께에 놓인 가방에서 뭔가를 꺼내 먹고 있었다. 약인 것 같았다. 비아그라일까? 웃음이 나오려는 걸 꾹 참고 그에게 천천히 걸어갔다.

"아이들은요?"

"할머니하고 저희 큰집에 갔어."

"그럼 오늘은 해방이네요?"

그가 빙긋 웃었다.

"연극…… 봐?"

그가 물었다.

사실 연극은 핑계에 불과할 수도 있으리라는 내 짐작은 틀리지 않았다. 이게 연애인지 아닌지 아직 확실치는 않으나, 대충 연애인 것은 같으니 연애하는 사람들 흉내는 내야 할 것 같아 마침 시간도 나겠다 주말 오후 연극관람이라는 명분으로 나를 불러낸 것이리라.

"연극? 딴데로 가죠 뭐."

결국은 또 술집이었다.

"아까 무슨 약 먹던데 뭐예요?"

"진통제."

입에 댔던 술잔을 나도 모르게 내려놓았다. 비아그라가 아니라는 사실에 놀란 건 아니다.

"어디 아파요?"
"디스크가 있어. 요추 삼번, 경추 오번이 나갔다나봐. 그래서 그런지 자꾸 머리가 짓눌려. 요샌 어깨관절도 내려앉고. 봐, 손끝에 힘이 하나도 없잖아."
과연 술잔을 쥔 손끝이 바르르 떨고 있었다.
"병원에 가봐야죠."
"소용없어, 디스큰걸. 함부로 산 결과지 뭐. 나이도 나이인만큼."
나는 손에 쥔 술잔을 어떻게 할까, 머뭇거리다 그냥 홀짝 털어넣어 버렸다.
"여자들 술 많이 마시면 폐경 빨리 온다던데, 조심하지."
"울엄마는 술 안 마셨어도 삼십 중반에 끊어졌대요. 그래서 나 하나 낳고 말았죠."
"그러면 더 위험한걸. 모든 병이란 가족력이란 게 있잖아."
"엄마가 더이상 생산을 못하게 되니까 아버지가 밖으로 나돌기 시작했죠. 그거 알아요? 하얀 접시꽃 뿌리가 여자한테 좋다죠. 엄마는 하얀 접시꽃을 집 안에 가득 심었죠. 아버지 돌아오게 하려고. 나도 당신 붙잡으려고 집에 하얀 접시꽃 잔뜩 심어놨어요."
"아파트잖아."
"냉장고에요."
순간, 그가 크게 웃었다.
"무슨 소릴 하고 있는 거야. 우리 나이가 몇인데. 더구나 난 애가 셋이야, 셋."
"그게 아니라, 나는요…… 나는 처음으로 돌아가서…… 맞아, 처음처럼 새롭게 한번…… 맞아요…… 한번뿐인 인생……"

누군가 내 어깨를 흔들었다. 술집주인이었다. 그는 없었다.
"그 남자 어디 갔어요?"
"막 화내면서, 뭐라더라, 애 날리고 하는 여자가 술은 왜 먹느냐고, 하면서 나가더라구요."

어둠속으로 사라졌던 상처입은 고양이가 다시 기어나왔다. 음식물 쓰레기통으로 훌쩍 뛰어오른다. 그러나 쓰레기통 뚜껑을 열기에는 가망이 없어 보인다. 전화벨이 울린다.
"선생니임."
영원은 취해 있다.
"영원아, 선생님이다. 말해라."
"저 있잖아요, 자서전 같은 거 그만 쓰고 소설 쓰고 싶어요. 근데요, 돈 땜에요, 안돼요. 저 농사지으면서요, 빚 너무 많이 져서요, 안돼요. 저도요, 소설 쓰면서 폼나게 살고 싶은데요, 지금은 안돼요, 선생니임……"
"야, 소설 쓰려면 술부터 먹지 말아야지, 술취한 정신으로 어떻게 소설 쓰냐? 안 그래?"
"근데요, 그게 그렇지가 않아요. 선생님은 소설 안 써봐서 모르시는구나. 내가 그걸 깜박했네요. 하여간 선생님, 저요, 두고보세요. 이 딴 자서전 딱 때려치우고 보란 듯이 소설 쓸 거예요. 소설가로서의 오영원 인생 새로 시작할 거라구요, 아셨죠, 선생니임."
"오냐, 알았다. 그만 자자."
"옛, 선생니임."
고양이는 쓰레기통 위에서 곡예를 하고 있다. 냉장고 문을 연다. 저녁에 반찬한답시고 만들었다가 고스란히 안주가 되었던 조기구이 접시를 꺼내 비닐봉지에 쓸어담는다. 야채칸에서 아른거리는 한약봉지에 눈이 간다. 냉장고라고 믿을 것은 못 됐지. 약도 오래 두면 변할 것이다. 약봉지를 꺼낸다. 약이 너무 차갑다. 예전에는 잠들기 전 꼭 얼음 하나씩을 깨물어 먹은 적이 있었다. 얼음도 먹었던 사람인데 뭘, 하고서 차가운 한약을 입속에 털어넣는다. 차가운 것이 들어가니, 정신이 번쩍 난다. 비닐봉지를 들고 현관문을 나선다. 누가 볼까 조심하면서. 어쨌거나, 범칙금을 물지 않아야 하므로. 바람이 많이 부는 밤이다. 마곡사 밑에 비를 뿌린 바람이 이제 이곳까지 왔는가. 이상하게 얼음처럼 차가운 한약을 먹었는데도 춥지가 않다. 이것도 갱년기 증상인가? 아무려나, 나는 비린내 풍기는 비닐봉지를 들고 주차장을 가로질러 쓰레기통 옆으로 다가갔다. 검은 구름이 남쪽 하늘에서 몰려오고 있다. 밤은 깊다.

별이 총총한 언덕

덥다. 숨도 가쁘다. 윤자는 딸기가 든 스티로폼을 머리에 이고 언덕배기를 허위허위 올랐다. 아이들이 잠을 깨서 엄마 없어진 것을 알고 울었으리라. 그러다가 이렇게 생각지도 못한 딸기 선물을 받아들고 입이 헤벌어질 아이들 생각을 하니 머리가 후끈거리게 땀이 나도 발걸음은 더할 수 없이 가볍게 느껴진다. 특히 큰애가 그렇게 소원을 해대던 딸기를 끝물철이나마 한상자씩이나 먹을 수 있게 된 것을 좋아할 생각을 하니 더 그렇다. 좀전에 그렇게 악을 썼던 것도, 눈물을 철철 흘렸던 것도 지금은 다 거짓말 같다.
　아니 근데, 무슨 맘으로 그 인간이 준 돈으로 딸기부터 살 생각을 했을까. 언덕배기 중간쯤에서 윤자는 문득 그 생각을 했다. 지금까지는 허위허위, 행여라도 그 인간이 줬던 돈을 다시 뺏어가기라도 할까봐, 그리고 내가 준 돈이, 밤잠 안 자고 벌었다는 그 돈이, 어떤 돈인

줄이나 알고 딸기를, 그것도 한상자씩이나 쳐사들였느냐고 할까봐, 윤자는 그야말로 가슴을 다 통개거리면서 집으로 가는 언덕배기 길을 올라왔던 것인데, 고갯마루쯤에 도착했을 때는 제 숨이 쉬어가지 않으면 안되는 한계점까지 도달한 거였다. 머리에 인 딸기상자는 내려놓을 생각도 못하고 혹, 그 인간이 아직도 거기 있나, 없나, 알아나 볼 겸 고개를 저 아래, 도로가 쪽으로 돌려 살펴보았다. 그가 입은 검은색 계통의 점퍼를 입은 사람은 보이지 않으니 그가 없는 것은 분명해 보였다. 안심이었다. 윤자는 숨도 좀 고를 겸, 일단 딸기상자부터 머리에서 내려놓았다.

상배한테서 전화가 온 건 윤자가 아직 잠에서 깨기도 전이었다. 기다리던 전화이긴 했다. 전날, 윤자가 시댁으로 전화를 걸어 연이애비를 한번 만나봐야겠다고, 연락이 되는 대로 이쪽 연락처를 연이애비에게 좀 전해달라고 노인한테 신신당부를 했던 것이다. 정신이 총총치 못한, 혹은 정신이 총총치 못한 체하는지도 모를 노인은 윤자의 전화를 받고 징징 우는소리부터 냈다. 노인은 지금 자기는 누가 밥을 끓여주는 사람도 없고 옷을 빨아주는 사람도 없으며 돈을 주는 사람도 없고 찾아오는 이 하나 없다고 했다. 자신이 처해 있는 온갖 악조건들을 말할 때는 그렇게 야무질 수가 없었다. 약간의 슬픈 음성까지 가미할 줄도 알았다. 히힝거리며 코를 푸는 시늉까지, 심지어는 전화상인데도 상대방으로 하여금 지금 자신이 눈물을 훔치는 중임을 느끼게끔 하는 묘한 재주를 가진 양반이었다. 마나님과 사별하고 나서 그런 재주 아닌 재주가 생겼다고 하는 소리를 시고모한테서도 들은 적이 있었는데, 그것은 어쩌면 노인의 또다른 생존전략이자, 진실일 수도 있었다. 하지만 윤자에게 시댁식구들이 보이는 모든 행동은 필시 가짜일 터였다. 노인과 시누이와 시동생과 남편 심상배의 말과 행동 들은 그 앞에서 보고 들으면 백 퍼센트 정답이었다. 어쩌다 환난을 만나 가정경제가 여의치 아니하여 비록 가족이 뿔뿔이 흩어질 수밖에 없었긴 하지만, 이제 그 환난도 끝나간다고 하니 당연히 흩어졌던 가족은 다시 모여살아야만 한다는 것이 그들의 말이었다. 그랬다. 다시 모여살면 되는 거였다. 그들이 생각하는 문제는 다시 모여살지 않는 것, 단지 그것이 문제였다. 문제는 그것뿐이라고 시댁사람들이 생각했고 세상사람들이 그렇게 생각할 거였다. 가족이 모여살아야죠, 아이엠에프 끝난 지가 언젠데. 그들끼리 모여살아도 거기에 윤자가 없으니, 생활이 불편하여 나오는 소리라는 걸. 그러나 시댁사람들 중 누구도 말하지 않았고, 세상사람 아무도 알아주지 않을 것이다. 거기까지 생각이 미치자, 그만 윤자 입에서 저도 모르게 코웃음이 나왔다. 코웃음이 얼마나 세게 나왔는지 콧물까지 나올 지경이었다.

'그러면 환난이 끝나서 가족이 모여살아야 한다면, 그러면 환난 나기 전에는 뭐 가족이 모여살 만한 형편이긴 했었나? 환난이 끝나서 가족이 모여살아야 한다면, 그러면 환난이 끝났다고 해서 모여살 만해지게는 되었나? 그러면……'

자신으로서는 비장한 마음으로 전화를 했고 그리고 드디어 당사자가 연락을 해왔으니, 나가긴 나가야 할 것이다. 윤자는 아이들이 깰까 봐 조심하며 집을 나왔다.

"정신없다는 양반이 전화번호 안 잊을 만큼은 그래도 정신이 있나 보지?"

"아버지는 당신 들어오기만 손꼽아 기다리셔. 애들도 얼마나 보고 싶으시겠어?"

상배의 몸에서는 아침인데도 후줄근한 땀냄새가 났다. 땀냄새뿐 아니라 온몸에서 알코올이 발효되는 듯한 고약한 냄새까지도 포함되어 있었다. 아침에 눈뜨자마자 걸려온 전화선 너머에서 상배는 자신이 뭔가 약하게 보일 필요가 있다 싶으면 내는 특유의 가련한 목소리로, 지금 사는 곳이 어디인가 묻고 나서 집으로 오겠다고 했다. 집에서는 만나고 싶지 않다고 하자 그렇다면 그 동네 아래 있는 공원의 '바르게 살자' 비 앞에서 만나자고 했다. 일요일이면 늦잠을 자는 아이들을 그대로 두고 윤자는 상배와의 약속장소로 나갔다. 상배는 '바르게 살자'라고, 커다랗게 새겨진 돌비석 앞에 앉아 있었다. 얼굴이 불콰한 것이 새벽부터 술이 들어간 듯했다. 윤자가 약간 비아냥대는 투로 말을 했는데도 상배는 평소의 그답지 않게 상당히 교양있는 어투로다가 윤자 말을 받았다. 그런 상배의 말투에 대한 반발심 때문에라도 윤자의 말투는 더 딱딱해졌다.

"거두절미하고, 내가 왜 갑자기 보자고 했느냐 하면."

"잠깐, 연이엄마, 해장도 할 겸 우리 어디로 좀 들어가지."

"나는 그럴 돈도 없고 그럴 마음도 없고 그럴 필요도 없어. 이 이야기만 하면 끝이야."

"어허, 오랜만에 만났는데, 너무 떽떽거리지 말고."

상배는 징그럽게 눈까지 흘겼다.

"사람을 이런 식으로 번번이 무시하지 말고, 내 말 들어."

"누가 안 듣겠다고 그러나? 여기는 저렇게 차 소리도 나고, 조용히 대화를 나누기에는 좀 어수선하잖나. 사람이 말이야, 오랜만에 만났는데 꼭 그렇게 야박스럽게 나와야만 속이 편하나?"

"이봐요, 심상배씨!"

"어이쿠, 내 이름 불러주는 것도 오랜만이네, 그래. 어쨌든 당신이 내 이름 불러주는 것도 나쁘지는 않은데, 저기로 가자구."

상배가 윤자 어깨에 팔을 두르려고 했다. 윤자 입에서 순간적으로 비명이 터져나왔다.

"이거 놔!"

"앙칼지기는. 하긴 당신은 그 앙칼진 게 또 매력이긴 하지만 말이야."

윤자 심장이, 심상배를 만나면 틀림없이 그럴 것이라고 예상했던 그대로 투둑투둑 뛰기 시작했다. 그렇게 한번 심장이 경련을 일으키면 이후로 윤자는 숨을 쉬기도, 말을 하기도 어려워지고 만다. 내가 이런 꼴 당하려고 이 인간을 보자고 했나. 내가 괜한 짓을 했구나. 그러나 이 인간을 만나지 않고는 그 문제를 해결할 수가 없다. 그 문제. 아, 아이들 문제. 윤자는 파닥파닥 뛰는 심장을 간신히 부여안고 할 수 없이 상배가 이끄는 대로 따라갈 수밖에 없었다. 심장이 뛰는 것은 상배 때문이기도 하지만 자신 때문이기도 하다는 것을 윤자는 알고 있었다.

공원 옆 기사식당 안은 이른 아침인데도 빈자리가 드물다. 이런 자리에서 그런 얘기를 하기는 어려울 것도 같았지만 윤자는 그만 맥이 풀려서 상배를 마주보고 앉을 수밖에 없었다.

"어이, 아줌마, 여기 삼겹살 싱싱한 걸로 일인분하고 소주 한병만 갖다주시오."

그가 아침부터 삼겹살을 시키든 술을 시키든, 시비 걸 필요는 없건

만, 윤자는 그만,

"아침부터 무슨 소주에 삼겹살이야! 지금이 무슨 밤인 줄 알아?"
악을 쓰고 말았다.

"삼겹살은 당신 얼굴에 살이 많이 내린 것 같아 영양보충 시켜주려고 시킨 것이고 소주는 내가 해장을 좀 해야겠기에 시킨 거야, 이 사람아. 남자가 무엇을 시키든 그저 고분고분하잖고 무슨 말이 많나."

옆에서 후지럭후지럭 밥을 먹고 있던 택시기사 둘이 윤자 쪽을 흘낏 돌아보며 빙긋 웃었다. 상배도 그들을 향해 웃는다. 윤자는 진저리가 쳐졌다.

"내가 하고 싶은 말만 간단히 하고 나는 일어설게."

"허어, 사람 성의를 봐서라도 시킨 음식은 먹고 일어서야지. 말은 음식 먹으면서 천천히 해도 되고 말이야."

밑반찬에 소주가 먼저 날라져왔다. 상배가 소주 뚜껑을 따서 윤자에게 건네준다.

"한잔 따라봐."

"뭘?"

"오랜만에 서방님을 만났는데 술 한잔 따를 성의도 없나?"

"서방? 니가 내 서방이야? 따…… 따로 산 지가 언젠데 서방은 무슨 서방?"

"제 버릇 개 못 준다더니, 저런 말버릇하고는."

상배는 제 잔에 스스로 술을 따랐다. 삼겹살이 날라져왔다. 상배가 불판에 고기를 깔았다. 고기를 뒤적뒤적 뒤집는다. 상추에 고기를 얹고 파와 고추와 마늘과 된장을 얹어 앞으로 불쑥 내민다. 윤자가 고개를 외로 튼다.

"입 벌려봐."

"나는 안 먹어."

좀전에 이쪽을 보고 싱긋 웃던 기사가 밥을 다 먹고 일어서며 한마디 한다.

"아따, 아줌마, 서방님이 주시는 고기를 왜 안 잡수시요. 우리 애기 엄마는 고기 꾸면 나만 먹는다고 타박하는데 아줌마는 주는 것도 안 받아먹소?"

"야 인마, 남의 집 일에 참견하지 말고 싸게싸게 나가 마."

두 기사가 나가고 난 자리로 또다른 기사들이 밀고 들어온다. 그 기사들도 한마디 하는 걸 잊지 않는다.

"캬아, 아침부터 고기 꾸어버리구만, 좋타아."

윤자 얼굴이 화끈거린다. 그러거나 말거나 상배는 윤자 입에다 고기쌈을 들이밀고 있다. 내가, 이 인간을 만나자고 한, 내가 잘못이다. 윤자는 숫제 고기를 씹는 게 아니라 제 '잘못'이란 걸 질겅질겅 씹는다. 상배는 고기도 먹지 않고 술만 연거푸 마시고 나서 윤자한테 묻는다.

"애기들한테 뭔 일 있냐?"

본격적인 반말이 나오는 것은 바야흐로 술기운이 온몸에 퍼지기 시작했다는 증거다.

"아니, 애들한테 무슨 일이 있는 것은 아니야."

"그래? 그럼 다행이고."

실은 너를 만나자고 한 게 바로 그 아이들 때문이다, 라는 말이 입 속에서 뱅뱅 도는 것과는 반대로 상배가 애들 말을 꺼내자 꼭 죄짓다 들킨 사람처럼 제풀에 놀란다. 상배가 담배를 피워문다. 식당 안 다른 사람들은 아무도 담배를 피우지 않는다. 눈치가 보인다. 특히나 입구 쪽에 앉은 인상 사나워 보이는 아저씨가 홀쭉한 상배한테 다가와 시비를 걸까 무섭다. 밥맛 떨어지게 밥집에서 담배를 피우느냐고 할까봐.

"뭘 그렇게 쪼는 시늉을 하나?"

"담배 꺼."

상배가 식당 안을 휘둘러본다. 아무도 이쪽 보고 인상 구기는 사람은 없다. 상배는 여유작작하게 담배 한대를 다 피우고 나서 술을 들이켠다. 이 인간이 저렇게 변해버렸다. 사람이 직장 없어지고 하는 일 없어지고 돈 없어지고 마누라 없어지고 자식새끼 없어지면 저렇게 변할 수도 있구나. 아주 인격이 바닥을 치는구나. 윤자 속에서 허탈감과 절망감이 동시에 회오리를 친다.

"나한테도 한번 싸줘봐라."

"본인이 싸서 먹어."

"그렇게도 인정이 없어서야 뭣에 써먹냐."

상배는 제 손으로 주섬주섬 고기를 싼다. 우물우물 고기를 씹으면서,

"어째 고기가 이 모양이야, 어이 아줌마."

아줌마는 바쁘다.

"아줌마."

"예."

나오지는 않고 주방에서 대답만 나온다.

"아줌마!"

아줌마가 나온다.

"이봐 아줌마, 손님이 부르면 안에서 대답만 하지 말고 신속히 나와봐야지."

"뭔데요?"

"이 고기 말이오, 이거 냉동고기요?"

"아니요, 아침에 사온 생고기예요."

"아유, 아줌마, 고기 한두 번 먹어본 줄 알아? 이거 순 사람을 속여 먹으려고 해. 내가 생고기 달라고 했지 언제 냉동고기 달라고 했어?"

"아니, 손님이 언제 생고기 달라 그랬어요?"

"내가 분명히 그랬지, 싱싱한 고기로 달라고. 그게 생고기지, 뭐요? 장사 하루이틀 해먹어요?"

"아니 근데 이 아저씨가 아침부터 웬 시비야?"

"뭐? 시비? 이거 참, 세상 말세네. 어디 손님한테 눈 똑바로 뜨고 대들어, 대들길."

윤자 입에서 한숨만 나온다.

"아줌마, 이 사람이 괜히 그러는 거예요. 가서 일보세요."

윤자가 겨우 무마를 시킨다. 아줌마가 기색이 새파래져서 뭔가 한 바탕할 기세 그대로 주방으로 이동하고 상배는,

"아참, 이거 손님한테 이러면 장사 못해먹지, 안 그래?"

자기가 굉장히 큰 인내라도 하는 척, 맛없는 고기 내놓은 이 집을 자기가 크게 봐주기라도 하는 척, 예나 이제나 비열함이 뚝뚝 묻어나는 한마디를 내갈긴다. 더이상 앉아 있을 수가 없다. 윤자는 그만 일어나버렸다.

"사람이 뭘 그래? 음식을 남겨두고 일어서게, 안 그래?"

그놈의 안 그래? 소리도 이제 신물이 난다. 그래, 니가 그렇게 귀중

히 여기는 음식 너 혼자 다 먹어치우고 나오면 될 것 아니냔 말이야. 그러나 그런 말대꾸도 귀찮다. 상배가 계산을 하거나 말거나 윤자는 식당 밖으로 나왔다. 그래도 그가 나오길 기다려 그 얘기는 해야만 한다. 윤자는 오전부터 매연이 가득 찬 도로가에 서서 상배가 나오길 기다렸다.

시킨 것들을 다 먹었는지 어쨌는지는 모르지만 약간 비틀거리는 폼으로 상배가 식당을 나왔다.

"우리 저 공원을 한번 걸어볼까?"

"뻘 소리 말고 내 말 들어봐."

"야야, 차 소리도 시끄럽고 매연도 심하잖냐. 시원한 공원 나무그늘 벤치에 앉아서 니가 하고 싶은 이야기를 차분하게 말해보렴. 도시 속의 공원이란 곳은 우리 시민의 세금으로 조성된 거야. 내 집 정원이나 마찬가지라고."

어깨에는 힘을 잔뜩 주었고 목소리는 사뭇 다정하고도 근엄하다. 제가 무슨 대단한 인품이라도 되는 양. 역겨움과 실소. 함께 살 적에도 남편은 과장된 근엄함과 가식적인 다정함으로 술을 먹은 밤중에 꼭 집으로 전화를 걸었다.

"어이, 난데 말이야, 나 지금 집에 간다."

말하자면 자기가 지금 집에 들어갈 테니, 공손히 맞아들일 준비를 하라는 소리였다. 물론 잠을 자서도 안되었다. 그것은 또 택시를 타고 갈 테니 택시비 준비하여 골목 밖에 나와 있으라는 명령이었다. 신혼 때는 이런 것도 다 결혼한 기분 내려는 귀여운 짓인 줄로만 알았다. 그리고 술 먹고 귀가하는 남편 기다리다가 깜박 잠이 들었을 때, 네가 나오지 않아 얼마나 섭섭했는지 모른다는 남편의 소리가 내가 너를 얼마나 사랑하는지 모른다는 소리로 들려 가당찮은 행복까지 느낀 적도 있었다. 신혼기가 지나고 아이가 생기면서 귀엽게도 느껴졌던 술 먹고 하는 전화, 행복까지 느껴졌던 나오지 않았다는 타박 들이 사실은 남편이라는 한 남자인간이 아내라는 한 여자인간에게 가하는 일상적 고문에 다름아닌 것을 알게 되었다. 나 갈 테니까 너 나와 있어라. 상배한테서 그런 전화가 올 때마다 윤자는 전화코드를 확 뽑아버리고 싶을 만큼 분노가 치솟았다. 상배가 전화를 걸 때, 옆에서 사랑하는 마누라한테 전화하느냐고 비아냥대는 사람들에게 상배는 꼭 지금처럼 다정하고도 근엄한 어투로 말했었지. 이렇게 잠 안 자고 남편의 귀가를 기다리는 마누라 본 적이 있느냐고. 그때 남편의 행태들을 생각하면 지금도 신물이 나고 신열이 끓어오른다. 저 근엄함과 저 계산 가득한 다정함의 이면에 무엇이 숨겨져 있었던가. 결국 오늘 심상배가 한윤자에게 느물거리게 다정한 것도, 윤자를 다시 저희 집에 들임으로써 제 몸 하나 편해보자는 수작이 아니고 무엇인가.

또다시 '바르게 살자' 비 앞으로 왔다. 앉을 만한 벤치를 찾건만 정작 벤치가 있는 쪽은 그늘이 없다. 그다지 좋은 상태가 아니긴 하지만 '바르게 살자' 비 밑 잔디밭에 앉는다. 상배는 드러눕는다.

"이봐, 당신 무릎 좀 빌리자."

눕긴 누웠는데 베개가 필요하시다는 말씀.

윤자는 미동도 하지 않는다.

"안 줄래?"

"미쳤어?"

"까불기는."

말따먹기할 마음은 추호도 없다. 본론을 말해야 한다.

"내가 무슨 말을 하려고 하냐면."
"집에 들어올래?"
"내가 그 집엘 왜 가?"
"야, 너무 그러지 마라. 애들도 집에 어른이 있어야 정서적으로 안정이 된다, 그러더라."
"당신 집에 들어가면 당신 아버지 땜에 애들 더 나빠져."
"너, 무엇 땜에 우리 아버지 미워하는지 모르지만 우리 아버지 이제 힘없는 노인이다. 며느리 손에 밥 한번 얻어먹고 죽는 게 소원인 양반이야. 니가 말이야, 엉? 사람이 그러면 못써."
"나보고 자꾸 너라고 하지 마. 내가 언제 당신보고 너라고 한 적 있어?"
"이게 아주 맞먹을려고 그래? 나이도 나보다 어린 게."
"부부가 나이가 무슨 상관이야?"
아차, 실수를 했다. 내가 이 인간과 이혼을 하려고 한다는 사실을 깜박했다. 정신을 똑바로 차려야지.
윤자가 잠깐 실수한 틈을 이용하지 않을 상배가 아니다.
"너 나랑 부부 맞지?"
"웃겨."
"부부라며? 이리 와봐라. 오랜만에……"
"이봐요, 심상배씨!"
윤자가 악을 썼는데도 대답이 없다. 상배는 재빨리 팔을 얼굴로 올려서 눈을 감아버린다. 방금 전까지도 사근사근하게 굴다가 이쪽에서 좀 강하게 나온다 싶으면 회피하기에 바쁜, 결혼 이래로 익숙하게 봐왔던 심상배라는 사람의 행태다. 비열해지기 위한 첫번째 수법이라고 나 할까.

친정언니네가 미국에 교환교수로 가는 형부를 따라 한국을 떠나게 되었다. 그즈음, 상배가 다니던 회사가 부도가 났다. 아이엠에프 외환위기였던 것이다. 상배는 경쟁력없는 작은 제약회사 영업사원으로 일했다. 이번참에 아주 잘됐다, 하고서 상배는 회사를 그만두고 느닷없이 이십대 후반까지 하다가 그만둔 고시공부를 하겠다 했다. 한 일년 고생하면 합격할 자신이 있다고 했다. 처음에는 그 말을 믿었다. 고시 공부하는 일년 동안 자기는 어디 고시원이나 절간에 가 있을 테니, 자기 없는 동안 윤자더러는 아이들 데리고 비어 있는 친정언니 집에 가 살아라 했다. 그동안 좁은 시댁에서 시어머니도 없이 시동생들, 시아버지 뒷바라지하느라 고생했다며, 친정언니네서 '편안히' 살면서 자신이 합격통지서를 가지고 돌아오는 일년 후까지만 기다려달라고 했다. 윤자를 굉장히 생각해주듯이 말했다. 윤자도 그때는 상배가 자신에게 무슨 휴가나 준 듯이 여겨졌다. 그런데 일은 묘하게 꼬이기 시작했다. 친정언니네 집에 윤자가 이사를 한 지 한달쯤 뒤에, 사돈인 형부의 어머니가 들이닥쳤다. 자신에게는 상의 한마디 없이 친정식구한테 집을 내준 며느리한테 보통사람으로서는 차마 하기 어려운 악담을 퍼부으며, 그 집은 말하자면 언니네 집이 아니라 형부네 집이었던 것이다. 그 집은 그래서 무슨 철공장인가를 하다가 아이엠에프 외환위기로 망해먹은 형부의 동생네가 차지하게 되었다. 윤자는 오갈 데가 없어지고 만 셈이다. 그렇다고 다시 이십사평 좁아터진 시댁으로 들어가 살고 싶지는 않았다. 그래도 남편이니까 어떻게 해결책을 주겠지 싶었는데, 상배는 공부하고 있는 자기더러 어떻게 하라는 거냐고 짜증만 냈다. 그러면서 남의 마누라들은 남편이 고시공부하면 뒷바라지도 열심히 하더라는 소리를 곁들였다. 그러니까 뒷바라지는 못해줄지언정 공부에 방해나 하지 말라는 거였다. 시댁으로 들어가 살 것인가, 아예 어디 조그만 방이라도 얻어들 것인가, 궁리하다가 윤자가 선택한 건 친정의 도움을 얻어 친정 가까운 동네에 있는 연립주택에 세를 드는 거였다. 상배는 합격하지 못했다. 그는 다시 취직을 하겠다고 했다. 취직을 하려면 돈이 필요하다고 했다. 상배의 퇴직금과 융자를 끼고 산 시댁의 이십사평 아파트는 이미 융자 때문에 잡을 수도 없다고 했다. 윤자더러 돈을 좀 마련해달라고 했다. 윤자는 친정에서 준 돈으로 전세를 든 연립주택에서 열 달을 채 못 살고 친정식구들한테는 부끄러워 말도 못하고 지금 살고 있는 이곳 산비탈 다세대주택에 사글세를 들었다. 무엇을 하는 회산지는 모르지만 자기 돈 투자하여 사원지주제로 운영하는 벤처회사라는 데 취직을 한 상배는 취직한 지 일년이 지나도록 생활비를 주지 않았다. 회사가 아직 자리를 잡지 못해서라고 했다. 상배가 생활비를 주지 않는 것이 이혼을 결심하게 된 직접적인 이유는 아니었다. 무능력이 문제가 아니라 무책임이 문제였다. 아니다, 무책임도 탓할 것이 못 된다. 무능력 뒤에 필히 수반되는 무책임과 무책임 뒤에 필히 따라오는 인간성의 마모. 심상배는 확실히 인간성이 나빠졌다. 나쁜 인간이 되었다. 그렇지 않고서야 생활비도 대어주지 못하면서 윤자에게 돈을 요구할 수 있단 말인가. 술 먹고 밤늦게 전화할 때는 그래도 나았다. 이제 그는 카드연체 빚에 쫓기는 신세가 되었으며, 자신이 그렇게 된 책임을 자신을 내조하지 않고 시어른을 보살피지 않은 윤자에게 돌리는 파렴치한이 되었다. 그는 이미 그렇게 되어버렸다. 할인점 계산원, 학습지교사를 거쳐 지금 윤자는 산동네 아이들 다섯 명으로 한 달 생활비 벌기도 빠듯한 글쓰기 과외선생 노릇을 하는 중이다. 친정에서 마련해준 전셋집을 나와 이곳 산동네에 산 지 반년이 다 지나서 친정에 연락을 했다. 친정어머니는 윤자를 보자마자, 딴소리는 일절 할 것도 없다는 듯,

"심서방이 자리를 못 잡는 게, 어디 심서방 책임일 수 있느냐"고 했다. 어머니는 윤자가 이혼을 생각하고 있다는 사실은 꿈에도 모를 것이다. 어머니의 지론인즉슨, 심서방이 지금 곤란한 상황이 된 것은 다 나라가 어려워 그리 된 것이니, 그럴수록 여자가 힘든 남자를 잘 보필하여 이 난국을 빨리 타개해야 한다는 것이었다. 그런데 아내로서의 임무를 윤자가 방기했으니 어미로서 사돈어른한테 뵐 면목이 없다는 것이었다. 대충 그런 요지의 장탄식을 내뱉고 나서 일금 몇만원이 든 봉투 하나 두고 어머니는 총총히 산비탈을 내려갔다. 어머니는 형부가 교수가 되고 나서부터 교수 사위 둔 장모행세 하느라고 있는 법도, 없는 지식을 도나캐나 내세워 말하기를 즐겨했다. 어머니는 은근히 그런 자신의 말투와 행동거지를 즐기는 듯이도 여겨졌다. 하기야 아버지한테 갖은 비인간적 수모를 당하고 살아온 분이니, 큰딸이 교수 부인이 됨으로써 자신의 험난한 인생에 대한 보상을 받은 듯한 착각을 할 수도 있을 것이다. 그리하여 어머니는 큰딸한테서 받은 보상을 둘째딸 윤자가 다 깎아먹고 있는 것이 속쓰리긴 하지만 그러면 그럴수록 더 교수 장모행세를 하려 드는 것이다.

봐라, 옛날 국채보상운동이라고 있었니라. 그때 대한의 아낙들은 머리에 금비녀, 손구락에 금가락지 아낌없이 뽑아들어 나라에 바치었다. 싼닌바리로 바치었다. 이런 식이었다. 잘나가다가, 싼닌바리 때문에 망친 말이긴 하지만서도.

아직도 심서방을 말하는 어머니한테 윤자는 그 말을, 그러니까, 자기는 심서방과 이혼을 하고 아이들은 바로 그 심서방한테 보내겠다는 말은 끝내 할 수가 없었다. 어떻게 이혼 이야기는 할 수 있다 쳐도 자식은 어미가 끼고 키워야 한다는 믿음을 철칙으로 알고 있는 어머니한테, 윤자에게 이혼하고 자기하고 결혼하자고 한 남자가 했던 그 말, 책방 남자가 했던 그 말, 아이들을 엄마 혼자 키우란 법이 어딨느냐고, 그것도 일종의 이기적인 모성 아니겠느냐고, 왜 모든 책임을 혼자서 지려고 하느냐고. 그런 태도가 어쩌면 아이아빠의 무책임성을 키워준 것일 수도 있다는 그 남자의 말을 차마 얘기할 수 없었던 것이다. 그 남자는 말했다. 아직 젊을 때 아이들은 아이아빠한테 맡기고 한윤자는 한윤자의 인생을 새롭게 시작하라고. 그래야 나중에 아이들한테도 떳떳한 엄마가 될 수 있다고.

'바르게 살자' 비 밑에서 상배는 잠을 잤다. 윤자 호주머니에서 휴대폰이 울렸다. 그 소리에 상배가 잠을 깼다.
"아하, 마누라가 옆에 있으니 오랜만에 잠 한숨 편히 잤다."
별거한 지 벌써 삼년도 지났고 남편 노릇 안한 지는 그보다 오래된 인간이 눈도 까딱하지 않고 마누라 운운하는 수작에 신경이 거슬렸지만 상대가 신경을 거스르면 거스를수록 일단 무시하는 게 상책일 터였다. 그런데 어쩌자고 자신은 상배가 자는 것을 깨우지 않았을까. 세상모르고 자는 상배가 안쓰럽기라도 했던 것일까. 상배가 속편하게 잠을 잔다는 사실보다도 자는 사람이 안쓰럽다는 생각이 드는 것이 윤자를 당혹스럽게 했다. 그 당혹스러움은 자연스럽게 자신에 대한 분노로 이어졌다.

"야아, 언제 휴대폰도 있었냐?"
"벌어먹고 살려면, 여보세요?"
"누구냐?"
"조용히 해, 여보세요? 네? 아, 네. 저기 저, 제가 나중에 전화할게요. 지금 좀……"

전화를 서둘러 끊었다. 책방 남자다. 어느 비오는 밤에 책을 사러 갔다가 만나 또 어느 비오는 밤에 같이 차를 마시고 그리고 또 어느 비오는 밤에 같이 술을 마셨던 책방 남자는, 윤자한테 다정했다. 적어도 심상배처럼 가식적인 다정함이 아니라, 뭔가 제 잇속을 챙기려는 다정함이 아니라, 그는 진실로 다정한 사람이었다. 윤자는 그가 진실하다고 믿었다. 그가 진실로 한윤자에게 사랑을 느낀 거라고. 그래서 윤자가 아이들 데리고 고생하는 것이 안쓰러워서 그 말을 했던 것이라고. 아이들을 아이아빠한테 맡기라는 그 말이, 처음 듣기에는 어떻게 그럴 수 있을까, 했다가, 당장은 아이들한테 모진 엄마가 되더라도 나중을 생각하면 꼭 그렇지만도 않을 거라는 그 남자의 말이 맞다는 생각이 들었던 것이다. 일단 아이들을 심상배한테 맡기고 나는, 나는…… 돈을 벌자. 공부를 할 수도 있을 것이다. 윤자가 만약 공부를 하겠다면 그 남자가 도와줄 수도 있다고 하지 않았나. 그리고, 그리고 또 나는 나를 사랑하는 남자와 결혼을, 결혼을 할 수도 있을 것이다. 그럴 것이다. 내가 엄만데, 아이들은 나중에라도 얼마든지, 그러니까 내가 성공을 해서 행복해지면, 그때 데려와도 늦지 않을 것이다. 그럴 것이다. 지금 그 말을, 아이들을 어떻게 할 것인가를 말해야 한다. 말해야 한다. 입술에 침이 마르고 손에서는 땀이 좀 난다.

"야, 그 휴대폰 나 좀 빌려주라."

"공중전화 써."

"많이도 아냐, 딱 오초만."

상배가 빼앗다시피 휴대폰을 채간다.

"이거 어떻게 거는 거냐?"

"전화번호가 몇번인데?"

윤자는 친절하게 휴대폰까지 걸어줬다.

"명세야, 나 우리 마누라 만났어. 아이엠에프가 만든 비극의 부부가 아니겠냐, 우리가. 야, 인마, 이혼 같은 거, 개나 물어가라 해라. 부부라는 게 하늘이 맺어준 인연인데, 조강지처 버리면 벌받아 마. 어쨌거나 같이 살긴 살아야겠는데 이 마누라가 노인은 죽어도 안 모시겠단다. 그래서 하는 말인데, 내가 나오든지, 니가 나가든지, 이제 그 방 생활을 정리할 때가 온 것 같다. 응, 뭐라구? 야 인마, 그런 게 어딨어? 뭐라구? 그래 알았다. 가서 말하마."

"내가 언제 당신이랑 함께 산다고 했어? 그리고 내가 언제 노인은 죽어도 안 모시겠다고 그랬어? 없는 소리를 지금 누구한테 하는 거야? 나는, 맞아, 내가 이혼하려는 거는 맞아, 이렇게 당신이 너무 일방적인데다가, 맞아, 당신이 너무너무 이기적인데다가, 맞아, 당신이 가족도 책임을 안 지고, 맞아, 당신이 잘못되면 뭐든지 딴사람 책임으로 돌려버리는 못된 버릇이 있고…… 나, 그래서 이혼하려는 거야, 이혼할 거니까 당신 집에 안 가는 거는 당연한 거고, 맞아, 당신이라는 인간하고 살아봤자, 나한테 남는 건 아무것도 없어, 맞아, 그래서 그럴 거야, 그래서 나는…… 어어어엉."

"야, 흥분하지 마라. 여기는 공공장소야. 여기가 무슨 우리집 안방인 줄 아냐? 이리 와, 내가 눈물 닦아줄게."

"미친놈."

"야, 너 언제부터 그렇게 말버릇이 험악해졌냐? 숫제 못쓰겠구나."

"나? 맞아, 너하고 살면서부터야. 나 원래 순한 사람이거든. 그런데, 니가 날 이렇게 만들었어. 돈도 없는 인간이 왜 카드는 써? 카드는 왜 써서 불쌍한 노인 벌벌 떨게 만들어? 그래서 그 노인은 또 자기 아들 잘못된 걸 다 내 탓으로 돌리고. 더이상은 당신이란 사람 꿈에서도 만나기 싫어. 돈도 없는 인간이 술은 왜 또 그렇게 잘 처……먹어?"

"이게, 완전히 바닥을 치는구나. 그래, 갈 데까지 가보자는 거야, 뭐야? 내가 언제 애들 돌보고 싶지 않아서 못 돌봤냐? 너도 알잖아. 내가 사정이 좋지 않다는 거. 알면서, 그래."

심상배 비열해지기 수법 중 그 두번째. 흥분한 사람 앞에서 냉정함과 다정함이 뒤섞인 야비한 말투 내기.

"내가 아까도 말하긴 했지만 아직도 확실히 모르고 있는 것 같아서 왜 내가 당신과 이혼하려 하는지에 대해서 다시 한번 말해줄까? 그러니까, 내가 이혼하려는 것은 다 당신 때문이야. 당신의 이런 말, 이런 태도, 이런……"

"너 남자 생겼냐?"

상배가 느닷없이 묻는다. 눈빛이 교활하게 빛난다. 활락거리던 심장이 순간적으로 뚝 멎는다. 그런데 이건 또 무슨 반응일까. 뚝 멎었던 심장이 또다시 맹렬하게 활락거리기 시작하면서,

"뭐라구? 이런 말도 안되는…… 뭐 눈에는 뭐만 보인다고…… 허 참 기가 막혀서."

"솔직히 말해. 그래, 뭐 사정이 정 그러하시다면 애들은 나한테 주

고 가라. 나도 애들이 있어야 아버지의 이름으로 바르게 한번 살아보지. 그런데 어떤 인간이냐? 돈은 많냐?"

"너는, 너는 나쁜…… 억."

가슴에 가로울대가 확 쳐지면서 드디어 숨이 탁 멎는다. 눈에서는 눈물이 걷잡을 수 없이 쏟아진다.

"사, 사람이 하, 하는 일 어, 없어지고, 도, 돈 없어지면, 그, 그러면 이렇게도 되는구나, 이, 이렇게 막나가게도 되는구나아!"

무슨 조화속인지 윤자는 눈물을 멈출 수가 없었다. 터져나오는 악다구니도 멈출 수가 없었다. 내가 만나자고 한 건, 그러니까, 다른 게 아니고, 어어엉 너 같은 인간을 내가 다시 만나자고 한 게 잘못이다, 어어엉, 따라오지 마. 내가 다시는 당신 같은 인간 만나자고 하나봐라, 어어엉…… 윤자는 뒤도 안 돌아보고 그 자리를 떠났다.

"어이, 연이엄마, 야, 한윤자."

상배가 쫓아오는 기색이 느껴졌지만 윤자는 앞만 보고 갔다. 뭔가가 왼쪽 옆구리로 쑥 들어온다. 쳐다보지도 않았다.

"야, 그거 돈이다. 밤잠 안 자고 고생해서 번 돈이야, 떨어질라 얼른 손에 들어라."

돈? 밤잠 안 자고 고생해서 번 돈? 걸음이 뚝 멈추어진다. 옆구리를 살핀다. 흰봉투가 땅바닥으로 툭 떨어진다. 돈봉투를 집어들고 그제야 뒤를 돌아본다. 연이아빠, 심상배가 저만큼 멀어지고 있었다. 계절에 어울리지도 않는 쥐색 계통의 나일론 점퍼 호주머니에 손을 찌르고서 그가 멀어져간다. 돈봉투를 열어보는 손이 부들부들 떨리면서도 눈은 액수를 열심히 헤아리고 있다.

그런데 왜 하필이면 그날 그 가게 앞에는 그 딸기가 진열되어 있었을까. 집으로 올라가는 초입에 있는 과일가게에서 딸기 한상자에 단 돈 오천원이란다. 그 딸기를 보자 큰애, 연이가 생각났다. 태어나기를 딸기철에 태어나서인가. 아니면, 윤자가 그애를 임신했을 때 유독 먹고 싶었던 딸기 한번을 제대로 못 먹어줬기 때문일까. 연이는 딸기철에는 물론이고 딸기철이 아닐 때도 늘 딸기 먹고 싶다는 말을 입에 달고 다녔다. 우유도 딸기우유만 좋아하고 아이스크림도 딸기맛만 찾았다. 돈의 출처가 어디든지간에 일단 수중에 돈이 있고 그리고 딸기를 보니 연이 생각이 나지 않을 수가 없었다. 그래서 그만, 울어서 눈물자국 선명한 눈자위는 소맷자락으로 싸악 훔쳐버리고, 돈봉투에서 지폐 한장 쓰윽 꺼내 딸기 한상자부터 사고 말았던 것이다.

전화벨이 울린다. 아이들이 다 잠든 깊은 밤이다. 누굴까. 비오는 밤도 아닌데, 책방 남잘까. 만약 그 남자라면, 아이들 문제를 물어볼 것이 뻔한데, 어떻게 말해야 할까. 그런데 왜 그 남자가 내 아이들을 가지고 보내라, 마라, 하는 걸까. 결혼하자고는 했지만 혹시 내 아이들이 부담스러워서? 정말 그럴까? 정말 그런지 어쩐지 한번 물어나 볼까. 과감하게 전화를 받았다. 전화를 건 건 상배였다.

"만나자."

"왜 그래? 전화하는 게 한결같이 아침 아니면 오밤중이야, 사람 짜증나게."

"나올래, 내가 갈까."

"내 집엘 왜 와? 내가 나갈게."

아이들이 깰까봐 조심조심 집을 나서는 건 지난 일요일이나 지금이나 똑같다. 윤자가 상배를 만나러 간 그날 아침에 잠을 깬 연이가 배는 고픈데 엄마가 안 보여 혼자 아침밥을 챙겨 제 동생하고 먹었는데 그것이 탈이 났다. 밤에 끓인 국을 냉장고에 보관하지 않아 쉬어버린 것을 모르고 그냥 먹은 모양이었다. 그래서 정작 그렇게 소원이던 딸기는 배탈이 난 아이들 입속에 제대로 들어가보지도 못하고 지금 물러터지고, 곰팡이까지 피어나는 중이다.

윤자가 그날 왜 자기를 만나자고 했는지를 이제야 물으려고 왔는가 보구나, 나름대로 짐작하면서 지난번과 마찬가지 약속장소인 도로가 공원의 '바르게 살자' 비 앞으로 갔다. 돌비석 앞에 쪼그려앉아 있던 상배가 벌떡 일어났다. 윤자가 조심스럽게 다가갔다.

"전화를 하려면 낮에 하잖구서 꼭……"
"야, 긴말 할 것 없이 너 돈 가진 것 좀 있냐?"
"뭐, 뭐…… 도, 돈?"
"응, 내가 지난번 준 그 돈 말이야, 없어?"
"별, 별…… 이제 아주 별짓을 다……"
"급해, 있으면 빨리 내놔."

윤자는 억장이 무너져내린다. 구토증까지 올라온다. 상배가 준 돈인지 어떤 돈인지는 몰라도 호주머니에서 지폐 몇장과 동전이 나온다. 저녁참에 찬거리 사고 남은 돈일 것이다. 그것을 상배 손아귀에 오물 뿌리듯이 던져줬다. 돌아서는데 머릿속에 무슨 팽이 같은 것이 들어 있어 빙글빙글 도는 것처럼 어지럽다. 뒤에서 상배 침뱉는 소리가 난다.

"바르게 살자? 어이, 한윤자, 누구는 뭐 바르게 살고 싶지 않아서 이렇게 된 줄 아냐, 마. 나도, 마 너도 알다시피 한때는 바르게 살았던 놈 아니냐, 마. 돈 없으면, 마 바르게 살고 싶어도 바를 수가 없는 게 우리 인생이야, 마. 바르게 살자? 웃기지 마라, 그래라, 마⋯⋯."

윤자는 집으로 올라가는 길을 타박타박 걸었다. 올라가면서 생각했다. 하나하나 생각했다. 잼을 만들까, 어쩔까 망설였지만 썩어문드러진 딸기와, 아이는 원하지 않고 여자만 원하는 책방 남자와 '밤잠 안 자고 돈을 버는' 심상배를 이제야말로 내다버리자고. 그리고 이지러지고 흔들렸던 제 마음도 내다버려버리자고. 아니다, 애들 배탈도 거의 나아가는데 그냥 딸기는 잼으로라도 만들어 먹는 게 낫겠다, 그래, 그냥 딸기는 버리지 말자, 그러자고 하면서 집으로 올라가는 언덕배기 위에 별이 총총하다.

작가의 말

　내가 썼던 글을 한권의 책으로 묶어놓고 보니 웬일인지 부끄러움이 밀려온다. 내가 뭘 잘못해서라기보다는 쑥스러워서일 것이다. 손님에게 내 남루한 살림살이를 들킨 기분이라고나 할까. 그러나 작가의 운명이라는 것이 결국 이런 것이리라. 부끄러움을 감수하면서 살아내야 하는 운명 말이다. 부끄러워서 몸을 감추고는 싶지만 끝내는 그가 썼던 글을 통해 세상에 드러나고야 마는 작가의 삶은 그래서 늘 불안정할 수밖에 없는 것인지도 모른다. 내 글은 말하자면 불안정한 삶을 살 수밖에 없는 조건에 있는 작가인 내가 바라본 세상의 풍경에 관한 것이다. 내 글 속에 등장하는 사람들의 삶을 보면서 나는 내 흔들리는 초상을 본다. 예전에도 그랬듯이 그들과 나는 지난 몇년 동안도 늘 생의 '변방'에서 함께 살아온 사람들이다. 나는 확실히 화려한 정원에서 보호받고 주목받는 꽃과는 인연이 먼 사람임이 분명하다. 나는 내 글 속의 사람들이 비록 아무도 눈여겨보지 않지만, 아무렇게나 대접받는 것도 원치 않는다. 나는 다만 그들이 눈에 잘 띄지 않는 바람 부는 길가에서나마 피었다 지고 피었다 지고 하면서 다른 누구도 아닌 그들만이 부를 수 있는 작고 고운 노래를 부를 수 있기를 바랄 뿐이다. 그러면 그들 옆 한귀퉁이에 사는 작가인 나는 그들이 부르는 노래에 귀기울이며 조금은 행복하지 않을까. 그들처럼 나 또한 작고 고운 노래 한번 부를 용기를 내지 않을까. 이 책을 만들기까지 내 곁에 있어준 많은 사람들, 늘 마음으로만 고마워하고 인사를 챙기지 못하는 나를 용서하시길.

2007년 12월
마흔다섯 공선옥 씀

| 수록작품 발표 지면 |

꽃 진 자리 …『문학들』2006년 봄호

영희는 언제 우는가 …『창작과비평』2003년 여름호

도넛과 토마토 …『동서문학』2004년 가을호

아무도 모르는 가을 …『현대문학』2007년 6월호

명랑한 밤길 …『창작과비평』2005년 가을호

빗속에서 …『문학수첩』2006년 겨울호

언덕 너머 눈구름 …『문학과경계』2006년 봄호

비오는 달밤 …『황해문화』2005년 겨울호

79년의 아이 …『문학사상』2007년 10월호

지독한 우정 … 웹진 문장 2007년 3월호

폐경 전야 …『내일을 여는 작가』2007년 봄호

별이 총총한 언덕 …『문학사상』2002년 8월호

명랑한 밤길

초판 1쇄 발행／2007년 12월 10일
초판 23쇄 발행／2024년 4월 26일

지은이／공선옥
펴낸이／염종선
책임편집／황혜숙
펴낸곳／(주)창비
등록／1986년 8월 5일 제85호
주소／10881 경기도 파주시 회동길 184
전화／031-955-3333
팩시밀리／영업 031-955-3399 편집 031-955-3400
홈페이지／www.changbi.com
전자우편／lit@changbi.com

ⓒ 공선옥 2007
ISBN 978-89-364-3702-2 03810

* 이 책 내용의 전부 또는 일부를 재사용하려면
　반드시 저작권자와 창비 양측의 동의를 받아야 합니다.
* 책값은 뒤표지에 표시되어 있습니다.